KB274582

이별

이별

ⓒ 유중원 2013

초판　1쇄 발행　2013년 6월 10일
개정판 1쇄 발행　2013년 8월 12일

지은이 유중원
펴낸이 최종숙

책임편집 이태곤
편집 권분옥 · 이소희 · 박선주
디자인 안혜진 · 이홍주 | **마케팅** 박태훈 · 안현진 | **관리** 이덕성
펴낸곳 글누림출판사
출판등록 제303-2005-000038호(등록일 2005년 10월 5일)
주소 서울시 서초구 동광로46길 6-6(반포4동 577-25) 문창빌딩 2층(우137-807)
대표전화 02-3409-2055 | **팩스** 02-3409-2059
전자우편 nurim3888@hanmail.net
누리집 http://www.geulnurim.co.kr
정가 12,000원
ISBN 978-89-6327-229-0 03810

＊이 도서의 국립중앙도서관 출판시도서목록(CIP)은 서지정보유통지원시스템 홈페이지(http://seoji.nl.go.kr)와
국가자료공동목록시스템(http://www.nl.go.kr/kolisnet)에서 이용하실 수 있습니다.(CIP제어번호: CIP2013007993)

이별

유중원 소설집

장편소설 『사하라』에서 김규현(金圭賢)은 투아레그족 청년 이브라함(Ibraham)과 함께 사하라 사막 남쪽을 여행하던 중, 고물 자동차가 고장 나고 사막 속의 사막에 갇히면서 목이 말라 갈증 때문에 죽는다.

(아주 솔직히 말해서, 과격하게 말하면 그는 사막에 완전히 매혹되어 사막에 미친 사람이라고 할 수 있겠지만, 그래서 사막에서 목 말라서 갈증으로 죽어야 했지만, 나는 그와는 전혀 다른 사람으로 결코 사막에 완전히 매료된 바도 없고 더욱이 사막에 미친 사람도 아니다. 이 점 오해가 없기를 바란다. 순진한 독자들 몇몇은 자주 그와 나를 동일한 인물로 오인하기 때문에 이 말을 하지 않을 수 없다.

나는 상상적 세계인 소설 속 인물을 실제 인물과 동일시하고 싶은 독자의 정당한 욕망을 이해한다. 그러나 그는 실재하는 인물의 모방이 아니다. 지금 우리 주변에서 그렇게 어리석고, 순진무구한 사람을 어디서 찾을 수가 있을까. 이게 이 긴 소설이 독자들에게 제기하는 진지한 물음이라고 할 수 있을 것이다.)

일부 독자들은 말한다. "소설이 쓸데없이 어려워요. 그래서 몇 장 넘기다 읽기를 포기했지요.", "소설에 깊이가 있기는 해요.", "소설이 너무 재미없어요. 재미가 없으면 소설이 아니지요.", "김규현이 누구예요. 인터넷에서 아무리 찾아봐도 그런 사람이 없어요. 실제 인물이 맞나요.", "그런데 사하라에는 몇 번이나 다녀왔지요?" 나는 그 말들을 듣는 순간 그들이 그 소설을 전혀 읽지 않았음을 눈치 챘다. 일상생활에서 너무 바쁜 그들이 그걸 왜 읽겠는가. 수긍이 간다.

그러나 사하라에 몇 번이나 다녀왔느냐는 질문에는 참으로 대답이 막연해 진다. 나에게는 사막의 낙타 여행이야말로 여전히 사라지지 않은 꿈인데 말이다. 처음에는 우물쭈물 넘어갔지만 그 후부터는 무조건 열 번 이상 다녀왔다고 장담해 버렸다. 그들이 여러 번 갔다 온 것으로 믿고 있으니까 거기에 맞춰 대답한 것뿐이고, 이제는 나의 모든 지인들은 내가 10번 이상 사하라에 갔다 온 것으로 그게 통설이 되어 버렸다.

그랬더니 친구들은 당연하다는 듯이 고개를 주억거렸다. "그랬을 거다. 열 번 이상이나 소리 소문 없이 다녀왔으니 사하라를 쓸 수 있었겠지. 정말…… 어떻게 열 번 씩이나…… 네가 사막에 미치긴 미쳤었구나……. 너 대단하다. 그 머나먼 곳을…… 사하라를…… 사막을…… 대단……. 네가 그렇게 엉뚱할 줄이야……. 그러나 아무리 생각해도 어리석은 짓인 거야. 그런데 말이야, 그 돈의 십분의 일만 들여도 미국이나 유럽을 다녀올 수 있었을 텐데. 차라리……"

스탕달은 1822년에 지금은 너무나 유명한 『연애론』을 출간했지만 그 당시에는 11년 동안 단 17권 밖에 팔리지 않았다. 그때 출간 당시 스탕달은 너무 궁금한 나머지 그 책의 평판이 어떤지, 출판사에 넌지시 물어 보았다. 출판사 영업 직원이 대답했다. "그것은 신성한 책이라고 할 수 있겠지요. 아무도 집어 들거나 펴보려고 하지 않으니까요."

그런 의미에서 사하라는 지금 신성한 책이 되었다. 나는 그 소설에 대해 자부심과 자포자기 사이를 오락가락한다. 그러나 호르헤 루이스 보르헤스는 "실낱같은 존재의 개연성만 있어도 그 책은 얼마든지 실재한다고 볼 수 있다."고 말했으니, 그 책도 가냘픈 생명력으로 살아남으리라. 그래서 나는 그 책을 다시 읽기가 민망하면서도 여전히 그걸 붙잡고 있다. 아주 사소한 부분이라도 내게는 너무 중요하다. 소설의 배경을 바라볼 때 대가는 그것을 단지 충실하게 묘사하는 일은 피하는 법이어서 사실 그대로 그리려 하기보다는 오히려 그 본질만을 전달하려고 한다는데, 나는 대가는커녕…… 그래서 반복해서 세밀한 묘사에 집착하고, 밀란 쿤데라가 말한 '소설만이 발견할 수 있는 것을' 찾아내려고 분주하고, 철학적 주제와 관련한 사색을 소설의 기본 토대로 삼기 위해 노심초사하고, 제시된 수많은 테마들과 모티브들이 변주되면서 분해되고 용해되며 서로 뒤엉켜서 화음을 이루고 결국에는 통일성을 이루어야 한다는 일종의 강박관념을 벗어나지 못하고 있다.

그리고 여전히 심혈을 기울여 수정하고 있다. 아무도 거들떠보지

않을 것임을 잘 알면서도 말이다. 이건 우울한 아이러니이다. 그런
데 글이란 수정하지 않으면 글이 되지 않는다. 이미 발표된 것도
마찬가지이다. 고치고 또 고쳐야 한다. 고쳐야만 한 편의 글이 탄생
한다. 소설도, 시도, 에세이도, 편지도, 소장이나 준비서면도 고치고
고쳐야 한다. 내가 아는 한 톨스토이도, 헤밍웨이도, 피츠제럴드도,
샤토브리앙도, 드 메스트르도, 밀란 쿤데라도, 최인훈도, 소설가 모
두, 시인들도 모두 끊임없이 수정했다. 르 메스트르는 그의 '아오스
토 골짜기의 문둥병자'를 17번이나 고쳐 썼다.

중국 춘추시대 정나라의 유명한 학자이면서 중국 최초의 직업
변호사였던 등석은 논변 이론에서 좋은 말을 '큰말大辯'이라고 하
였고, 하찮은 말 또는 나쁜 말을 '작은말小辯'이라고 분류하였으니
소설은 분명히 하찮고 나쁜 말임에 틀림없다. 그러므로 小說은 中
說도 아니고 大說도 아니고 소설이면서 雜說이다. 그러나 소설은
잡초처럼 질기고 포용 능력 역시 한계가 없다. 소설은 잡설이므로
그 내용 속에 논문이나 학설, 시나 에세이, 르포, 잠언, 패러디, 독
백, 철학이나 과학, 온갖 잡설을 다 풍부하게 포용할 수 있는 것이
다. 그래도 소설의 정체성은 훼손되지 않으니. 오! 너무나 위대한
잡설이여.
사하라는 오랫동안 쓰고 또 쓰는 과정에서 전혀 내 의지와는 상
관없이 많은 주제를 포용하게 되고 그 주제들이 위태롭게 소설의
구성을 떠받치고 있다.

　　사하라는 아프리카에서 온 외부 사람으로 소위 문명사회에서 온 갖 풍상을 겪은 이브라함과 건축 설계사이면서 오직 정글과 사막만을 여행하는, 오디세우스처럼 험한 길을 혼자서 방랑하는 김규현이 사하라 사막의 남쪽에서 갈증으로 죽는다는 이야기이기 때문에 (그들이 사막 도시 타만라세트를 출발한 것은 2000년 6월 15일 이른 아침이었다. 그 며칠 후 사하라 남쪽에서 사막의 미로에 갇혔다. 김규현 상무는 44세의 나이로 7월 9일 죽었다. 이브라함은 그 이틀 전에 죽었는데 짐작키로는 32세쯤 되었을 것이다. 그들은 절망적인 상황에서 더 이상 내일은 없었다. 그들은 오직 과거를 이야기 할 수 있었을 뿐이다. 그들은 자신의 지나온 인생 역정을 담담하게 서로에게 들려주었다. 소설 사하라는 분해 또는 해체할 수 있는 여러 이야기 조각들을 주워 모은 것이다. 그러나 그들은 사하라 남쪽 사막에서 죽을 운명이었다. 그렇게 예정되어 있었다. 그러니 작가인 내가 죽게 한 것이 아니다.) 우선 여행소설이어서 여행의 의미, 그것의 목적, 목적지에 도달했을 때의 허무감, 인간이 언제부터 허리를 펴고 걷게 되었는지, 걷는다는 것의 의미는 무엇인가, 미학적 토대에서 인간 삶의 조건, 삶과 죽음, 우리를 끊임없이 괴롭히는 신이라는 주제와 관련해서 신은 존재하는지 마는지, 신은 살았다가 언제부터인가 죽어버렸는지, 그건 타살인지 자살인지, 인간의 영혼은 불멸하는지, 꿈은 무엇인가, 우리는 끊임없이 꿈을 꿔야 하는지. 꿈은 영혼의 자양분인지, 인간의 운명은 무어란 말인가, 운명까지도 유위전변有爲轉變이라고 할 수 있는가, 운명은 예정되어 있는가,

그렇다면 인간의 자유의지는 무슨 의미가 있는가, 그런데 나의 삶의 괘적에서 내 운명은 어떻게 되었는가.

그리고 주제어인지 여부와는 상관없이 이 소설의 구성에 있어서 미학적 욕망이라 할 수 있는, 구체적인 실체로 나타나는 것들이 있다. 그것들은 소설 속에서 인물들의 모티프, 행동과 실존적 상황을 통해서 점차 드러나게 된다.

사하라, 사막, 낙타, 사막의 도시 타만라세트, 거룩한 신부님, 유목민인 투아레그족, 아프리카, 사바나, 사헬지대, 밀림, 원시 부족, 분쟁, 사자, 에이즈, 남쪽 바다, 늙은 여자, 사이코패스, 종교의 타락, 무슬림, 움미인 마호메트, 위대한 여행가 오디세우스, 불운한 반 고흐, 영원한 여성인 어머니, 언제나 그리운 동생, 갈증과 죽음, 고독, 침묵, 망각, 과거, 현재, 미래가 없는 미래, 절망, 농담, 희극, 무無, 무상無相 無常 無想, 등등.

또한, 김규현은 건축가이므로 건축의 미학, 그의 플라토닉 연인이었던 (그러나 플라톤은 살아생전에 이 말을 한 적이 없으니) 손희승은 사진 작가였으므로 사진의 미학, 그들은 서로 사랑하고 헤어지고, 죽으면서 또다시 이별하므로 이별, 약간 멜로드라마적이고 감상적이고 유미주의적이긴 하지만 산부인과 의사와 그의 아내 심현숙은 열렬히 사랑하고 육체적 쾌락을 누리고 그리고 결별하였으므로, 달콤씁쓸한 육체적 사랑과 쾌락의 의미, 에로티시즘, 오르가슴, 나르시시즘, 아이러니, 결별의 의미 같은 것 등.

그 중에서도 이별의 주제는 인간 삶의 조건, 삶과 죽음, 신의 존재 여부, 여행의 의미와 함께 이 소설의 가장 중요한 뼈대라고 할 수 있다. (그러나 이건 순전히 내 견해일 뿐이다. 내가 죽은 후라도 어떤 유별난 비평가가 나타나서 또 다른 것을 발견할 수 있다면……. 슐라이어마허는 '비평가는 작가 자신보다 더 많이 안다.'고 했으니까……. 그러나 그에게는 비평할 용기와 함께 찬양하는 용기가 필요하리라.)

그러나 나는 소설가가, 이야기꾼이 주제에 억매일 필요는 없다고 본다. 그러니 몇 개의 지극히 추상적이고 철학적이고, 고상한 단어들 (때로는 그 개념이 가변적이고 모호해질 수 있는)만이 주제어가 될 필요는 없는 것이다. 모든 예술에는, 소설, 이야기, 희곡, 시, 음악, 미술, 조각, 영화, 드라마, 만화, 신문기사, 텔레비전 뉴스, 신중한 언어에는 직접적이건 간접적이건, 중요한 것이건 사소한 것이건, 모두가 주제가, 즉 진리가 내포되어 있다. 그러므로 주제는 그것들의 본질적 특성인 것이다. 심지어 사소한 말, 농담에도 그것은 들어 있다. 우리가 흔히 '뼈 있는 농담'이라고 하지 않는가. 그러므로 작가는 주제를 의식하거나 주제 때문에 걱정할 필요는 없을 것이다. 이야기에는 그것이 저절로 따라오니까 말이다.

어쨌거나 그 소설 중에서 죽음이건 사랑이건 간에 이별과 관련된 부분을 추려내서 다시 단편으로 정리하고 추가할 것은 추가하였다.

사랑과 이별.

사랑이 해피엔딩으로 끝나버린다면 그게 어찌 호모 사피엔스가 탄생한 이래 모든 이야기의 영원한 주제가 될 수 있었겠는가. 진정한 사랑이란 이별을 동반한다. 그러므로 사랑은 언제나 이별의 시간이 오기까지는 자신의 깊이를 모르게 마련이고(K. 지브란), 사랑하는 사람과 이별하는 것은 죽음보다 더 괴로운 것이다.(W. 쿠퍼) 그리고 모든 이별에는 일종의 해방감과 함께 큰 고통이 뒤따른다. (C. 에이 루이스)

당신이 슬퍼하시기에 이별인 줄 알았습니다 그렇지 않았던들 새가 울고 꽃이 피었겠습니까 당신의 슬픔은 이별의 거울입니다 내가 당신을 들여다보면 당신은 나를 들여다봅니다 내가 당신인지 당신이 나인지 알지 못하겠습니다 이별의 거울 속에 우리는 서로를 바꾸었습니다 당신이 나를 떠나면 떠나는 것은 당신이 아니라 나입니다 그리고 내게는 당신이 남습니다 당신이 슬퍼하시기에 이별인 줄 알았습니다 그렇지 않았던들 우리가 하나 되었겠습니까

—이성복

죽음과 이별.

죽음은 필연적으로 이별을 동반한다. 이별은 삶의 무상성을 뼈저리게 깨닫게 한다. 그러므로 죽음과 이별은 동의어가 아닐까. 이별은 단순하게 생각하면 시공간의 멀어짐을 의미하지만, 미학적 관점

에서 보면 운명적 결별을 의미하며 죽음을 은유하기 때문이다.

가장 강한 사람도 운명을 막지 못한다. 많은 사람들이 너무 늦게 죽고 몇몇 사람들은 너무 일찍 죽는다. 선한 사람은 일찍 죽고, 악인은 늦게 죽는다. 이게 바로 그 소설의 큰 테마 중 하나라고 할 수 있다. 김규현과 이브라함은 참으로 착하고 선한 사람이지만 불의에 일찍 죽기 때문이다.

그런데 죽음에는 천수를 다 누리고 죽는 자연사(이때는 집의 침대 또는 병원의 침대에서 편히 죽는다), 자살, 살인에 따른 죽음, 천재지변(act of god) 같은 신의 짓궂은 장난에 의한 죽음, 막다른 운명의 장난에 의한 죽음, 오만한 인간의 광기에 의한 죽음, 제도적 살인 예컨대 국가기관의 고문, 학살(나치의 유대인 대학살, 스탈린의 대학살, 크메르 루즈 대학살을 상기하라.)이나 인간을 심판할 자격이 있는지 의심스러운 멍청한 판사에 의한 살인 선고와 그 집행 등에 의한 죽음이 있다.

그러나, 사람은 죽지만 이별은 남는다.

2013년 8월

죽음과 이별

사랑과 이별

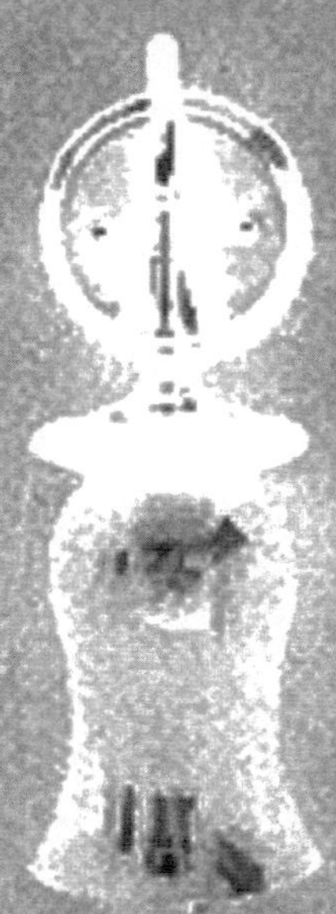

침묵

세이렌들은 새의 모양을 한 여자들이지만 그들의 가슴 속에는 악마의 영혼이 깃들어져 있었다. 그런데 세이렌은 4명이다. 텔크시에페이아('매혹적인 목소리'). 아그라오페메('아름다운 목소리'). 페이시노에('설득'). 모르페('노래').

그녀들은 화려한 꽃이 만발한 섬인 안테모에사에 살면서 아름답고 달콤한 목소리로 노래를 불렀기 때문에 그 노래를 들은 뱃사람들은 누구나 영원히 귀를 기울이지 않을 수 없었고, 마침내 희생자들은 바위에 부딪쳐 난파했다. 그녀들이 사는 섬의 땅은 뱃사람들의 백골로 뒤덮여 하얗게 빛났다.

만약 세이렌들의 노랫소리에 굴복하지 않고 이 섬을 통과하는 배가 있으면, 이번에는 그녀들이 바다에 빠져 익사할 것이라는 예언이 있었다. 그러니 그녀들은 어떻게 해서라도 필사적으로 뱃사람들을 유혹하여 죽게 만들어야 했다.

오디세우스가 고향 이타카로 돌아가면서 그 섬을 지나게 되었다. 그는 부하들의 귓구멍을 밀랍으로 단단히 막고, 자신은 세이렌들의 노래에 유혹 당하지 않도록 하기 위해 부하들에게 지시해서 자신을 돛대에 단단히 묶어 놓게 했고, 그가 밧줄을 풀라고 명령해도 절대로 그래서는 안 된다고 미리 지시를 하였다.

그러나 오디세우스는 아무 탈 없이 무사히 해협을 통과하였다. 일은 너무 싱겁게 끝나버렸다. 아마 그가 유일했으리라.

그녀들은 그때 오디세우스가 왔을 때 불굴의 사나이인 그의 눈빛에 어리는 굳은 의지를 보았던 것이다. 그는 단순한 뱃놈이 아니었다. 거센 물살이 배를 공중으로 띄워 올리고, 폭풍이 배를 산산조각 내는 저 멀고 먼 바다를 떠돌아다니는 해적의 두목처럼 늠름하였다.

그 순간 그녀들은 그를, 그의 불타는 욕망을, 그의 사내다움을 사랑하게 되었고, 평생 동안 노래만 불러온 그 노래꾼들은 갑자기 알고 있는 모든 노래를 죄다 잊어버렸다.

오디세우스는 세이렌들의 가녀린 눈에 눈물이 가득 고인 것을, 얼이 빠져 굳게 닫혀버린 입을 쳐다보면서 만면에 행복한 웃음을 띤 채 득의의 표정으로 여유롭게 해협을 지나갔다. 해협의 파도는 잔잔했고 바람은 부드러웠다.

세이렌들에게는 지하의 왕국인 하데스의 예언적 노래보다 더 무서운 무기를 가지고 있었으니, 그것은 그녀들의 침묵이었다. 그녀들은 단 한 번 그 무서운 무기로 오디세우스에게 대적한 것이다.

사랑에 대한 짧은 고찰

두 젊은 남녀가 카페도 아니고 길거리에 선 채로 티격태격 말싸움을 하고 있다. 여자는 약간 흥분해 있으나 진지했고 남자는 그저 헤헤 거리고 있다.

"네가 정말 날 사랑한단 말이지. 틀림없겠지. 그렇담, 사랑의 이유가 있을 거 아냐?"

"왜 사랑하는데 이유가 있어야 하지."

"사랑한다면 사랑에 조건이 있을 것 아냐?"

"무슨 조건? 왜?"

"앞으로 어떻게 사랑할 건데? 사랑의 방법을 말하는 거야."

"두고 봐야 할 거야."

"미심쩍은 일이야. 증명을 해보시지, 사랑의 증명을!"

"사랑에 왜 증명 따위가 필요하지!"

"넌 언제까지, 날 사랑할 건데?"

"평생 동안을"

"이제 딱 걸렸어. 그건 새빨간 거짓말이야. 한 여자를 평생 동안 사랑한다는 말은 초 한 자루가 평생 동안 탄다는 말만큼 거짓말인 거야. 이건 톨스토이가 말했지. 톨스토이가……."

"톨스토이가 항상 옳은 건 아닐 거야."

한숨을 돌린 뒤, 침착함을 되찾은 여자는 생각했다.

만약에 말인데…… 25살 먹은 여자가 사랑을 받고 있다면 그만큼 많은 매력이 있어야 하는 거 아냐? 그런데, 연상이면 어때? 내가 미련하게 누나 행세를 했던 건가? 난, 너무 들떠있으며 어린애처럼 변덕스럽고 경솔해서 싫은 건가? 더욱이 서투르고 고집불통이고 형편없는 거지. 네가 바라던 여자가 아닌 거지. 내가 아주 냉정한 여자이면 좋겠어? 내가 전적으로 너에게 매어있기를 바라는 거야? 이조시대 여자처럼 절대적 순종을 바라는 거야? 난, 너밖에 없거든. 난, 지금 가끔 울고 싶다고 계절은 너무 아름다운데 난 외롭고 버림받은 기분이 들거든. 5월은 계절의 여왕이라는데. 자신을 달랠 수가 없는 거야. 마음을 진정시킬 수가 없는 거야. 네가 우는 것을 질겁하는 거 알고 있지만…… 그래서 속으로 울고 겉으로는 헤헤거리는 거야. 너에게 부담을 주고 싶지는 않지. 밤과 질은 어둠이 점점 무서워지고 있어. 도시 전체가 깊이 잠들어 버린 밤 말이야. 내가 곤히 잠들어 있는 한밤중에도 새벽녘이라도 상관없이 네가 전화를 해주면 얼마나 좋겠어. 핸드폰은? 너에게 아무것도 요구해서는 안 된다는 걸 알아. 그러나 어쩔 수 없네. 네가 날 구원해줘. 물론 사랑이 온갖 슬픔을 모두 달래주는 것은 아니라는 것쯤은 나도 알고 있는 거야……

그런데, 넌 우리가 사랑한다고 해도 결혼은 절대 할 수 없을 거라고, 이미 결론을 내려버린 거야? 우리가 꼭 섹스를 해야만 하는 거야? 그래야만 사랑이 되는 거냐구? 너는 끝없이 타오르는 욕정에 사로잡혀있을 거야. 너는 내 자궁과 젖가슴이 필요하겠지. 오직 배설과 애무의 도구로서 말이야. 풀어헤친 내 가슴에서 뿜어나오는 젖과 땀의 비릿한 채취, 따스함과 짙은 향수, 육체의 열기를 맡고 싶겠지. 물고기처럼 움직여서 깊이깊이 들어가고 싶겠지.

넌, 요즈음 날 만나는 걸 꺼리고 있는 거야. 내가 모를 줄 알아. 그렇게 바쁜 거야. 시간이 나지 않는 거야. 오랫동안 우린 매일 만나거나, 하루에도 전화를 열 번쯤은 했었지. 얼마 전까지는 이틀에, 삼일 만에 만났었지. 우리가 지금 일주일 만에 만난 거 알고 있어, 알고 있냐고? 그게 가능한 일이야? 그래도 되는 거냐구? 넌, 지금 자신이 뭘 잘못했는지 도통 모르고 있는 거야. '왜 갑자기 화를 내고 그래. 내가 뭘 잘못했는데?'라고 되묻고 싶겠지. 그걸 몰라서 묻는 거야. 넌, '그래, 우리 그만 다투자. 전부 내 잘못이야. 미안하지. 그럼 된 거지.'라고 얼렁뚱땅 넘어가고 싶겠지. 그러면 뭘 그렇게 잘못했는지 내게 하나씩 자세히 말해줄 수 있겠어? 그러니까, 그건 '나는 잘못한 게 하나도 없지만 잘못한 걸로 쳐주지.'라고 날 기만하는 거지. 내가 그걸 모를 줄 알아. 나를 아예 싹 무시하는 거야. 이 멍청아, 남잔 여자의 진짜 속마음을 읽을 줄 알아야 하는 거야…….

너는 도대체 '구관이 명관'이라는 속담을 알고는 있어? '있을 때 잘해'라는 명언을 알고 있냐고? 내가 지금 어리석은 소리, 어처구니없는 대화, 저주의 말, 아니면 새삼스럽게 진부한 사랑을 고백하고 있는 걸로 보여?

아니야…… 아니야…… 아니야…….

중대한 결심을 해야 할 거야. 난, 매달리는 여자가 되고 싶지는 않지. 그건 내 위대한 자존심이 허락하지 않지. 모든 게 너에게 달려 있는 거야. 난 떠날 수도 있어. 지금, 당장이라도 그래도 나는 파멸하는 게 아니지. 넌 날 비난할 수 없어. 절대로 우린 지금 21세기에 살고 있는 거지. 우린 동등한 거야…….

봄기운은 벌써 기울었다. 반은 봄이고 반은 초여름이다. 바람이 조금 부는 맑은 날이었다. 늦은 오후의 장밋빛 햇살이 그들의 마음속에 따뜻하고 진귀한 것을 깨닫게 해주고 있다.

　여자가 다시 진지한 목소리로 말했다.

　"이게 사랑인지…… 자꾸 의심이 드는 거야. 사랑에 빠진 여자가 원하는 것은 사랑 받는 남자가 자기 자신을 절대적으로 사랑하는 거지. 난 지금 갈피를 잡을 수가 없는 거야. 너무 혼란스럽단 말이야. 내가 지금 너무 사변적이고 말이 많다고 생각 하지는 마. 내 물음에 예, 아니오 라고 간단히 대답해. 내가 지난밤에 사랑의 의미에 대해 정리했거든. 거짓말은 사랑을 죽인다고 했어. 지금부터는 진실을 말해보시지. 그렇지 않아?"

　"……."

　"일상생활은 사랑의 최대 적인 거야. 그게 사랑을 갉아 먹는 거지?"

　"……."

　"너에게 사랑의 정열이 지금 활활 불타고 있다는 거지? 사랑은 증오이고 질투에 불과한 거야. 질투가 없는 곳에는 사랑도 없다고 했어. 이건 독일 속담이야. 너에게 질투심이 있기는 해? 질투심은 어쩔 수 없는 거야. 나쁜 게 아니란 말이지. 절대로 질투는 사랑하는 대상을 독점하려는 원초적인 욕망이자 무의식적인 소망인 거지. 그래서 의심을 수반할 수밖에 없는 거지. 하지만 질투를 가리켜 사랑의 어두운 이면이라고 단정 지을 수는 없을 거야.

너는 너희들이 신주 모시듯 하는 하나님도 '질투하는 하나님'인 거 알고 있어? 하나님이 직접 '나 여호와는 너의 하나님이고, 너의 하나님은 질투하는 하나님이니라'라고 말한 거 알고 있냐고?"

"……."

"사랑은 악마라고 했어. '사랑은 악마다. 사랑 이외에는 다른 악마는 없다.' 이건 셰익스피어의 말이지. 악마가 맞는 거야. 넌 악마를 사랑할 수 있어. 자신 있느냐 달이야?"

"……."

"사랑은 괴로움으로 가득 찬 불치병이야. 그런 거야. 사랑은 치료약이 없는 병이란 말이야. 그래도 괜찮겠어?"

"……."

"사랑은 끝없는 신비야. 아무것도 사랑을 설명할 수 없기 때문이지! 너는 그 신비를 믿을 수 있어?"

"……."

"증오로 변한 사랑처럼 엄청난 분노는 천국에도 없고, 멸시당한 여자처럼 무서운 복수의 여신은 지옥에도 없다고 하지. 넌, 날 분노케 할 거야 말거야?"

"……."

"커피는 악마처럼 검고 지옥처럼 뜨겁고 천사처럼 순수하고 사랑처럼 달콤해야 한다고 했지. 그런데 커피 이야기가 아니라 사랑이야기인데, 사랑은 정말 달콤한 거야?”

“……”

“오로지 이별의 고뇌 속에서만 우리는 사랑의 심연을 들여다본
다고 하지?”

“……”

“사랑은 모든 기술 가운데 최고의 기술이라고 했어. 너에게 그
기술이 있는 거야. 네가 사랑의 기술자인 게 맞아?”

“……”

“첫사랑보다 더 좋은 사랑은 없다고 하지, 이게 첫사랑 맞아?”

“……”

“사랑이 식어버린 사람들 가운데 한때 사랑에 빠졌던 것에 대
해 부끄럽게 여기지 않는 사람은 거의 없다는 말에 동의하는 거
야?”

“……”

“사랑은 싱싱할 때는 달지만 단물이 다 빠지면 쓴 거야. 그때는
뱉어버려야 하는 거 아냐?”

“……”

“사랑은 홍역과 같아 그것은 뒤늦게 앓을수록 증세가 더욱 심
하지, 너는 어때?”

“……”

"농담에 대한 서로 다른 취향은 사랑의 중대한 장애물인 거 알
고 있어?"

"……."

"많은 남자들이 너무 희미한 불빛 아래에서 여자를 보고 사랑
에 빠졌지. 좀 더 밝은 곳에서는 그렇게 하지 않았을 거야. 너도
그런 거 아냐?"

"……."

"사랑은 남자에게는 그리 대단치 않지만, 여자에게는 삶 그 자
체야, 알고 있는 거야?"

"……."

"나하고 결혼할 수 있어? 결혼은 사랑의 생명을 연장하는 과정
이 아니라 사랑의 시체를 미라로 만드는 과정이란 거 알고 있어.
그래도 결혼할 거야? 빨리 대답해."

"……."

"서로 사랑하는 남녀의 결혼은 누구의 사랑이 먼저 식는지 내
기를 거는 거야?"

"……."

"우리는, 우리가 사랑하는 것에게 쉽게 속는다고 하는데, 넌 날
속이고 있는 거 아냐?"

"……."

　　"우리를 가장 심하게 해칠 힘이 있는 사람들은 바로 우리가 사랑하는 사람들이야. 너도 날 심하게 해칠 때가 있겠지?"

　　"……."

　　"우린 대학 동아리에서 처음 만났지. 그날이 생각나는군. 처음 보는 순간 너는 영락없이 강원도 촌놈이고 꾀죄죄했거든. 그러나 우린 우정으로부터 시작된 거였어. 티격태격하면서 우정을 쌓는 데는 2년이나 걸렸는데……. 난 오랫동안 네가 남자로 보이지 않았지…….

　　그런데 여자의 우정은 언제나 사랑으로 끝난다고 하더라고 그래서 사랑이 들어가면 우정은 떠나간다고 하였어. 우정과 사랑은 서로 배척한다고 하니까.

　　그러면 우리에게 더 이상 우정은 없는 거야? 우리가 만약 헤어진다고 가정할 경우, 우정은 어떻게 되는 거냐구?"

　　"우정은, 무슨 우정, 돌이킬 수 없는 악감정만 찌꺼기로 남겠지. 난 감정의 노예가 될 수는 없을 거야. 그러니까 끝장인 거야. 애당초 기대하지도마."

　　"나는 헤어지더라도 네가 잘되기를 진심으로 바랄 거야. 그렇지, 그건 아니야, 내가 왜? 절대로 아니야. 절대로……."

　　여자가 갑자기 악에 바쳐 소릴 질렀다. "넌 날 사랑하지 않는 거야. 이제 증명된 거야. 나쁜 자식!” 그리고 갑작스럽게 달려들어 남자의 뺨을 후려쳤다. 그러나 남자는 여전히 헤헤거리며 이에 상관치 않고 그녀를 끌어안고 키스를 퍼부었다. 그녀의 입에서 젖비린내가 났다. 그 다음에는 남자가 양팔로 그녀의 허리를 조이기 시작하였다. 마침내 두 사람은 하나가 되었다. 그리고 딱 붙어서 종이처럼 얇게 납작해졌다. 그들의 육체는, 사랑은, 언어는, 무게를 잃어버렸다. 재처럼 가벼워졌다. 그때 때마침 거리에 불어오는 산들바람에 날려서 허공으로 사라졌다. 사라져 버렸다.

그들은 순수했기 때문에 그 이야기들은 영혼의 속삭임에 다름 아니었고 그래서 상쾌한 공기처럼 가벼운 것이었다. 날이 곧 저물 것 같다. 하늘은 저녁놀을 배경으로 핑크빛으로 변했다. 그녀는 사랑의 노래를 흥얼거렸고, 너무 행복했다.

사랑은 은유다.

사랑은 무無다.

오디세우스의 이별

오디세우스는 미친 사람 행세를 하면서까지 참가를 꺼려했지만 어쩔 수 없이 트로이 전쟁에 참가하였다. 그러나 그 전쟁에서 승리의 원동력이 된 트로이 목마는 교활한 인간인 오디세우스가 고안한 술책이었다. 아무튼 그 전쟁에 참전하는 과정에서 10년의 세월을 소모하였고, 전쟁이 끝난 후 그의 고향 이타카로 귀환하는데 다시 10년이 걸렸다.

오디세우스는 이타가로 돌아가는 항해 도중 에우로스(동풍)와 제퓌로스(서풍), 노토스(남풍)와 보아레스(북풍)가 교차하면서 폭풍처럼 휘몰아치는 바다에서 너무나 모진 시련을 겪으면서 마침내 모든 부하들과 남아 있던 배까지 잃고 말았으니, 오직 그만이 살아남아 이틀 낮 이틀 밤 동안 바다 한 가운데에서 부러진 돛대에 매달려 있다가 큰 너울에 떠밀려 들쑥날쑥한 암초와 돌출한 바위

뿐인 어떤 섬의 해안가에 도착하였다.

　그날 새벽 동이 틀 무렵 오디세우스는 파도에 떠밀려 와서 그 섬의 해안가에 혼자 누워 있었다. 그는 반쯤 정신이 나갔고 너무 기진맥진해서 신음소리조차 낼 기운이 없었다. 온몸에는 상처와 피멍자국 투성이이고 얼굴에는 죽음의 그림자마저 얼씬거리고 있었다. 그날 오후 해가 중천에서 빨갛게 이글거리고 있을 때 섬의 요정들에게 발견되었으니 망정이지 그렇지 않았다면 틀림없이 이름 모를 섬에서 허무하게 객사했을 터였다.

　그는 발견되자마자 우선 물을 청해서 실컷 마시고 해갈부터 하였으며, 그 다음에는 며칠째 굶은 채로 바다와 사투를 벌이면서 너무 허기가 졌기 때문에 몇 시간째 요정들이 날라다 주는 푸짐한 음식과 나중에는 입가심용으로 포도주까지 달라고 해서 허겁지겁 다 먹어치웠다. 이제 배가 터질 듯 하였다. 그의 얼굴에 비로소 엷은 미소가 번지며 역겨운 냄새가 풍기는 트림을 몇 번씩이나 요란하게 토해냈다.

　그리고, 그제서야 자기 혼자서 살아남은 것을 깨달았고 바다에 빠져 불귀의 객이 된 부하들과 애지중지 아꼈던 배가 산산조각이 난 것을 생각하고 깊은 슬픔을 느꼈다. 그러나 오디세우스는 눈물을 조금 흘리며 울어보려고 애를 썼지만 도대체 눈물이 고이질 않았다. 울지 않은 지가 기억할 수 없을 만큼 하도 오래되었기 때문이다.

하지만 그는 티탄 아틀라스의 딸인 님프 칼립소가 살고 있는 오기기아 섬에서 어쩔 수 없이 정착하였다. 그리고 7년 동안이나 요정 칼립소에게 사랑의 볼모로 잡혀 있게 된다. 그는 그 요정과 사랑에 빠져버렸다. 마치 남태평양을 항해하던 뱃사람이 폴리네시아의 풍만한 여인을 만나는 것처럼 말이다.

그는 천국과 같은 그 섬에서 칼립소와 함께 쾌락에 빠져 너무나 행복한 삶, 기쁨과 보람으로 충만한 삶을 살았다. 그런데 쾌락은 망각과 깊이 관련되어 있다. 쾌락은 모든 성가신 일을 잊게 만드는 강렬한 힘을 가지고 있기 때문이다. 그는 한동안 쾌락에 탐닉하여 고향 이타카도, 페넬로페도, 삶의 목적도, 자기 자신마저 잊어버렸다. 그러나 그 무분별한 쾌락에도 한계는 있다. 그를 마침내 쾌락에서 깨어나도록 한 것은 시간이었다. 시간이 흐를수록 현실에 대한 주체할 수 없는 지루함, 권태와 함께 타고난 뱃사람의 항해에의 욕망, 귀환에의 뜨거운 욕망, 향수병을 어쩔 수가 없었다.

그녀는 현명하고 지혜롭고 참을성 많고 임기응변과 언변에 능한 탁월한 인물인 오디세우스를 연인으로 삼으면서 그를 불멸의 존재로 만들어주겠다고 끊임없이 유혹하였다. 더욱이 키는 작으나 몸이 다부지고 정력까지 센 오디세우스에게 흠뻑 반한 칼립소는 그를 달래서 결혼까지 하고 그 섬에 주저앉히기 위해 한껏 애교와 위엄, 협박을 섞어서 말한다.

"그대는 진심으로 지금 당장 사랑하는 고향 땅으로 돌아가기를 원하시나요? 그렇다면 편안하게 가세요. 그러나 만약 그대가 고향 땅에 닿기도 전에 얼마나 많은 고난을 겪어야 할 운명인지 알게 된다면 날마다 그리워하는 그대의 아내를 보고 싶은 열망에도 불구하고 이곳에서, 바로 이곳에서 나와 함께 살며 이 집을 지키고 불사의 몸이 되고 싶어질 겁니다. 진실로 나는 얼굴과 몸매, 신체적 아름다움에서 그녀 못지않다고 자부하지요. 그녀는 인간, 지금쯤 많이 늙어버렸지 않았겠어요 필멸의 인간 여인들이 몸매와 생김새에서 불사의 여신들과 겨룬다는 것은 당치도 않은 일이지요."

오디세우스는 역시 정중한 어조로 칼립소에게 말한다.

"존경스런 여신이여, 그 때문이라면 조금도 화내지 마시오. 페넬로페가 비록 정숙하기는 하지만 그대와 비교하면 위대하지도 아름답지도 않다는 것을 나도 잘 알고 있소. 더욱이 그녀는 필멸하는데 그대는 늙지도 죽지도 않으시니까요. 하지만 내가 머일 비는 유일한 소원은 집으로 되돌아가서 귀향의 날을 맞이하는 것이오. 설혹 신들 중에 어떤 분이 또다시 포도주 빛 바다 위에서 나를 난파시키더라도 나는 불타는 가슴 속에 고통을 참는 마음을 갖고 있기에 끝까지 참을 것이오. 나는 바다와 전쟁터에서 이미 많은 것을 겪었고 숱한 고생을 했소. 그러니 이들 고난들에 또다시 고난이 추가될 테면 되라지요."

오디세우스가 그렇게 말하고 난 후 해가 지고 어둠이 내렸다. 칼립소가 유혹하는 뜨거운 눈길로 그를 바라보았다. 그는 어느새 토실토실한 계집이 되어 친친 감겨오는 칼립소를 안고 아늑한 동굴 속 둥근 천장 아래로 가서 넓적다리가 뒤엉긴 채 사랑을 즐겼다. 그런데 정력의 화신인 오디세우스는 지치지도 않고 밤새도록 굵어진 그의 성기가 가늘어질 때까지 열 번 이상 셀 수 없을 만큼 사랑을 퍼부었다. 육체의 내면에서 팽팽하고 거칠고 강렬하게 욕망이 끊임없이 분출하였기 때문이다. 그들은 새벽녘이 되어서야 발가벗은 채로 잠이 들었다. 그러나 오디세우스는 너무 피곤한 나머지 잠이 들자마자 심하게 코를 골았다.

그러나 칼립소는 어쩔 도리가 없었다. 그의 고집을 꺾을 수가 없었던 것이다. (그런데 일설에 의하면 칼립소는 죽어도 오디세우스를 떠나보내지 않으려고 했지만, 제우스신이 헤르메스를 보내 칼립소를 설득하여 그를 풀어주게 하였다는 것이다.)

어쨌거나 그녀는 오디세우스를 보내줄 궁리를 하고 출발을 위해 모든 것을 준비했다. 칼립소는 오디세우스를 목욕시키고 향기로운 옷을 입혀준 다음 섬에서 떠나게 해주었다. 여신은 뗏목 안에 가죽 부대 두 개를 넣어주었는데 그중 하나는 붉은 포도주가

든 것이었고 큰 것은 물이 든 것이었다. 그녀는 또 가죽 자루에 넉넉하게 양식을 넣어주었다. 이윽고 그녀가 부드럽고 따뜻한 순풍을 일으키자 고귀한 오디세우스는 기뻐하며 고향 이타카로 돌아가기 위해 바람에 돛을 펼치고는 뗏목에 앉아 능숙하게 키로 방향을 잡았다.

하지만 귀환 후의 그의 삶이란, 방랑과 모험의 생활을 끝내고 평화롭고 권태스러운 일상을 되찾아 안주하게 되자 너무 답답해서 숨이 막혔기 때문에 차라리 비극적인 삶에 가까웠다. 일종의 가사 상태에 빠져버린 것이다. 이제 그의 고향은 죽음의 가면이고 그를 가둬 놓은 감옥이 돼버렸다. 그랬으니 구혼자들을 모두 죽여서 통쾌하게 복수한 후 그의 아내 페넬로페와의 재회는 너무 무의미한 것이었고, 그녀의 환영은 어느덧 사라지고 없었다. 그는 그녀에게서 아무런 기쁨도 느끼지 못했다. 더욱이 페넬로페는 20년 동안이나 정절을 지킨 탓에 음부가 늙은 할머니의 그것처럼 수축되어 쪼그라들었고 메말라 있었다.

(그녀는 불멸의 여신이 아니었다. 즉 연약한 인간 여자에 불과했으니 20년간의 정절은 참으로 무의미했다. 얼굴은 쭈그렁밤처럼 쭈글쭈글해지고 그것은 메말라 버리지 않았는가. 이제는 바싹 늙어버린 것이다. 더욱이 그는 돌아온 집에 정을 붙이지 못하고 다시 떠나고 싶어서 안달복달하고 있지 않은가. 이제 그녀는 안중에

도 없는 것이다.

결국 페넬로페는 자신의 찬란한 삶을 스스로 망쳐버린 것이다. 어찌 그렇게 쓸데없는 일을 했는지…… 안타깝다. 더욱이 오디세우스는 귀향하던 중 칼립소를 만나 7년 동안이나 태평성대 속에서 실컷 즐기지 않았던가.

그녀는 한창 젊은 시절에 그 열렬한 구혼자들과 쓸데없이 싸우는 대신 108명이나 되는 구혼자들 중에서 마음에 꼭 드는 자들을 골라서 함께 궁중에서 화려한 연회를 벌이고 주지육림 속에서 맛있는 음식을 먹고 와인을 마시며 은밀하게 또는 공공연하게 차례차례 생의 쾌락을 마음껏 즐겼어야 했다.

그러므로 쓸데없이 3년간이나 오디세우스 아버지 라이르테스의 장례식에 쓸 수의를 낮에는 짜고 밤이면 다시 낮에 만든 것을 풀어버리는 노고를 할 것이 아니었다. 그건 쓸데없는 짓이었다. 그건 시시포스의 영원한 형벌에 다름 아닌 것이다.

그런데 쾌락은 누구나 공통적으로 가지고 있는 인간의 기본적인 욕구이고 인간의 본성이며 즐거운 인생의 최대 목적이다. 일시적 쾌락만이 선이며 가능한 한 많은 쾌락을 누리는데 행복이 있다고 설파한 아리스티포스의 감각적, 양적 쾌락주의를 상기할 필요가 있다. 그녀는 인류 여성사에서 열녀의 본보기가 아니라 가장 어리석은 여자의 목록에 첫 번째로 기록될 것이다.)

그는 고향에 일단 돌아왔지만 항해 자체가 제공한 풍요한 경험 속에서 삶의 본질을 깨달았으니, 20여 년 동안의 방랑과 방황, 그 찬란한 여행 속에 그의 삶의 정수가 담겨져 있었던 것이다. 그는 자신은 고향이, 집이 없다는 사실을, 페넬로페의 20년간의 정절도 무의미하다는 사실을, 충직한 개 아르고스의 기쁨도 의미 없음을, 자신이 걸어가는 방랑의 길속에, 그 고달픈 여행 속에 진리가 있음을 깨달았다. 그래서 목적을 위해서는 수단과 방법을 가리지 않고 비정하기까지 하며 카멜레온처럼 표리부동한 오디세우스는 페넬로페와 올림푸스의 신들을, 꿀이 흐르는 과수원과 올리브나무 숲을, 생활의 안락함과 부유함을 버리고, 다시 자유를, 구원을 찾아서 영원한 탈출을, 출발을, 권태로부터의 도망을 결심했다. 그의 삶은 다른 곳에 있음을 깨달은 것이다.

신이 명령했다.

"도망쳐라! 오디세우스여! 지금 당장 출발하라! 망설이지 마라! 도망! 출발! 도망! 출발!"

그는 곧 암흑과 격랑에 휩쓸리며 목적지도 없고 해안선도 보이지 않는 바다를 향해 나아갔다. 그리하여 그는 단 한 척의 배에다 그를 버리지 않은 몇몇 동료와 함께 광활하고 깊은 바다를 향해 떠났던 것이다. 그리고 남극 바다에서 언어가 부재한 미소를 머금은 채 홀로 죽었다.

호메로스의 일리아스와 오디세이아는 인류 문학의 원류이고, 토대이다. 그리고 오디세우스는 대담하고 위대한 모험가, 탐험가, 여행가의 원형이 되었다. 그러므로 중세기의 단테로부터 시작해서 테니슨, 파스콜리, 제임스 조이스, 니코스 카잔차기스에 이르기까지 오디세이아의 전통은 오늘날까지 계승되고 있다. 카잔차기스는 가장 최근에 오디세우스의 귀환 이후 새로운 여행에 관한 현대판 호메로스의 서사시를 썼다.

그런데 카잔차키스의 오디세우스는 이렇게 이타카를 다시 떠났다. 카잔차키스는 그날 새벽의 광경을 빠짐없이 지켜보았고 그걸 상세히 기록했다.

오디세우스는 페넬로페의 잠을 깨우지 않으려고 슬그머니 문의 빗장을 풀었다. 하지만 아내는 고통스러워서 핏기를 잃은 채로 입을 꼭 다물고 말 없이 눈을 감은 채 밤새도록 잠을 이루지 못하고 누워 있었고 청동 빗장이 삐걱거리자 그녀는 눈을 조금만 뜨고 희미한 새벽빛 속에서 몰래 빠져나가는 오디세우스의 모습을 보았다. 그녀는 움직이지 않았다. 그러나 기쁨의 시간이 다 지나갔음을 알았다. 슬픔에 빠진 여인은 무정한 남편의 무릎에 매달려 울지는 않았다. 그는 층계가 한참 동안 삐걱거리는 소리를 들은 다음에서야 몸을 일으켜서 담청색 달빛 속에서 발돋움을 하고 궁정을 지나 도둑처럼 살그머니 바깥 대문의 청동 빗장을 풀더니 뒤도 돌아보지 않고 재빨리 문턱을 건넜다. 그녀는 사라지는 남편의 모습을 지켜봤다. 가엾은 여인은 머리채를 움켜쥐고 슬프게 울었다.

그러나 험한 길을 혼자서 방랑하는 자는 두 팔을 벌리고 시원한 아침 공기를 배 속 깊숙이 들이마시고는 컴컴한 바닷가를 향해 서둘러 길을 달려 내려갔다. 그의 동료들은 벌써부터 열심히 일하며 그들의 새로운 배 밑으로 통나무를 깔고 천천히 밀고 내려갔으며 피리쟁이는 불이 붙지 말라고 통나무에다 물을 끼얹었다. 마지막으로 그들이 배를 바다 쪽으로 밀기 위해 막 어깨에 힘을 주려는 순간 선장이 달려와 함께 두 손을 내밀어 파도 속으로 배를 밀어 넣어서 사랑하는 섬으로부터 탯줄을 끊어 버렸다.

그녀가 한탄했다. "저 작자는 고향을 버리고, 나까지 버리고 몰래 도망가면서…… 너무 들떠서 희희낙락하고 있으니……. 그럼 난 뭐야. 늙은 것은 거들떠보기도 싫다는 거지. 내가 20년 동안이나 정절을 지킨 게…… 이게 무슨 소용이람. 아버지가 옳았어. 아버진 그 작자를 의심했던 거야. 그래서 딸을 주지 않으려고 하였는데……. 내가 잘못 선택한 거였어. 그건 자업자득인 거지."

단테는 오디세우스가 죽은 지 2,500년이 지나서 지옥에 가서 오디세우스를 만났다. (울리세스Ulixes를 만났다. 로마인들은 그를 그렇게 불렀다.) 그때 울리세스는 팔라스 상을 훔친 죄와 트로이의 목마로 속임수를 쓴 죄로 말미암아 지옥의 불 속에서 지옥의 간수장에게 끊임없이 고문을 당하고 있었다. 그때 그가 단테에게 끝없는 지적 욕구 때문에 고향으로 귀환한 이후 이어진 마지막 항해에 대해서 말했다.

울리세스가 두 갈래로 갈라진 불꽃의 혀를 날름거리며 이렇게 말했다.

"…… 자식에 대한 사랑도, 늙은 아버지에 대한 효성도, 아내 페넬로페를 기쁘게 해주었어야 하는 어엿한 사랑도 세상과 인간의 모든 악덕과 그 가치에 대해 완전히 알고 싶어서 내 가슴 속에 품고 있던 열정을 억누를 수가 없었지. 그리하여 나는 깊고 광활한 바다를 향해 오로지 한 척의 배를 타고서 떨어지지 않은 몇몇 무리와 함께 바다로 나아갔지……."

그러나 그는 한참 동안이나 뜸을 들이더니 속삭이듯 단테의 귀에 대고 다시 말했다.

"역시, 후회가 되는군. 칼립소를 떠나는 게 아니었어. 그 여잔 밤이면 아주 거칠게 대해주면 더 좋아했지, 뜨거운 여자이니까. 자넨, 순진무구한 사람이 인간의 쾌락을 이해할 수 있겠어?

자네가 아홉 살 때부터 사랑했던, 그 누구지? 그렇지, 베아트리체. 자넨 그냥 비체라고 불렀지. 비체야말로 아름다운 여성의 전형이라고 할 수 있겠지. 아름다운 초록빛 눈, 약간 두툼하고 사랑스런 입술, 통통한 엉덩이, 미끈하게 뻗은 다리 등. 그런데, 위대한 시인의 가슴 속에 불타는 저 영원한 여성, 천사, 구원자, 기쁨, 위안, 광명, 희열, 행복, 슬픔, 고통…… 베아트리체는 어떻게 되었어? 아, 깜빡했네. 그녀는 너무 일찍 죽었지. 비체야말로 지금 자네의 천국에 자리잡고 있는 구세주의 처소에서 편히 쉬고 있겠지.

그런데…… 정절, 그거 아무짝에도 쓸데없는 거야. 페넬로페가 20년 동안이나 정절을 지켰다고 하는데 알게 뭐람. 여자란 그저 젊고 탱탱해야만 하거든. 늙은 육체는 안타깝지. 또, 아들 녀석은 어떻고? 왕이 되겠다고 눈이 벌겋게 충혈 되서 설치질 않나. 백성들 역시 나에게 여전히 의구심을 갖고 있었다네, 신이 과연 내 편인지 의심한 거였어.

그러니 다 잊어버리고 떠나야만 했지. 타고난 방랑벽을 어찌할 수가, 늙은 나이도 막아내지 못하였지. 인간은 반드시 떠나게 되어 있거든. 고난의 여행 속에서 삶의 참뜻을 깨달아야만 하지. 그러나 장담하건대 나는 황금에 눈이 먼 사람은 아니지. 새로운 세계에 대한 호기심만이 가득한 사람이지. 그래서 다시 고향을 떠나 출발했지. 바다는 누가 뭐래도 무서운 곳이지. 그러나 나는 바다

를 두려워하면서도 사랑했지. 넓디넓은 바다를 생각만 해도 심장
이 터질 것만 같았으니까. 바다는 자석인 거야. 그리고 결국 바다
에서 죽었네. 당연한 거였어. 내가 바라던 바였거든.

그날은, 내 인생의 마지막 날은 이랬어. 그날 우리가 아주 깊은
곳으로 들어간 거야. 정죄산이 거리 탓인지 희미하게 나타났는데,
그것이 어찌나 높이 솟아있는지 내 일찍이 그런 산은 본 적이 없
었지. 우리는 기뻐했지만 금세 통곡으로 변해버렸지. 낯선 땅으로
부터 회오리바람이 불어와 뱃머리를 사납게 들이쳤기 때문이지.
높은 파도가 세 차례나 온통 덮어씌우더니…… 네 번째에는 심술
궂은 신께서 좋으실 대로 선미를 추켜올렸다가 뱃머리를 폭 빠지
게 하였으니…… 마침내 바다가 우리를 덮치고 말았다네.

나는 그때 바다의 짠물을 너무 많이 마셨어. 나는 고향이 아니
라 여관을 떠나듯 이승을 떠났지. 그래서 내 시체는 지금도 바닷
속 모래밭에 깊숙이 처박혀 있지. 땅 속에 묻혀 있지 않으니 내
영혼은 편히 쉴 곳이 없는 거야.”

파리의 이별

파리는 연인들을 사랑한다.

— 콜 포터

그러고 보니…… 파리가 그립다.

파리의 고약한 겨울 날씨가 생각난다. 찬비가 내리면 비에 젖은 우울한 거리에 낡은 도시의 온갖 서글픔이 난데없이 모습을 드러내기 때문이다. 그래도 낭만적인 도시 분위기를 잊을 수는 없을 것이다. 공부를 지독히 했던 그 시절의 소르본 대학 (……그때는 가끔 커피와 카페인을 엄청나게 마시면서 그 힘으로 일주일 동안이나 잠을 안 자고 버티며 공부를 했다……), 압생트 또는 가짜 압생트인 페르노가 생각난다. 나는 그때 너무 가난했으니까 값이 싼 페르노를 훨씬 더 많이 마셨다. 그것들을 어찌 잊을 수가 있겠는가.

나는 파리 시절 값이 싼 그걸 참으로 많이 마셔댔지. 소르본 대학에서 중세 박물관을 왼편으로 돌아서 센 강의 좌안을 향해 걷다 보면 나오는 생 미셸 거리의 먹자골목에 있는 터키 식당에서 주로 가짜 술을 마셨던 거야. 그것도 녹색을 띠고 있지만 물을 타서 희석시키면 금세 우윳빛으로 변하지. 맛은 감초 같고 기분은 한껏 고조되지만…… 역시 뒤끝이 안 좋은 게 흠인 거야.

압생트는 목구멍 아래로 털어 넣기 전에 음미하여야만 제맛이 나지. 입 안 가득히 그걸 들이켜서는 마취된 듯한 몽롱한 기분 속에서 술이 혀끝을 감싸고도는 것을 느껴야만 하지. 그것은 입 안에서 이리저리 굴리며 오래 맛을 음미하다 천천히 목구멍으로 넘겨서 속을 덥혀야 제맛이 나는 거야. 그렇지, 압생트의 향기는 정말 죽여주지. 그걸 몇 잔 걸치면…… 간덩이가 부어 몸이 주체할 수 없을 만큼 커져서 배 밖으로 튀어 나오지. 그게 환각 작용이 있어서 머리를 썩게 만든다고 하는데, 그 술에 대한 이유 없는 비방은 믿을게 못되는 거야.

다만, 그 마법의 술은 나에게 옛날에, 어린 시절에 일어났던 모든 것들을 차례차례 떠오르게 하지. 남쪽 바다, 잿빛 뻘밭, 벌교읍, 고향 마을, 아카시아 꽃, 제비, 참새, 갈매기, 철새, 똥개, 아버지와 동생, 어머니, 대합실, 톱밥 난로, 완행열차, 낙동강, 삼각주의 모래밭, 갈밭새, 대신동 등을.

　그리고 마로니에 나무와 미술관 순례가 가끔 생각나고……. 마로니에는 5월쯤 흰 바탕에 붉은 색을 띤 꽃이 만발하면 정말 환상적이었지. 몽빠르나스 대로의 마로니에가 녹색으로 우거지면 나폴레옹의 장군인 네이 사령관의 청동 동상― 승마 부츠를 신고 오른손에 칼을 들고 엉거주춤 자세를 취하고 서있는― 근처의 벤치에서 꽃잎의 짙은 향기에 취해서 오랫동안 앉아 있곤 했었지. 봄이 대기 속에서 한창 무르익어 감을 뼛속 깊이 느낄 수 있었거든. 그때 지빠귀들이 푸른 잎 속에 숨어서 얼마나 시끄럽게 지저대든지……. 주로 그녀와 함께 있었지. 아 아, 우린 서로가 그 시절 너무너무 행복했었는데……. 오랜만에, 아주 오랜만에 H가 갑자기 생각나는군.

　H는 이제는 거의 잊어버렸기 때문에 망각에 묻힌 기억 속 저 밑바닥에 가라앉아있는 희미한 추상적 존재에 불과하였지만 내가 파리를 생각할 때면 불가피하게 기억하지 않을 수 없다.
　균형 있는 몸매. ― 내가 여자를 평가하는데 있어서 중요한 기준이었다. 그것은 건축가다운 안목이라고 할 수 있다. 나는 건축 설계에서 균형과 대칭, 간결함을 추구하기 때문이다.

긴 검은 머리에 뿔테 안경을 써 지적으로 보이는 동유럽의 보헤미아에서 온 여학생. — 그녀는 나 보다는 훨씬 나이가 어렸지만 학교 강의실에서 몇 번 만났고, 눈인사 정도를 나누는 사이가 되자 언제부터인가 데이트를 하게 된 것이다.

그 벤치에서 우리는 몇 시간씩이나 지치지 않고 건축 설계의 세밀한 과정과 완공된 건물에 대해 진지한 애기를 주고받았다. 우리는 남녀의 차이, 문화 배경의 차이 (중부 유럽의 바로크 양식의 세계와 동양적인 목조 기와집의 세계의 차이)를 떠나서 건축가는 건물을 사용할 사람들과 보다 긴밀한 관계를 가져야 한다는 점에서, 또한 건축에 쓸데없이 너무 많은 이데올로기가 들어가서는 안 된다는 점에서, 건축이란 원래 혼돈의 모험이긴 하지만 그러나 냉소주의만큼은 극복해야한다는 점에서, 건축은 사치품이 아닌 사회적 필수품이기 때문에 건축가는 형식과 스타일, 기교 대신 건축의 본질을 직시해야 한다는 점에서, 그러므로 건물을 바로크식으로 장식하는 것은 아무런 의미가 없고 기능적이고 단순하고 삭막한 건축을 해야 한다는 아돌프 루스의 건축 미학에 전적으로 공감한다는 점 등에서 견해가 완전히 일치하였다.

우리들은 자주 함께 즐거운 식사를 하고, 술을 진탕 마시고, 미술관과 박물관에도 갔다.

그녀는 제2차 세계대전 당시 나치의 거대한 사기극이 연출되었던 테레지엔슈타트 출신인데, 유대계인지는 전체적인 얼굴 윤곽과 검은 머리 (그녀는 숱이 많은 머리카락이 돋덜미까지 흘러내려서 목을 완전히 감싸고 있는데 그러나 머리카락은 매우 여리고 마치 검은 그림자처럼 보인다.), 약간의 매부리코를 보면 그런 것 같기도 하지만 확실치 않다. 어쩌면 아슈케나지 유대인의 피가 반쯤만 섞였는지도 모른다.

그녀는 1960년대 출생했으니까 1948년 이후 공산주의 체제, 1968년 이후 옛 소련이 탱크를 앞세워 체코를 점령하고 있던 그 공포의 시기에 암울한 삶을 살았다.

그러나 그것들이 감수성이 극도로 예민한 시절에 그녀에게 간접적으로 또는 직접적으로 어떤 영향을 미치거나 상처를 입혔는지, 그 고통의 깊이를 헤아릴 수는 없었다.

그녀는 말했다. "그 나이에는 꿈같은 추억이 많을 때이지요. 그러나 난 초등학교 시절부터 홀로코스트에 대해 귀가 따갑도록 들어야 했지요. 그리고 그 시절에 벌써 끊임없이 당국의 감시를 받아야 했지요. 그래서 늘 불안했어요. 아버지게 가장 많이 들었던 말이 무엇인지 아세요. '항상 말조심하라. 이걸 밖에서 얘기해서는 안 된다. 저걸 얘기하지 마라.'였지요. 그 시절이 제 기억에서 지워졌으면 해요. 내가 꼭 이 세상에 태어나야 했다면 그 시절이 아니라 차라리 훨씬 나중에 태어났어야 했지요.”

그녀는 그 당시 여전히 이주자로서 느끼는 이중적인 낯섦과 동시에 프라하에 대한 향수병 때문에 몹시 시달리고 있었다.

그런데 그녀는 조상으로부터 물려받은 트라우마 때문에 나처럼 그런 증세를 가지고 있다고 고백한 일이 있었다. 나는 그녀에게 깊은 연민을 느꼈다. 그러나 나는 그걸 자세히 캐물을 수는 없었다. 결국 내 자신의 상처를 들쑤시는 일이니까.

그녀는 내밀한 소외감과 지독한 향수병을 달래기 위해 술을, 압생트를, 페르노를 많이도 마셨다.

생 미셸 거리의 터키 식당. 주인은 땟국이 지저분하게 얼룩진 하얀 앞치마를 두르고 터키의 전통 음식인 케밥을 열심히 굽고 있다. 케밥의 구수한 냄새가 실내를 가득 채운 가운데 맥주 냄새, 압생트의 향기가 희미하게 묻어 있다. 언제나 골초인 단골들이 내뿜는 담배 연기가 지독하다. 그들의 땀에 젖은 축축한 몸과 잘 씻지 않은 성기에서 시금털털한 냄새가 풍겨 나왔다. 그들은 후줄근하고 지저분한 작업복 차림으로 죽치고 앉아 집에 들어가는 시간을 어떻게 해서든지 늦춰보려고 술잔을 홀짝거리며 미적거리고 있었다.

그녀는 술에 취하면 마리화나를 피우면서 릴케의 시를 읊었다. “……고독은 비처럼 바다에서 저녁을 향해 올라온다. 그러고 나서 언제나 외로운 하늘로 올라간다. 처음으로 그 하늘에서 도시 위로 떨어져 내린다……."

밤이 깊었다.

가는 비가 내리는 거리는 텅 비어 있다.

그러나 나는 그때 건축 공부에 미친 듯이 열중해서 여자를 길게 만나면 시간만 빼앗긴다고 생각하고 있었다. 그래서 스스로 경계선을 설정하고 그 선 내에서 할 수 있는 행위를 엄격하게 제한하였다. 나는 소리 없이 외쳤다. '더 이상 다가가서는 안 되는 거야. 그렇지…… 그게 한계인 거야!' 하지만 그건 표면적인 이유에 불과하였고 실제는 나는 아직도 일종의 강박관념과도 같은 원죄의식에 사로잡혀 있어서 그 어떤 여자와도 진정한 관계를 가지지 못하였다.

얼마 후, 일 년쯤 후, 여자 쪽에서 먼저 적극적으로 관심을 보였지만 (내가 동의하였다면 우리들은 즉시 동거에 들어갈 수 있었다.), 커다란 갈등이나 심적 동요 없이 자연스럽게 헤어질 수 있었다. 서로 별다른 신체적 접촉도 없었으니 마지막 헤어질 때 가벼운 포옹과 악수가 고작이었다. 다만 둘 다 서로에게 호감을 갖고 있었으니 그대로 헤어진다는 것은 무언가 아쉬운 일이었다. (그녀는 헤어지면서 새삼스럽게 단정한 검은 머리, 반듯한 얼굴 그리고 꼿꼿한 자세로 앉아 강의에 열중하던 그의 태도를 되새겼다.)

파리의 늦은 밤.

밤공기는 차갑고도 축축했다.

그녀가 말했다. "서로 마음이 통했고, 상당한 시간이 흘렀는데
…… 아무 일 없었다는 듯이 헤어지다니요……. 이렇게 한심한 일
이…… 도대체 말도 안 되는 일이 있을 수 있을까요"

"……."

"진짜 파리를 떠날 이유가 생겼군요. 파리는 연인들을 사랑하지
않는 거예요."

그러나 그게 전부였다. 우리는 서로 두 눈을 크게 뜨고 응시하
다가 가볍게 미소를 짓고 돌아섰다. 그저 그렇게 헤어진 것이다.
어쨌거나 이별이란 해피엔딩은 될 수 없다. 모든 이별에는 일종의
해방감과 함께 큰 고통이 뒤따르기 때문이다.

그래도 그해 뜨거운 여름은 아름답고 감미로웠다.

나는 파리 시절 건축에 대한 나만의 미학을 정립할 수 있는 계
기를 마련했고, 불운한 화가 반 고흐를 정말 마음속으로부터 좋아
하게 되었으며, 그리고 사막의 매력을 알게 되었다.

마르세유

여자로 태어나는 것이 아니라 여자가 되는 것이다.
아무도 '아름다운 노파'에 대해 말한 적이 없다.
— 보부아르

마르세유는 항구다.

항구의 방파제에서 바라보는 지중해의 하늘은 너무 파랗다. 저 멀리 위풍당당한 구름들이 흰 돛을 펼쳐서 꿈결처럼 항해를 하고 있었다. 파도가 잔잔히 일며 뜨거운 햇볕 아래 바다가 아름답게 반짝거렸다. 아프리카 쪽에서 불어오는 시로코 바람이 이브라함의 얼굴을 스쳤다.

바다 새들은 방파제 위를 미끄러지듯 이리저리 빙빙 떠돌다가 높이 날아올라 남쪽으로 사라졌다. 바다 새들의 푸른 눈빛은 먼 바다와 긴 항해, 자유로운 비상을 동경하고 있었다.

바다는 해안으로부터 멀어지면서 모습을 바꾼다. 초록색이 점점 짙어지면서 검푸른 색으로 변하였다. 낮이 서쪽으로 물러가고 땅거미가 내려앉는 광경을 바라본다. 어둠이 야금야금 항구 주위를 부드럽게 감싸면서 방파제의 가로등에 하나 둘씩 파리한 불빛이 들어오고, 그것은 별빛처럼 간신히 지중해의 밤을 밝힌다. 신항 부두에 정박해 있던 낡은 화물선이 높은 굴뚝에서 짙은 검은 연기를 내뿜으면서 희미한 어둠 속에서 좁고 기다란 수로를 연체동물처럼 느리게 빠져 나와 막 불이 켜지기 시작한 등대를 지나고, 마지막 부표를 지나면서 뱃고동을 길게 울려 항구를 향하여 이별의 인사를 하였다.

그 고동소리가 항구로 퍼지면서 짧게 메아리치다 바람에 날려 갈기갈기 찢어졌다. 도시의 황금색 불빛에 가려진 마르세유는 눈부시게 아름다웠다.

그 배는 아시아를 향하여 긴 항해를 할 지 모른다. 또는 모잠비크 해협 건너편에 있는 마다가스카르의 어느 작은 항구로 향할지도 모른다. 어느 경우이건 수에즈 운하를 통과하여 홍해로 빠져 나가리라. 맑게 갠 푸른 하늘을 머리에 이고 수정처럼 맑은 홍해의 바다를 배가 남쪽으로 달릴 때는 강하고 시원한 맞바람이 불어와 정말 상쾌할 것이다. 선원들은 갑판에서 담배 연기를 여유롭게 내뱉으면서 그 쾌적함을 마음껏 즐길 것이다. 왼쪽으로 메카를 순례하는 무슬림이 다녔던 헤자즈의 순례의 길을 헤아리면서, 또 에덴동산을 쫓겨난 후 평생 농사일을 하며 고단한 삶을 살았던 이브가 도시의 성곽 바로 옆에 묻혀 있었던 지다를 지나치면서 말이다. 하지만 아덴만을 지나서 본격적으로 난바다로 나가면 무역풍에 부풀어 오를 대로 부풀어 오른 집채만 한 파도가 곤두박질치며 솟구치고 부서지면서 인정사정없이 그 작은 배를 덮칠지도 모른다. 그때는 배가 속수무책으로 파도에 휘둘리며 신음소리를 토해낼 것이다. 그래도 노련한 항해사는 그 파도를 무시하고 앞으로 나아가리라.

이브라함은 여관 주인의 간곡한 만류에도 불구하고 근 5년간이나 안정적으로 일했던 그 여관을 떠나기로 작정하였다.

"넌 착한 아이야. 넌 아프리카 출신이지만 괜찮은 사람이었어. 아니야, 너만은 아프리카인이 아니라는 생각이 들지. 정직하고……. 불평할 줄도 모르고 불법체류는 문제될 게 없어. 나와는 상관없는 일이거든. 급료도 매년 인상해 주었잖아, 네가 필요하다면 지금 당장 조금 더 올려줄 수도 있지. 하여간에 떠나지는 마. 네가 가버리면 내 옆에는 아무도 남아있지 않지. 너는 떠날 수가 없을 거야. 나중에 얘기하려고 했는데……. 네가 나를 받아준다면 이 여관의 삼분의 일을 공동상속으로 넘겨줄 수 있지. 그러니까, 네가 원한다면 지금 당장 공중 유언장을 해줄 수도 있을 거야."

이제는 더욱 늙어버린 엘리제가 읽던 책을 덮고 그를 쳐다보지도 않은 채 작은 사무실의 희뿌연 창밖을 무심히 내다보면서 숨이 가쁜지 느릿느릿 말하였다. 그녀는 어느새 60대 중반에 접어들어서 중늙은이가 다 되었다. 체중은 더욱 불어나고 목둘레가 두터워지면서 이중턱이 되었다. 여전히 목소리는 부드럽고 따뜻했지만, 혼자 사는 늙은이 특유의 어딘지 외롭고 쓸쓸한 모습을 숨길 순 없었다.

만날 보았던 그 작은 공간의 풍경들이 그날따라 갑자기 낯설게 느껴졌다.

그는 대개 오전 10시쯤이면 3층 건물의 여관에 도착하여 늙은 여자 주인으로부터 마스터키를 넘겨받은 다음 좁은 층계와 복도에 덕지덕지 붙어있는 해묵은 때를 화학약품으로 문질러 닦기도 하고, 매 층마다 통로 끝에 있는 화장실과 샤워실을 청소하였다. 그리고 비어 있는 이 방 저 방들을 정리하는데 투숙객들은 대부분 너무 가난한 사람들이어서 휴대품이 간단하였고, 여관의 방 역시 비좁았다. 방 안에는 나무 침대 하나가 창 쪽으로 놓여 있고, 옷장 하나, 네모난 탁자 하나, 회색 천을 씌운 의자가 둘, 아주 작은 세면대 등이 있었다. 하나같이 때가 끼고 낡아빠진 것들이었다. 방의 벽에는 풍만한 가슴을 한 요염한 여자들의 나체사진들이 붙어 있었고, 지독한 담배 냄새와 함께 남자들의 정액 냄새가 물씬 풍겼다.

그는 20여 개의 방 정리를 아주 간단히 해치울 수 있었다.

그가 여관에서 일을 끝내고 오후 두세 시쯤 여관을 나설 때면 지중해의 태양은 여전히 하늘 높이 걸려있었고, 그는 내리 쏟아지는 햇빛 속에서 뛰다시피 하여 그 식당으로 가서 밤늦게까지 온갖 허드렛일을 하였던 것이다.

그 무렵, 그는 그 선착장에서 마르세유가 2,500여 년 전 마그나 그라이키아 시절부터 항구였던 구 항구의 바다 쪽을 바라보는 곳에 자리 잡은, 마르세유의 별미인 부야베스를 전문으로 하는 한 레스토랑에서 몇 시간씩 접시 닦기, 청소 등 잡일을 하는 부업을 하였다.

그녀는 세 번 결혼했으나 모두 이혼하였다. 그리스 출신으로 대형 화물선의 항해사였던 첫 남편에게서만 남매를 낳았다.

언젠가 그녀가 말했었다.

"그래도, 가장 괜찮은 사람이었지. 근데 방랑벽이 너무 심했어. 바다에 나가지 않으면 미쳐버리는 사람이었어. 바다가 그의 삶을 온통 지배하고 있었지. 난, 외로워서 이혼할 수밖에 없었지."

　큰아들은 지금 그리스의 크레타 섬에 겨우 정착해서 그곳 시골 도시의 작은 고등학교에서 프랑스어를 가르치고 있었다. 그 아들은, "어머니 전 결혼 같은 것은 하지 않을 겁니다. 도대체 기대하지 마세요. 여자는 욕망을 해결하기 위해서 필요하지만 마누라는 정말 질색일 거예요. 더욱이 애들도 싫으니까요. 애들을 잘 키울 자신이 없어요."라고 말하면서, 한사코 결혼을 거부하였다.

　그녀가 말했다. "크레타는 그리스 문명의 원천이자 그리스 신들의 고향이지. 내가 남편 때문에, 그 녀석 때문에 그리스에도, 크레타에도 가끔 갔었지. 그러나 오스만 터키가 5백년이나 크레타를 지배했어. 그것도 그리스가 독립한 후에도 아나톨리아 이교도들은 한동안 크레타에서 물러나지 않았지. 그동안 그들은 크레타 사람들을 지독히도 핍박했지. 그러나 그때 그리스 본토와 러시아 차르는 남의 일인 것처럼 뒷짐을 지고 있었어. 그래서인지…… 크레타 사람들은 터키인과 이슬람이라면, 그리스 본토 사람에게도 눈에 쌍심지를 켜고 이를 갈았지.

　그곳 섬사람들은 반항적이고, 난폭하고, 죽음에 거침없이 맞서고, 거칠기로 소문났지. 욕심 많고, 게걸스럽게 먹고, 거짓말도 잘하고 그러니까…… 호락호락하지 않거든. 그 애는 그런 곳에서 부대끼며 그럭저럭 잘 견디고 있지. 그러다가…… 앙팡지고 드센 크레타 여자에게 코가 꿸 수도 있겠지."

반면에 딸은 어머니의 극렬한 반대에도 불구하고, 세네갈의 다카르에 있는 프랑스 영사관에서 현지 직원으로 근무하는 보잘 것 없는 흑인과 7년 전에 결혼하였다. 그 딸은 아프리카 여행 중 다카르에서 우연히 그를 만나 사랑에 빠진 것이다.

그녀가 그때 성난 목소리로 말했다. "난 아프리카 사람, 흑인 모두 지긋지긋 하구나. 가난하고 냄새나고. 이 여관에서도 매일같이 그들을 쳐다봐야 하니까. 더욱이 말이야…… 네가 아프리카의 그 지독한 기후 풍토를 견딜 수 있을 것 같아? 그 결혼에 절대로 찬성할 수 없을 것 같구나." 그 딸 역시 단호하게 대답하였다. "전 아프리카, 아프리카 사람이 좋아요. 프랑스보다 더 좋다구요. 아프리카의 연중 내내 계속되는 무더위, 덥고 습한 기후도 아무렇지 않게 견딜 수 있거든요. 엄마가 반대해도 어쩔 수 없어요. 다시는 돌아오지 않을 거예요. 엄만 상관하지 마세요."

그 딸은 결혼 후, 백인 피가 반, 흑인 피가 반이 뒤섞여 있지만 거의 흑인에 가까운 진한 초콜릿색 피부의 예쁜 딸 하나를 낳아 기르면서 그럭저럭 잘 살고 있었다.

남매는 아주 가끔 가뭄에 콩 나듯이 어머니에게 안부전화를 하는 일이 있었지만, 그것이 전부였다. 여름 휴가철 또는 크리스마스 시즌에도 그녀를 방문하는 일 따위는 없었다. 남매는 정확히 그녀가 이혼한때로부터 자신들을 배반한 아버지는 물론이고 죄

없는 어머니로부터도 (마음속으로부터) 멀어져 갔던 것이다.

아마, 엘리제가 죽을 때쯤에서야 유산 분배 때문에 찾아올 것이다. 그녀는 그때 넋두리처럼 그렇게 말했다. "난 자식들과 손자에게 둘러싸여 편안히 숨을 거둘 수는 없을 거야."

이브라함이 어느 날 밤 일어난 일을 담담하게 말했다.

"그날 밤은 정말 황홀하였지. 여자가 연신 포도주 잔을 가득 채웠고…… 그 구린내 나는 연한 치즈 덩어리와 삶은 닭다리를 입 속에 계속 넣어주기까지 했거든. 우린 상당히 취했지. 여자는 시시각각 젊어지기 시작했어……. 짙은 목 주름살은 감쪽같이 사라져 버렸어……. 기분이 너무 들떠서 얼굴이 빨개지고, 담배에 불을 붙여 물고는, 스페인계 유대인이었던 아버지의 때 이른 죽음과 궁핍했던 어린 시절, 엄마의 재혼, 기숙학교 시절, 재치 있고 친절했지만 주정뱅이였던 첫사랑 이야기, 허우대는 멀쩡하게 생겼지만 여자만 만나면 모아놓은 돈을 물 쓰듯 써버리는 두 번째 남자, 어처구니없는 결혼과 이혼, 자식들의 어린 시절 이야기까지 점점 사라져가는 과거를 한참 동안이나 더듬거렸어……. 술기운 때문에 문득 생각이 난 모양이었어. 그리고 뜸을 들였지. 그런데 갑자기 무슨 향수 냄새가 진하게 코끝을 간질이기 시작하고……. 나의 얼굴에 자신의 얼굴을 닿을 듯이 가까이 들이민 거지. 여자의 눈이

게슴츠레해지면서…… 시선이 불타기 시작한 거야. 마침내 그녀의 파마한 머리칼로 불이 번져서 활활 타올랐어. 그 불꽃이 나를 태울 것처럼 보였지.

그녀가 그때 열에 들떠서 말했어. '우리가 팔다리를 벌리고 꽉 끌어안고 하나가 된다면…… 그것도 괜찮겠지. 난 여자이고, 넌 남자이니까. 하나님이 애초에 인간을 그런 식으로 만들었지. 하나님이 일찍이 말씀하셨지. 남자는 제 아버지와 어머니를 떠나 여자와 짝을 이룰 것이니, 그 둘은 한 몸으로 붙을 것이다.'

나 역시 몸이 달아오르고 온몸의 뜨거운 피가 사타구니로 몰리는 느낌이 들었지. 관자놀이는 흥분 때문에 팔짝팔짝 뛰었고……. 그건 참으로 황홀한 기분이었어.

그러나 난, 그때 엉거주춤 자리를 털고 일어났지. 갑자기 숨이 탁 막히는 기분이었어. 나의 자격지심이었는지는 몰라도 여자의 이글거리는 눈과 그 거대한 몸통이 너무 탐욕스러워 보였거든. 그 여자는 육식을 탐하는 사마귀 암컷처럼 일이 끝나면 또는 일이 진행되는 중에도 수컷을 집어삼킬 것으로 보였던 거지. 그 반사작용으로 나는 살인의 고의를 느꼈을 거고, 그래서 그녀의 목을 졸랐을지도……. 그건, 내가 두 손으로 그녀의 목을 감고 흥분한 몸에 올라타 압박을 하면서 키스를 퍼부을 때 손가락에 그녀의 부드럽고 두터운 목살이 느껴질 것이고 그 순간 손목의 강력한 힘으로 목을 조르는 듯 꽉 누르기만 하면 그녀의 숨이 막혀 죽는 거였어.

(그런데 사마귀의 교미 과정은 이런 거야. 수컷이 암컷 위에 올라가서 자신의 신성한 책무를 끝내려고 몸부림치고 있을 때, 그 순간에 벌써 녀석의 머리통이 점점 사라지는 거야. 암컷이 수컷의 그것을 아삭아삭 씹어 삼키는 거지. 그 다음에는 수컷의 목을 잘라서 꼭꼭 씹어 삼키고, 곧이어 아직도 살아 꿈틀대는 수컷의 몸통을 물어뜯는 거야.)

난, 결코 금욕주의자는 아니지만 주인의 성적 노리개로 전락할 수는 없었지. 한번 빠지면…… 난 젊었으니까 걷잡을 수 없었겠지. 그러나 여자의 자존심을 뭉개서는 안 되었지. 멸시 당한 여자처럼 무서운 복수의 여신은 지옥에도 없으니까. 그래서…… 조심스럽게 눈치를 살피면서 공손하게 말했어. '전, 이 순간 자제를 해야 합니다. 주인님의 충직한 하인일 뿐입니다. 저에게는 주인님을 정중하게 모실 의무가 있습니다.'

어쨌거나 여자가 고개를 들어 창밖을 내다보며 중얼거렸어. '아프리카 검둥이도 늙은 것은 싫다는 거겠지. 너는 젊은 남자라고 으스대고 있는 거야. 거만하게 내 불쌍한 늙은 육체를 내려다보며 경멸하고 있는 거야. 늙는 것은 정말 싫어…… 이브라함…… 네 이름은 왜 그 모양이야. 아브라함이거나, 아니면 이브라힘이어야지? 헷갈리지 않아! 그건 그렇고 말이지, 넌 애당초 천당에 가긴

글렀어. 하나님은 모든 죄를 용서해주지만, 여자를 내버려두는 남
자만은 질색이거든. 여자는 여자인거야. 인간이기 전에 먼저 여자
란 말이지⋯⋯.'

　그 후로 아무 일도 일어나지 않았어. 엘리자는 자상한 주인이었
고, 나는 충실한 종업원이었을 뿐이야⋯⋯.”

　“⋯⋯나중에 깨달은 거지만, 내가 그녀를 거절한 건, 그건, 사
실, 명백히 아프리카 흑인의 뿌리 깊은 열등의식 혹은 백인에 대
한 잠재된 반항의식 때문이었어.”

　남부 프랑스 출신인 엘리제는 이브라함을 진짜 사랑했을까? 늙
어가는 그녀에게 사랑의 감정이 아직도 살아 있었을까? 그 사랑의
감정이 그녀의 꺼져버린 욕망에 불을 지피고 술기운을 빌어 그를
유혹케 하였던 것일까? 하지만 그녀는 냄새나는 아프리카 검둥이
들을 몹시 혐오하였고 마음속으로부터 멸시하지 않았던가. 그녀는
단지 그가 성실하고 고분고분 말을 잘 듣고 더욱이 싼값으로 부려
먹을 수 있으니까 지금껏 데리고 있었던 것이 아닌가.

　그러나 그녀는 그 당시 너무 외로웠고 (자식도, 남편도, 친구도
곁에 없었으니까) 아직도 사랑에 대한 아련한 미련 역시 가슴 속
저 깊은 곳에 숨겨져 있었고, 오랜 세월, 무려 5년간이나 매일 그
를 지켜보면서 검둥이에 대한 편견과 역겨운 냄새는 씻은 듯이 사

라져 버렸고, 그래서 그날 저녁의 황홀한 분위기가 그녀를 달뜨게
하였던 것이다.

이브라함은 그녀가 일찍이 만나지 못했던 남자, 지금 곁에 있는
유일한 남자, 젊고 건강한 남자라고 새삼스럽게 인식되면서 그가
너무 사랑스러워서 유혹하지 않고는 도저히 배겨날 수 없었던 것
이다. 그는 아프리카인이 아니야. 그는 흑인 왕을 닮았어. 육체는
서로 가까이 있었다. 그녀는 사랑이 육체의 욕정으로 변해서 활활
불타오르는 가슴을 진정시킬 수가 없었던 것이다. 그녀는 그에게
서 모성애를 느꼈기 때문에 가지게 된 근친상간 같은 금기 사항,
늙은 여주인과 젊은 하인 간의 종속 관계에 따른 금기 사항 같은
것은, 그러나 그건 깨뜨릴 수 없을 만큼 단단한 것은 아니었다.

그러나 이브라함이 그녀의 마음을 텔레파시, 이심전심으로 나마
깨달았는지는 알 수 없다. 그녀의 일방적인 감정이었는지도 모른
다. 늙은 여자의 젊고 건강한 남자에 대한 애처로운 짝사랑. 그러
나 우리는 그 사랑을 추한 것이라고 또는 부정한 것이라고 비난할
수 없다. 그건 가당치 않은 일이다.

멋진 잠언을 하나 찾아냈지요. '진정한 사랑은 언제나 옳다. 비
록 틀렸다 할지라도'라는 거지요. 루터는 어느 편지에서 이렇게
말했지요. '진정한 사랑은 종종 틀린다.'라고 말이에요. 이는 나의

잠언보다 못한 것 같아요. 그렇지요? 그런데 루터는 이런 말도 했지요. '사랑은 모든 것에 앞선다. 희생이나 기도보다 앞선다.' 결국 사랑이야 말로 최상의 덕목이에요. 사랑은 우리의 마음에서 지상의 것을 지우고, 천상의 것으로 우리를 가득 채우지요. 그래서 사랑은 우리를 모든 죄의식으로부터 벗어나게 합니다.

—베티나 브렌타노

그 당시 그에게 특별한 희망이 기다리고 있었던 것은 아니다. 너무 오래 근무하다보니 그냥 여관이 싫어졌던 것이다. 그동안 잘 대해주었던 엘리제에게 미안한 마음이 없었던 것은 아니었다. 엘리제는 철마다 프랑스 젊은이들이 입는, 요즘 유행에 걸맞은 옷과 신발을 사주고, 가끔 어머니가 자식에게 차려주는 것과 같은 정성스런, 포도주가 곁들인 저녁식사를 마련해 주기도 했다.

그러나 무언가 새로운 변화가 필요했던 것도 사실이었다. 진정한 삶을 살려면 이따위 생활의 안정쯤은 버려야 된다고 생각한 것이다. 어차피 자신은 미래의 불확실성과 지독한 가난 속에 내던져져 있으니까. 무엇을 두려워 할 것인가.

그런 후 이프 섬 선착장의 한쪽 귀퉁이에서 유럽 사람들에게 이국적인 향수를 불러일으키는 아프리카 산 액세서리 노점상을 시작했다. 그는 그때 온갖 종류의 번쩍이는 것들—팔찌와 브로

치, 반지와 귀걸이, 채색한 유리구슬, 싸구려 은제 그릇 등— 과
아프리카 토산품을 관광객을 상대로 팔았던 것이다.

사하라 사막의 남쪽

사하라여! 위대한 사막이여!
그대는 어리석은 인간들에게
자신의 비밀을 말해주지 않으리.

모로코의 붉은 도시인 마라케시에서 밀입국한 옆집 여자, 엘 만수라(El Mannsula)는 해가 질 무렵이면 집을 나섰다.

그녀는 일찍부터 체류허가증을 소지하고 있었고, 구 항구의 벨주 부두 쪽 오페라 극장 부근에 있는 고급 술집에서 일했다. 그 도시는 아프리카에서 온 젊은 여자들에게는 매우 위험한 곳이었지만, 아름답고 자유분방한 그녀는 전혀 아랑곳하지 않고 도시를 헤집고 다녔다. 그녀가 단지 쾌활하다는 이유만으로 경박한 여자라고 지레 짐작할 것은 아니다.

그녀는 큰 키에 피부는 초콜릿 색깔이었지만 매끄러웠고, 가슴

은 남자처럼 납작하였다. 검은 머리카락은 윤이 나서 번지르르 빛
났고, 완벽한 모양의 큰 눈을 가지고 있었다. 사람을 기분 좋게 만
드는 미소를 지으면서 담배를 입술 사이에 지그시 물고 연기를 멋
있게 내뱉을 줄 알았다. 때때로 담배 연기로 동그라미를 그려 허
공으로 날려 보냈다.

그녀는 혀를 능수능란하게 굴려서 프랑스어를 정확하게 발음하
였다. 그녀의 프랑스어에는 베르베르어 악센트가 전혀 섞여 있지
않았다.

그녀와 떠돌이 개들이 그의 친구였다. 불법이민 초기 불면증으
로 잠을 이룰 수 없을 때면 만수라는 알아들을 수 없는 언어로 나
지막하게 노래를 불러주었다. 언젠가 그가 살기 싫어서 자신의 손
목을 살균한 면도칼로 깊게 그었을 때 그를 구원해 준 것도 만수
라였다. 그 상처 자국은 지금도 선명히 남아있다.

초기 이민자 생활에서 그나마 가족처럼 돌봐주었던 만수라가
없었다면 그의 프랑스 생활은 더욱 비참하였을 것이다.

그 당시 세월이 상당히 흘러 지나가도 여전히 심각한 트라우마
때문에 밤이면 계속 나쁜 꿈을 꾸고 있었다. 그는 한동안 알코올
중독과 외상 후 스트레스 장애 증상 때문에 고통을 받았고, 사막
에서 일어났던 그 일련의 충격적 사건들이 준 깊은 내상은 어느새
그의 남성 기능마저 일시 마비시켜 버렸다.

처음에는, 마르세유에 막 도착했을 때, 이브라함은 로마 가톨릭 교회의 노트르담 드 라 가르드 성당이 서 있는 외곽 산기슭 너머에서 주로 프랑스의 옛 식민지였던 알제리, 튀니지, 모로코 등 북서 아프리카의 마그립 지역에서 밀입국한 흑인과 아랍인들, 동유럽에서 흘러 들어온 집시들이 집단 거주하는 텐트촌에서 살았다. 그곳 텐트촌 뒤편 화장실로 쓰는 구덩이 주변에는 더러운 휴지조각이 어지럽게 널려 있었다. 그곳에는 전기도 들어오지 않아서 항상 어두컴컴하였고, 늦가을부터 어두워지면 추위를 피하려고 헌 종이와 자잘한 나뭇가지 등 이것저것 모아 모닥불을 지폈다.

밤이 오면, 술에 취한 부랑배들이 멀리서 아득히 들려오는 자동차의 경적 소리를, 어두운 숲속에서 나뭇잎들이 살랑거리는 소리를, 일찍 잠이 든 새들의 가느다란 숨소리를 또는 이들 소리의 화음을 자장가처럼 들으면서 종이 박스를 침대삼아 그 위에서 잠을 잤다. 그들은 꿈속에서 고향을 찾아갔을 것이다.

그가 말했다.

"치안은 엉망이었어. 그곳에서는 자신을 스스로 보호하기 위해서 작은 칼 정도는 지니고 다녀야 했지. 거지, 부랑자, 집시, 알코올 중독자, 동성애자(그들은 '계집은 좋지 않아, 사내놈이 내 취향에 맞아!'라고 공공연히 말하고 다녔다), 성도착증 환자, 절도범, 그리고 에스데에프SDF들, 노숙자들 말이야, 늘 싸구려 술에 절어

있었고, 걸핏하면 서로 시비를 걸어 눈두덩이 시퍼렇게 멍들도록
치고받거나, 칼부림을 하면서 싸웠지. 아침에 일어나면 멀쩡한 사
람이 칼에 찔려 살해된 시체로 발견되기도 하였으니까. 그렇지만,
어디 호소할 데가 없었지. 모두 불법체류자였으니까, 법적으로는
없는 존재인 거지. 잡히면 즉시 외국인 집단수용소로 끌려가서 추
방됐어.

나 역시 마찬가지 신세였지. 끊임없이 불안감에 시달려야 했지.
어느 날 갑자기 억센 손아귀가 내 멱살을 틀어쥐고, "여긴 사막이
아니야, 네가 있을 곳이 아니란 말이야. 네가 도망쳐왔던 곳으로
돌아가. 어서 빨리 가란 말이야."라고 으르렁거리지 않을까 두려
워했던 거지…….

그런데 그곳에는 지독한 가난과 배고픔, 가혹한 노동과 두려움,
편견과 무지, 편협함과 배타성 등 나쁜 것만 존재하는 곳이야…….
거의 매일 경찰의 단속을 피하기 위하여 나무가 짙게 우거진 숲속
뒤편 이곳저곳으로 자주 자리를 옮겨야 했어……. 참으로 고달픈
생활이었지. 엿 같은 세월이었어…….

내가 말이야…… 밀입국자나 이주 노동자, 알코올 중독자들이
주로 투숙하는 여관, 이프 섬 선착장 뒤쪽 구석진 골목에 숨어있
는 싸구려 여관에서 청소부로 자리를 잡으면서부터, 그나마 사정
이 풀리기 시작한 거야. 거기에도 끼리끼리 어울리는 파벌이……

코모로파, 모로코파, 튀니지파, 알제리파 등등이 있었는데, 그때 알제리파의 선배가 그 자리를 내게 물려준 거야……. 우린, 아주 싸고 맛있는 양고기 요리와 값싼 알제리 포도주를 살 수 있는 알제리 식당에서 가끔 어울렸어.

난 체류허가증이나 노동허가증이 없었기 때문에…… 정상 임금의 반밖에 받지 못하였지만 그걸 따질 필요는 없었지. 그때부터 무허가 판자촌에서 살 수 있게 되었거든……. 그래도…… 추방의 공포로부터 완전히 벗어날 수는 없었지만 갈이야."

그 판잣집은 홈이 패인 함석이나 나무판자를 벽으로 하고, 천장에는 양철이나 방수용 타르 종이를 돌로 고정시킨 것이었다. 바람이 조금만 불어도 양철 지붕은 요란스럽게 소리쳤고, 판잣집은 곧 무너질 것처럼 심하게 동요하였다. 비가 올 때면 거센 빗줄기가 양철 지붕을 두들겨 패면서 집안에서는 대화가 불가능할 정도였고, 그럴 때면 집으로 가는 완만하게 경사진 진흙탕 길에는 빗물이 넘쳐 질척거렸다. 그래도 판잣집의 그 한 뼘만큼 비좁은 방 한 칸이 그의 안식처였다. 밤이면 전깃불이 들어와 방을 환하게 밝혀주었다.

그런데 만수라와 이브라함이 연인 사이라고 말할 수 있을까?

그해 여름은 짧았다. 9월 중순경인데도 벌써 날씨가 서늘했다.

초가을의 느긋한 주말 오후였다. 햇볕이 따사롭다. 오페라 극장 뒤쪽 노천카페에서 칠흑처럼 검고 진하고 쓰디쓴 에스프레소 커피를 마실 때, 만수라는 그를 외면한 채로 건물에 가려 보이지도 않는 바다 쪽을 무연히 바라보면서 우물쭈물 이야기 하였다.

"내겐, 프랑스인 여자 친구가 있어. 난 여자만을 사귀지. 남자들한테는 결코 끌리지 않거든. 그런데 말이야, 그 여자도 곧 바뀔 거야. 나는 항상 새로운 사람과 있어야만 행복을 느끼지. 난…… 더 좋은 파트너가 나타나면 언제든지 바꿔버리지."

그는 그때 어떤 말로도 대꾸하지 않았다. 저 멀리 끝없이 펼쳐진 바다는 지금쯤은 잔잔하리라.

그녀는 얼마 후 새 연인을 따라 암스테르담으로 떠났다. 새 연인은 지독한 변태성욕자였던 부유한 전 남편과 이혼하면서 상당한 목돈을 위자료로 받았다. 그녀는 그 돈으로 그 도시 외곽에 있는 하이네켄 체험전시관 부근에서 운하를 오고 가는 유람선의 손님을 상대로 감자튀김과 청어 요리를 하이네켄 맥주 또는 포도주와 곁들이는 식사를 제공하는 작은 식당을 운영할 예정이었다. 그녀는 원래 마르세유에서 카페를 경영한 일이 있었다.

그러나 그녀는 이혼한 후에도 그 지긋지긋한 전 남편과는 무조건 멀리 떨어져 살고 싶어 했다. 그녀는 단지 남편의 이름을 듣는 것만으로도 몸서리를 쳤다. 그 이름은 그녀에게 고통이나 모욕감

보다 더 참담한 수치심을 느끼게 하였다. 그녀는 끊임없이 뇌까렸다. "이 도시를 하루빨리 도망쳐야 돼. 그 자식과 관련된 기억을, 그래 모든 것을 깡그리 지워버려야 하니까."

만수라는 이번만큼은 상당한 기간 떨어지지 않고 살기로 결심하였다. 바르셀로나 출신의 양성애자인 그녀는 통통한 편이었고, 남자처럼 강인한 인상을 풍겼지만 마음씨가 착하였다. 무엇보다도 그녀의 애인이 되어주는 대신 그 식당을 공동으로 운영할 뿐만 아니라 그 수입의 반을 주겠다고 약속하였기 때문이다.

만수라가 연인과 함께 소매치기, 집시나 흑인 거지들이 득실거리는 생 샤를 역에서 테제베 기차를 타고 떠나던 날, 이브라함은 누나 같고, 어머니 같았던 그녀와 헤어지는 것이 너무 슬펐고, 자신도 그 멋진 기차를 타고 북쪽 나라로 함께 떠나고 싶은 갈망 때문에 눈물을 흘리고 말았다.

만수라가 그를 위로하였다.

"넌 영리하고 착한 사람이야. 난 절대로 널 잊을 수 없겠지. 하지만 얼마간 돈을 모으면 곧 사막으로 돌아가야 할 거야. 넌 사막을 떠나서는 살 수가 없는 사람이지. 사막에서만 행복하게 살 수 있는 사람이거든……. 사막 사람들은 사막에서 살아야 하고, 사막에서 죽음을 맞이해야 하지. 우리의 영혼은 오직 사막에서만 평온하게 머물 수 있는 거야. 콘크리트 상자에서는 그 영혼은 말라 죽게 되지. 나도 언젠가는 사막으로 돌아가야 할 거야…….

메디나(구도시)의 미로 같은 좁은 골목길로, 그 정겨운 골목으로 돌아가야만 하겠지. 작은 침팬지는 주인의 신호에 따라 민첩하게 공중제비를 돌고, 이가 빠져버린 늙은 독사는 피리소리에 맞춰 머리를 흔들며 묘기를 부리고, 길가의 이발사, 곡예사, 자신의 운명은 모르면서 남의 운명은 잘도 알아맞히는 점쟁이, 돌팔이 치과의사, 시커멓게 탄 뱀과 원숭이 등을 파는 음식점, 온갖 종류의 향신료가 가득한 가게, 썩어가는 생선들을 늘어놓은 가판점들, 공터에서 밸리댄스를 추는 요염한 여자들, 마리화나 아니면 하시시를 공공연히 파는 뚜쟁이들을 어찌 잊을 수 있겠어…….

그런데, 이 험난한 세상에 행운이 있어야 할 거야. 너를 위해 매일 밤마다 기도해줄게. 사막에서 행복하게 아주 오래 살 수 있도록 말이지. 그리고…… 나를 기다려줘. 난, 반드시 돌아갈 거야. 난 사막에서 이브라함과 함께 하는 게 꿈이거든."

그는 목이 메어서 아무런 대꾸도 할 수 없었다. 그러나 그녀의 말을 그대로 믿을 수는 없었다. 그녀를 쉽사리 다시 만날 수 있을 것 같지 않았다. 그때, 짧은 순간 그의 온몸에서 참을 수 없는 경련이 일어났다.

그녀는 기차에 오르기 직전 상당한 금액의 돈을 그의 손에 쥐어주었다. 그리고 창밖으로 손을 가볍게 흔들었다. 그때 기차는 미끄러지기 시작하였다. 북쪽으로 가는 테제베 기차는 부드럽게 플랫폼을 미끄러져 나갔다. 그는 기차가 출발하는 것을 지켜보았다. 만수라가 여전히 창가에 보였다. 그녀가 계속 손을 흔들었다. 그 창문이 지나갔고, 나머지 창문도 모두 지나갔다. 기차는 멀어져갔고 시야에서 완전히 사라졌다. 그때 반대편 선로에는 다른 기차가 미끄러지듯 서서히 도착하고 있었다.

3번 플랫폼은 거의 텅 비어 있었다. 기차가 2시 정각에 출발한 후에도 그는 오랫동안 그 자리에 서 있었다. 초겨울이어서 비는 멎었지만 여전히 축축하고 추운 날씨였다. 얼마 전에 삐었던 오른쪽 발목이 몹시 욱신거리기 시작하면서 얼굴을 찡그렸다. 그러나 그는 어머니였고, 누나였고, 사랑하는 연인이었고, 마지막 희망이었던 그녀가 황량한 도시의 한 구석에 그를 남겨두고 떠나는 것을 미동도 하지 않고 묵묵히 지켜보았다.

그 무렵에 이브라함은 가슴에다 문신을 새겼다. 단골로 다니던 그 술집에서 만난 건장한 체격의 선원들 가슴이나 팔뚝에 새겨진 신기한 문신을 발견했던 것이다.

그때 친구인 하딤은 말렸다. "그 사람들이 갖고 있는 바늘이 너무 더러워서, 나쁜 병을 옮길 수도 있어. 녹슨 바늘로 찌르면 피부가 금방 곪아 터질 지도 몰라. 게다가 돈을 터무니없이 많이 달라고 할 거야. 문신은 선원들이나 하는 짓이지. 다시 생각해보렴.”

“난, 중요한 것들을 가슴 속에 새기고 있지만…… 팔뚝이나 아니면 가슴팍에 새기고 싶은 거야. 결코 잊어서는 안 되니까.”

“그게 무언대?”

“음…… 투아레그와 마르세유. 그리고 이브라함과 만수라이지. 그들이 내 인생의 전부이거든.”

“넌, 만수라가 돌아올 수 있다고 믿는 거야.”

“난 기다려야 해. 유일한 꿈이니까.”

돌팔이 문신 시술자의 바늘 끝이 그의 피부를 인정사정없이 파내기 시작했고 그는 견디기 힘든 통증을 느꼈다. 동시에 가벼운 흥분을 느꼈다. 몇 시간 뒤 팔뚝에 고딕체의 글씨가 나타났다. 오른팔 팔뚝에는 Marseille, Tuareg가 왼팔 팔뚝에는 EL Mannsula, Ibraham. 그 글씨들은 그의 심장에 새긴 것이나 마찬가지였다. 그가 사막으로 돌아가더라도 마르세유를 잊을 수는 없을 것이다. 어찌 잊을 수 있을 것인가! 그리고 만수라를 기다릴 것이다. 끝없이 기다릴 것이다.

기약 없이 다시 하루가 흘러 지나가자 이제 살아날 가망은 전혀 없어 보였다. 이브라함이 두 눈을 감고 꼼짝없이 드러누워 있다. 그는 마지막 숨을 헐떡이고 있었다. 목에서 갑자기 가르랑거리는 소리가 나면서 고통스럽게 숨을 내뱉는다. 그는 죽음을 앞두고, 연신 입 속에서 무어라고 웅얼거렸다. 동생인지, 아버지인지, 만수라인지, 누구의 이름을 계속해서 부르고 있었다.

나는 부드러운 모래 위에 누워있는 이브라함의 그 소박하고 단순한 모습을 바라보았다. 이브라함은 해체되어 사막과 완벽하게 합일되어 있었다. 그때, 사막의 지니가 부드러우면서도 찰거머리 같은 손길로, 운명의 손길로 이브라함을, 그의 얼굴과 온몸을 부드럽게 쓰다듬는 느낌이 들었다.

몇 시간 후 이브라함이 죽었다.

그는 사막의 침묵처럼 조용히 눈을 감았다.

그가 며칠 전 의식이 또렷하였을 때 했던 말이 생각났다. "참, 아름다운 여행이었어. 우리, 서로에게 빚진 것은 없는 것으로 하지. 남쪽 길로 직진하자고 먼저 우긴 것은 당신이고, 그 길에서 길을 잃고 헤맨 것은 나니까……. 우리들의 이야기는 사하라의 남쪽이 아닌 다른 곳에서는 이해될 수 없는 거지." 나는 이브라함에게 무언가 말을 해주어야 한다고 느꼈다. 그러나 도대체 말할 힘이 없었다.

이브라함이 죽은 지 몇 시간이 지나자 굳어진 손은 차가웠고, 그의 얼굴은 핏기가 가시면서 눈처럼 희어졌다. 너무나 순수한 백색이었다. 그때 이브라함의 영혼이 그 육신을 떠나 허공을 맴돌다

곧 먼 길을 떠나려고 출발하였다. 그는 마침내 환상에서 깨어났고, 모든 두려움이, 희망과 절망 같은 것도 멀리 사라졌다. 그 영혼은 달콤한 무감각 상태에서 하늘로 날아갔다. 그는 공空이 되고, 무無가 되었다.

낙타

사막 이야기에는 낙타를 빼놓을 수 없다.

낙타는 사막을 위하여 태어나고, 사막에 잘 적응하기 위하여 오랫동안 진화를 거듭해온 동물이다. 이 강인하고 고집 센 동물은 입을 꾹 다문 채 코로만 숨을 쉬고, 둥글고 넓적한 발밑 두터운 발바닥이 쿠션 역할을 하므로, 힘들다는 내색 없이 꿈꾸는 듯한 걸음걸이로 느릿느릿 걸어서 모래사막을 가로질러 하루에 40~50킬로미터를 나아갈 수 있다.

이 참을성이 많은 동물은 리듬에도 민감하였다. 유목민들은 낙타의 단순하면서도 미묘한 흔들림에 맞춰 낙타몰이꾼의 노래를 불렀다. 길게 줄지어 걸어가던 낙타들은 이 노래가 나오기 시작하면 고개를 쳐들고 걸음을 빨리 해야 하는 것을 안다. 그것들은 흥겨운 리듬에 맞춰 머리를 밑으로 숙이고 목은 쭉 뻗은 채 씩씩하게 앞으로 나아간다.

낙타의 두꺼운 털가죽은 사막의 무서운 열기로부터 체온을 보호해주고, 넓적한 콧구멍과 긴 속눈썹은 거친 바람과 날아오는 모래를 막아준다.

더욱이 황소보다 두 배나 더 많은 짐을 실을 수 있고, 먹이는 적게 먹으면서 물은 한꺼번에 50갤런 이상까지 마셔 물 없이 2주까지 버텨낼 수 있으며, 어둠을 두려워하지도 않는다. 말을 잘 들으며 수명까지 길다.

낙타는 고도로 농축된 소변과 마른 대변 등으로 불필요한 수분의 손실을 피할 수 있는 특유의 수분 저장 능력 때문에 메마른 사막을 잘도 버텨낸다. 땀은 최후의 순간에만 흘리므로 체온이 40도 이상이 되어야만 흘린다. 탈수 증세가 시작되면 몸무게의 3분의 1에 상당하는 수분을 잃어도 살 수 있으며 수분이 보충되면 다시 원상회복할 수 있다.

기원 초에 아라비아 반도에서 사하라에 처음 들어온 단봉낙타는 우물 사이의 간격이 매우 먼 사막 여행에 아주 안성맞춤이다. 그래서 사람들은 낙타를 '사막의 배'라고 불렀고, 사막 유목민들은 신이 내린 선물로 생각하여 낙타를 몹시 아끼고 최고의 재산목록으로 간주하였다. 사막에서 진짜 유목민은 낙타를 소유한 사람을 말한다. 가축 시장에서 낙타는 양 50마리, 소 10마리 값과 맞

먹을 정도였다.

그런데, 가축은 유목 생활의 토대이고 부와 식생활의 원천이었으므로 신성한 존재로 간주되었다. 유목민에게 가축은 삶의 전부였다. 그들은 가축의 젖을 마시고, 고기를 먹고, 가죽을 활용하고, 가축을 거래한다. 그러므로 가축이 죽으면 유목민도 죽는다.

유목민들은 양과 염소와 그 새끼들, 암낙타와 새끼들, 말들이 뒤섞여 있어도 낱낱이 자신의 것을 알고 있었다. 그래서 사막에서는 인간은 동물의 일부이고, 동물은 인간의 일부였다. 그들은 서로를 이해하였다. 그들은 함께 사용하는 공용어가 있어서 의사소통을 잘 할 수 있었다.

특별히 낙타는 사막 유목민의 삶의 완전한 일부분이었고, 그들의 일상생활과 밀접하게 결합되어 있었다. 유목민처럼 낙타를 자식처럼 사랑하는 부족은 없을 것이다. (그랬으니 놀랍게도 아랍어에는 낙타와 그 관련 장비를 표현하는 단어가 무려 6,000여 개나 된다.) 그들은 연인을 대하는 것처럼 낙타에게 속삭인다. 그들은 타고난 낙타몰이꾼이어서 길에 찍혀 있는 낙타 발자국을 자세히 살펴보고 그곳을 지나간 낙타가 암놈인지 수놈인지, 나이는 몇 살인지, 등에 짐을 얼마나 실었고, 그 크기가 얼마인지 까지 알아낼 수 있었다. 낙타몰이꾼은 낙타를 어떻게 다루어야 하는지를 어느 누구보다 잘 알고 있었다.

이슬람교의 창시자인 위대한 예언자 마호메트도 12살 때부터 낙타몰이꾼이었고 목동이었다.

그들이 낙타라면 이까짓 난관쯤은 아무것도 아닐 것이다. 그들은 여유 있게 웃으면서 천천히 걸어서 모래사막을 빠져나갈 수 있을 것이다.

나는 1997년 5월 초순경 날씨가 풀리기 시작하자 벼르고 벼르던 타클라마칸 사막으로 여행을 떠났다. 1년여에 걸친 대형프로젝트의 설계 작업이 끝난 후 모처럼 두 달간의 장기 휴가를 얻을 것이다. 대형 설계사무소에서 매일 반복되는 기계적인 작업을 하면서 심신이 지칠 대로 지쳐있었던 것이다.

오래 전부터 그 사막의 아름다운 모래언덕이 나를 유혹하였다. 나를 비참한 죽음의 길로 안내하기 위해 유혹한 것이다.

그때는 젊고 튼튼한 쌍봉낙타 3마리를 비싼 값을 주고 빌려 여행용 짐과 낙타가 먹을 사료 등을 나눠 싣고, 위구르 출신의 이슬람교도이면서 노련한 낙타몰이꾼 겸 여행 안내자인 카심과 함께 여행을 시작하였다.

그는 항상 위구르의 전통 모자인 '돕바'를 쓰고 있고 모자 아래로는 회색 머리칼과 구레나룻가 무성하다. 그는 처음부터 엄중히 경고를 하였다. 이곳 사막에서는 독거미, 독을 품고 있는 작은 도마뱀, 여러 종류의 살모사, 독침을 갖고 있는 전갈, 사나운 모기들을 주의해야 한다고……. 잘못 물리면 고통 속에 몸을 뒤틀다가 죽을 수밖에 없다고…….

우리는 그 사막의 동쪽에 있는, 교외에는 포플러 나무 숲과 백양 나무, 올리브 나무, 포도와 석류 농장, 멜론 농장 등이 펼쳐져 있고, 시내 중심가에는 위구르인들의 회교 사원이 있는 오아시스 도시인 루오치앙을 출발하여 체모, 민펑, 흐탄 등을 거쳐 서쪽의 예청까지 낙타 목에 매단 청동 종의 둔탁한 종소리를 자장가처럼 들으며 40여 일 동안 천천히 걸어서 여행을 하였다.

그 작은 종소리는 유독 가벼운 듯 하면서도 무겁게 끌린다. 그래서 여운이 길었다.

나는 훈련이 잘된 순한 암컷 낙타들과 함께 떠나는 그 여행이 그렇게 즐거울 수가 없었다. 잘 훈련기 된 암컷 낙타들은 훨씬 얌전하고 온순하였기 때문에 조용히 명령에 따랐다. 그 낙타는 목을 가볍게 두드리기만 해도 바닥 위에 무릎을 꿇고 가만히 앉았다. 그러나 아직 철이 덜 든 어린 낙타나 수컷 낙타 또는 조상의 혈통이 나쁜 낙타들은 여행 중에 조금만 지쳐도 몹시 투덜거리고 고집을 부려서 말썽을 일으키기 일쑤였다.

카심은 낙타들을 진심으로 사랑하였고 지극 정성으로 돌보았다. 어느 낙타가 조금이라도 신음 소리를 내면 그는 금방 긴장하면서

초조해 하였다. 그는 멈춰 서서 낙타의 안색을 살피고, 배와 발굽을 살펴보고, 안장을 바로잡고, 물을 마시게 하고, 마른 풀잎을 먹이로 주었다. 밤이 되면 그는 안장을 내리고, 특히 기온이 내려가면 땅바닥에는 마른 풀과 헝겊을 깔고 두꺼운 담요를 덮어주었다.

나는 하루빨리 낙타와 친숙해지기 위해서 자주 낙타의 목덜미를 안아주고 쓰다듬어 주었으며, 그때마다 낙타는 그 답례로 화려한 속눈썹을 깜박이고 꼬리를 획획 흔들면서 손가락을 핥아주었다. 코를 찌르는 듯한 낙타의 지독한 침 냄새에도 금방 익숙해질 수 있었다.

낙타는 일단 먹이를 보면 대충 꿀꺽 삼켜버렸다. 그런 다음 위장 속에 들어있는 먹이를 다시 게워내 우물우물 되새김질을 하곤 했는데, 그때 고약한 냄새를 풍겼다. 밤이 되어 천막 안에 누워 있으면 이해할 수 없는 사막의 속삭임과 함께 낙타들이 새김질을 하면서 내는 우물거리는 소릴 들을 수 있었다.

동이 트는 이른 아침이 되어 낙타몰이꾼이 낙타의 이름을 불러 깨우면 그것들은 끙끙거리면서 굼뜬 동작으로 몸을 일으켜서 느릿느릿 주인에게로 걸어와 혀를 내밀며 아침 인사를 했다.

사막에서는 악령의 소리가 들렸다.

부드러운 모래 속에 푹 파묻혀 그대로 사라져버리고 싶은 충동을 느끼게 할 만큼 아름다운 사막의 심장부에서 끊임없이 그 소리가 메아리쳤다. 그 소리에 홀리게 되면 길을 잃고 죽게 될 것이다. 나는 '들어가면 결코 나오지 못한다'는 또는 '죽음의 바다'인 그 사막의 심장부로 들어가지는 않았다. 그 사막의 중심부에는 사하라와는 달리 어떤 동식물도 살아남지 못하였다.

하늘에 나는 새 없고 땅에는 뛰는 짐승이 없다. 멀리 아무리 보아도 눈 닿는 데 없고, 갈 곳을 알지 못한다. 그곳이 타클라마칸 사막이었다.

끝도 없이 평평하게 이어진 그 길은 모래와 자갈로 뒤덮여 있었고, 가끔 사막 식물인 갈색 타마리스크 덤불이나 낙타가시풀만이 흩어져 있었으며, 오른쪽으로 멀리 보이는 모래언덕은 텅 빈 하늘을 배경으로 예리한 칼날 같은 황금빛 곡선을 그리고 있었다. 태양은 불볕처럼 내리 꽂았고, 사막은 점점 보랏빛으로 변하며 대지에는 아지랑이가 피워 올랐다. 때르는 사막 쪽에서 불어오는 거센 북풍이 분말 같은 모래가루를 몰그 와서 시야를 가리고 햇빛을 차단하였다. 모래가 미친 듯이 빙글빙글 춤을 추며 사막을 온통 휘저었다. 그럴 때는 강렬한 모래바람에 맞서기 위해 단단히 무장을 해야 했다. 엷은 터번으로 머리와 얼굴을 몇 겹으로 꽁꽁 싸매고 안경으로 눈을 보호하였다.

사막의 태양은 아침 6시에 정확히 떠올라서 정오 1시쯤이 되면 정점에 달해 구름 한 점 없는 하늘에서 지독한 열기를 내뿜다가 5시부터서야 조금 선선해졌고 저녁 7시가 되면 황금빛 저녁노을 속에 지평선 너머로 사라졌다.

우리는 주로 아침나절과 저녁에만 걸을 수 있었다. 느긋한 심정으로 별로 빠르지 않게 걷는다. 나는 황홀한 자유를 만끽한다. 그러나 시간이 흐를수록 흙먼지로 뒤범벅이 되고 땀에 절어 흐느적거리는 지친 몸을 겨우 지탱하면서 걸었다. 다리가 납덩이를 달고 있는 것처럼 무거웠다. 메마른 공기가 내 목을 조였다. 숨이 턱턱 막힌다. 시간은 정지한 것 같다. 광대한 대지가 나를 향해 유혹의 눈짓을 보냈지만 사막을 걸어서 건너는 일은 너무 고통스럽다.

가끔 진흙 벽돌로 지은 두세 채의 작은 집들이 허허벌판 속에서 나타났다. 식당이거나 음료수, 담배, 수박 등을 파는 구멍가게였다. 가게 안은 거친 나무 선반으로 조잡하게 만든 진열장, 한 두 개의 더러운 원탁 테이블이 있었고, 바닥에는 모래가 두텁게 덮여 있었으며, 벽에 페인트칠을 한 흔적은 찾아볼 수 없다. 가게 안 이곳저곳에 너무나 많은 말파리들이 윙윙대며 날아다녔다.

한때 당당했던 대상의 숙소이었던 건물은 지금은 퇴락해서 흙벽돌이 허물어져 앙상한 잔해만 남아 있었다.

차 한 대가 겨우 지나갈 정도의 그 길로 낡은 트럭이 잔뜩 짐을 신고 육중한 소음을 내면서 지나갈 때도 있었다. 그럴 때면 도로가에서 잠시 휴식을 취하려고 눈을 가만히 감고 조각상처럼 꼼짝 않고 서 있던 낙타의 목에 매달린 종이 가냘프게 울렸다.

그 길은 그 무시무시한 타클라마칸 사막을 우회하기 위하여 그 사막의 남과 북으로 갈라지는 길 가운데 남쪽 길이었고, 이 길을 지나 서쪽으로 나아가면 산봉우리에 만년설을 이고 있는 파미르 고원을 통과하여 중앙아시아에 다다르게 된다. 그러나 북쪽 길로 가면 톈산산맥을 넘어서 중앙아시아의 오아시스 루트를 거쳐 시베리아 남쪽의 대초원 지대를 동서로 연결하는 초원의 길로 접어들게 된다.

그 길에는 과거의 남루한 흔적들이 현대의 문명과 함께 공존한다. 그 오지에서는 그 작은 길만이 세상과 연결되는 유일한 통로이었다. 그 길에는 아직도 대상에 대한 기억이 선명히 남아 있다. 그는 까마득한 옛날부터 그 길을 지나면서 흔적을 남긴 대상들에게 깊은 연대의식을 느꼈다.

중국의 시안에서 시작하여 동부 지중해까지 복잡하게 얽혀서 뻗어 있는 고대 실크로드의 한 갈림길이었다. (그러나 실크로드라는 용어는 19세기에 이르러 독일 지리학자 페르디난트 폰 리히트호펜이 처음 사용하였다. 비단길은 단 한 번도 지리학적으로 확정된 길이 없었다. 그 길은 중앙아시아의 대평원 여기저기로 뻗어나간 수많은 샛길들로 만들어져 있었다.)

　1,300여 년 전에 이미 신라 승려 혜초는 이 길을 걸었고 한국인
이 쓴 최초의 해외여행기라고 할 수 있는 왕오천축국전을 남겼다.
그는 호기심 가득한 문명탐험가였다.

　그 길을 천 년이 넘게 대상들이 왕래하였다. 지금도 그 황량한
길에는 오랜 여행에 지친 대상들의 머나 먼 고향에 대한 향수가
묻어있었고, 그들의 장탄식이 들리는 듯하였다. 대상들은 극심한
여행의 피로를 풀기 위해 담배처럼 피우는 아편인 타리야크를 입
에 물고 몽롱한 꿈에 취하여 고향과 가족들을 몹시 그리워했을 것
이다.

　대담하고 강인한 여행자였던 혜초 역시 그 억센 향수병을 어찌
지 못하였다. 긴 여행으로 몸과 마음이 지칠 대로 지쳐 있을 때,
만삭의 달이 이즈러가는 밤에 한줄기 거센 바람에 흩날려 떠나가
는 구름을 보면 저절로 치미는 향수를 어쩔 수 없었을 것이다. 그
는 그 위대한 여행기에 죽음의 공포와 허기, 고통을 기록하지는
않았다. 하지만 고향을 절절히 그리는 이 시를 남겼다.

　달 밝은 밤에 고향 길 바라보니 / 뜬 구름은 너울너울 돌아가네
/ 그 편에 감히 편지 한 장 부쳐보지만 / 바람이 거세어 화답이 들
리지 않는구나 / 내 나라는 하늘 끝 북쪽에 있는데 / 남의 나라 땅

끝 서쪽에 있네 / 일남에는 기러기마저 없으니 / 누가 소식 전하러
계림으로 날아가리.

　우리는 처음에는 서로 하는 말을 한 마디도 알아들을 수 없었
기 때문에 손짓 발짓, 몸짓으로 의사표시를 할 수밖에 없었다. 카
심은 중국어 또는 투르크계 언어인 위구르어로 혼자 중얼거리는
것처럼 단조롭게 말했고, 나는 서툰 중국어나 위구르어로 말했으
니까. 내가 외우고 간 몇몇 위구르어와 중국어 단어는 금방 밑천
이 드러났다. 그러므로 깊은 대화를 나눌 수 없는 아쉬움이 있었
다.

　그러나 나중에는 함께 오랫동안 여행을 해서 완벽하게 감정이
입을 하였기 때문인지 마음의 언어로 대화를 하여 서로 무슨 말을
하는지 모두 이해할 수 있었다. 여행으로 몹시 피로하고 지쳐있는
상태에서도 둘은 늘 서로 쳐다보며 웃었다.

　그나저나 매일 그날의 여정이 끝나면 그와 함께 양고기 꼬치구
이인 시시케밥 또는 불에 잘 구운 도마뱀을 안주로 하여 목구멍이
짜릿하게 타들어가는 독한 고량주를 마시는 기분만큼은 그만이었
다. 독주의 마법 같은 온기가 지친 육체 속으로 퍼지면서 다시금
기운을 차리게 하였다. 그것은 마약처럼 그날의 고통을 지워주었

다. 그것이 피로하고 지친 우리의 영혼을 달래주었다. 그 생명의 물 때문에 우리는 그 고달프고 지루한 여행을 즐겁게 끝낼 수 있었다.

낙타몰이꾼은 진정한 무슬림이었다. 황금빛과 핏빛으로 물든 사막의 저녁놀이 어둠 속으로 사라지기 시작하면, 매일 그때마다 그는 메카가 있는 서쪽을 향해 기도 하였다.

"알라는 하나님이시다! 알라만이 하나님이시다! 알라는 살아계신다. 신은 위대하다……. 그가 말하기를, '이 세상에는 우리의 삶 뿐이다. 우리가 죽고 우리가 살고 오직 알 다흐르(시간)만이 우리를 파괴할 수 있을 뿐이다.' 야 랍비(오 주여)…… 야 알라(오 하나님)……."

그러나 그는 교리를 어기고 술을 마시는데 주저하지 않았다. 그것도 아주 많이 마셨다. 그리고 술을 마시면서 끊임없이 줄담배를 피웠다.

내가 비아냥거렸다. "매일 밤, 그렇게 술을 마셔대면서……. 기도는 무슨……. 그건 경전을 정면으로 위배하는 짓이야. 알라가 알게 되면 크게 화를 낼 것 아냐?"

"나는 기도를 해야만 하지. 정성껏……. 그렇게 하지 않으면, 무언가 나쁜 일이 금세 일어날 것만 같거든."

카심이 그렇다.

그는 얼굴에 검은 턱수염이 무성하였으나 그럼에도 불구하고 처음 만나는 순간부터 둥글둥글하고 포근한 인상을 주었다. 목소리는 나직하고 따뜻했다. 언제나 변함없이 순박하고, 맑고, 평화스러웠다. 그는 사막을 경외하였고 낙타를 자식처럼 아꼈다. 평생을 타클라마칸 사막에서 낙타와 함께 살다가 운명처럼 조용히 죽을 사람이었다.

그 여정이 끝나고 헤어질 때 카심은 감정이 북받친 것 같았다. 우리는 묵묵히 눈빛으로 서로에게 고맙다는 인사를 하였고, 침묵 속에서 가슴으로 상대방에 대한 사랑을 전했다. 작별 인사는 오래 걸렸다.

"반드시…… 다시 올 겁니다. 그때…… 다시 만날 수 있을 것입니다. 몇 년에 걸쳐서 시베리아 남쪽 초원의 길을 걸을 작정입니다. 걷는 게 좋거든요.

어르신, 부디 건강하십시오……."

나는 슬펐지만 오랫동안 꼭 쥐고 있던 카심의 손을 놓고 차에 오를 수밖에 없었다. 다시 올 것이라는 그 약속을 꼭 지켜야 하리라.

그리고 그때 가족처럼 정들었던 낙타와 헤어지는 것도 정말이지 고통스러웠다. 나는 여행 동안 무거운 짐을 나르는 자신의 의무를 묵묵히 수행했던 낙타를 여행의 동반자, 동료로 생각하였다.

그래서 오렌지나 다른 과일을 먹을 때는 꼭 반씩 나눠서 낙타들에게 줬던 것이다. 그때마다 낙타들은 얼마나 좋아하던지, 그 모습을 잊을 수 없다.

낙타들은 비록 동물이지만 독특한 우아함을 지니고 있다. 헤어질 때 다시 보니 그 낙타들은 오랜 여행에 다소 지친 듯 여윈 것처럼 보였다. 나는 보드랍고 따끔따끔한 털로 덮인 낙타의 목덜미와 등을 오랫동안 쓰다듬어 주었다. 낙타는 기분이 좋아서 두 줄의 촘촘한 속눈썹을 껌벅인다.

카심은 그 자식 같은 낙타를 데리고 다시 왔던 길을 되돌아서 고향으로 돌아가리라.

에덴동산

　메소포타미아의 비옥한 초승달 지역에 자리 잡은 에덴동산에는 따스한 햇볕이 알맞게 비추는 가운데 색채가 눈부시게 아름다운 화려한 꽃들이 피는 식물들이 우거져 있고, 얌전한 짐승과 새, 나비와 꿀벌들이 한가롭게 거닐고 춤추고, 대지는 유프라테스 강과 티그리스 강으로 흘러들어가는 네 줄기 지류가 실핏줄처럼 흐르면서 검은 흙은 비옥해서 보리와 밀 등 온갖 풍성한 곡식을 제공해주고, 육체적 질병도 걱정할 것이 없다. 사람에게 나쁜 것은 하나도 없고 오직 좋은 것만 있었다.

　다만 인간의 죽음에 대해서는 그것이 인간에게 좋은 것인지 나쁜 것인지 전지전능한 신도 판단하기 어려웠으니 그 문제는 그 동산에서도 여전히 해결되지 못한 숙제로 남았다.

　그러므로 에덴의 과수원에는 월계수 나무들이 금방 자라서 무성해지고, 탐스러운 사과와 석류, 오렌지와 무화과, 포도, 올리브 열매가 맺는다. 여름이건 겨울이건 계절을 가리지 않고 열매는 떨어지는 법도 시드는 법도 없다. 그런데 말이 겨울이지 날씨는 늦은 봄 날씨처럼 너무 온화해서 인간이 짐승처럼 나체로 지내는데 아무런 지장이 없다. 오히려 겨울 북풍이 산들산들 불어오는 날에 나무도 열매도 더 빨리 자라고 더 빨리 무르익는다. 석류 속에 석류, 포도송이 위에 포도송이, 한 송이 꽃송이 안에 다른 한 송이, 무화과 열매 위에 새로운 무화과 열매가 매달린다. 사시사철 도처에 꽃망울이 화르르 열리고 꿀맛 같은 과일들이 사람의 키 높이로 또는 까치발로 몸을 뻗으면 닿을 수 있는 나뭇가지에 주렁주렁 매달려 있는 것이다.

에덴동산은 인간이 타락하기 전에는 평화와 기쁨이 넘치고 물과 웃음이 가득한 곳이었으니 자연이기에 앞서 예술 작품이다. 아름답고 웅장하고 매혹적인 것이다. 하늘에 천국이 있다면 이 에덴동산은 천국을 모델로 삼아 그대로 본 뜬 것이리라. 그래서 이후 이 세상 모든 정원의 영원한 모델이 되었으므로 인간들은 아주 옛날부터 이 낙원을 재창조하기 위해 끊임없이 노력해 왔다.

에덴동산에는 그들만이 살았다. 아담과 이브 (또는 하와). 원래는 아담 혼자서 살았는데 신께서 아담에게 깊은 잠이 쏟아지게 하여 그를 잠들게 한 다음, 그의 갈빗대 하나를 빼내시고 그 자리는 살로 메웠다. 그리고 신은 그 갈빗대로 여자를 만들어 아담에게 데려다 주었다.

아담이 부르짖었다. "이야말로 내 뼈에서 나온 뼈요, 내 살에서 나온 살이로구나. 남자에게서 나왔으니 여자라 불리리라."

(이에 대해 링컨 대통령은 '하와는 아담의 머리에서 나온 것이 아니다. 그것은 여자가 남자를 지배해서는 안 된다는 것을 보여주는 것이다.'라고 말했다. 요즘 같으면 여성 차별적 발언이라고 지적될 수도 있을 것이다.)

그러므로 남자는 아버지와 어머니를 떠나 결합하여 둘이 한 몸이 된다. 그런데 여기에서 커다란 논쟁점이 생긴다. 아담이 최초의 인간이면서 최초의 남자, 이브가 최초의 여자라는데는, 모든 인류는 그들의 자손이라는데는 이론이 있을 수 없다.(구약성서에 의하면)

그렇다면 그들이야말로 인류 최초로 성고라는 신성한 행위를 하였음에는 이론의 여지가 없다. 문제는 그 시기를 둘러싸고 심각한 논쟁이 일어났던 것이다. 전통적 견해는 그들이 에덴동산에서는 성행위를 한 일이 없었다고 주장한다. 그들은 천사와 다름없는 존재였으니 천사가 어떻게 성행위를 할 수 있었겠느냐고 주장한 것이다. 그들이 교활한 뱀의 유혹에 넘어가 선악과를 따먹고 에덴동산을 추방당한 뒤 비로소 동침했고 이브는 임신을 해서 차례로 카인과 아벨, 셋째를 낳았다는 것이다.

(마크 트웨인은 말했다. '아담은 사과 자체 때문에 사과를 원한 것이 아니라 그것이 금지된 것이기 때문에 원했다.'

그런데, 널리 알려진 대로 카인은 순전히 질투심에서 동생인 아벨을 죽였다. 그는 인류 최초로 살인죄를 저지른 자이고, 가족을 배신한 배신자였으며, 또한 신에게까지 거짓말을 한 위선자였다. 그러니, 인류의 역사는 애초부터 유혹과 타락, 살인과 배신 등 범죄로 얼룩진 채로 시작된 것이다. 인간의 소외와 시기에 따른 갈등 관계는 원초적이기 때문에 죄악은 피할 수 없는 인간의 원죄가 되어버렸다.

그러나 카인은 아버지 아담의 진정한 아들이라고 할 수 있다. 카인은 질투라는 인간 본성을 가진 자연스러운 인간이기 때문이다. 카인은 인간의 원형으로 이 세상에 뿌리를 내리고 이 세상을 자신의 집으로 삼은 것이다.)

하지만 나는 전통적인 견해에 대해 반론을 제기하고 싶다. (물론 내가 최초로 반론을 제기한 것은 아니다. 벌써, 4세기 때 히포의 주교 아우구스티누스는 아담을 자신과 같이 피와 살을 가진 인간이고, 그래서 음식을 먹고, 세상의 풍경을 즐겼으며, 여자와는 성교를 하여 가족을 이루었다고 하였다.)

그렇다. 신은 남자에게 짝을 지어즈기 위해 여자를 만들었고 남자와 여자는 결합해서 둘이 한 몸으로 되도록 하지 않았는가. (만약 아담이 살면서 대화를 나눌 좋은 상대가 필요하였다면 여자를 만드는 대신 남자를 만들어 두 명의 남자가 서로 친구가 되게 하는 것이 훨씬 좋았을 것이다.)

그들은 신이 만들어준 대로 에덴등산에서도 각기 고유의 성기를 달고 있었다. 전통적인 견해는 성기의 기능을 완전히 무시한 것이 아닌가. 하지만 그들은 금지된 열매를 먹고 신께 불복종 하였을 때 난생 처음 부끄러움을 알게 되었다. 그들은 나뭇잎으로 성기를 가렸다. 그때 이후 인간들이 성기를 가리는 유구한 관습이 시작되었던 것이다. 아우구스티누스는 말했다. '저곳이 바로 그곳이다. 저곳이 인간의 원죄가 전해지는 바로 그곳이다.'

그럴 것이다. 아담과 이브가 에덴동산의 여기저기를 거닐 때면 얼마나 심하게 봄 입덧을 했을 것인가. 그들은 형형색색 꽃들의 관능적인 향기에 가슴이 터질듯이 들뜨고 얼마나 야릇한 기분에 휩쌓였을 것인가.

그리고 하루 종일, 몇 날, 몇 달씩 얼마나 심심했겠는가. 그래서 그들은 가끔 산뜻한 기분을 맛보기 위해서 실개천의 맑은 믈에 몸을 담갔고 목욕을 마치고나면 그윽한 햇빛에 몸을 말리기도 했다.

더욱이 실오라기 하나 걸치지 않은 나체인 상태에서 성인 남녀가 붙어있으니 그들도 인간인데 도대체 할 수 있는 게 무어란 말인가.

그런데 지상낙원에 술이 있어야 할까, 없어야 할까. 술을 마약이나 독이라고 여기는 편협한 인간들에게는 술은 악마이어서 없어야 마땅할 것이다. 그러나 삶의 기쁨이고 일종의 치료약이라고 여기는 사람에게는 반드시 있어야 할 박카스의 여신일 터이다. 하지만 인간이 사는데 귀중한 술이 빠질 수 있겠는가. 신은 인간을 만들었고 인간은 술을 만들었던 것이다.

에덴동산에서는 지천으로 널려있는 과일이 저절로 익어서 술이 되었다. 과일주가 지천이었다. 특히 포도주가 그러하였다. 그래서 진실을 말하자면, 아담은 무미건조하고 생기가 없는 생활에 싫증이 나고 너무 심심한 나머지 그 권태를 이기지 못하고 매일 술에 쩔어 술배가 튀어나온데다 코마저 딸기코인 사내가 되었을 가능성도 있다. 이브 역시 매우 섬세한 여자이기는 하나 운동부족으로 몸은 살이 쪄 통통하고 다리에 관절염이 있을 가능성이 크다.

그들은 늘 술에 얼큰히 취해 있었을 것이다. 술에 취하면 그 뒤에 무슨 일이 벌어질지 아무도 모르는 것이 아닌가.

특히 유혹자인 이브는 '순결한' 마리아가 아니였으니 어떻게 참고 견딜 수 있었겠는가. 요컨대 아담에게서 수컷 냄새가 풀풀거렸는데 말이다. 그러므로 이집트에서 요셉을 끈질기게 유혹했던 포티파르는 이브의 뜨거운 피를 이어받은 직계였던 것이다.

남자들이 여자들에 대해 관심을 갖는 것보다 여자들이 남자들에게 더 많은 관심을 가지는 이유는 무엇인가? (버지니아 울프) 그리고 신이 여자를 창조하는 순간 권태가 사라졌다. (니체)

또한, 그 전통적인 견해의 치명적 결함인 즉, 그들이 에덴동산에서 쫓겨난 뒤 아담은 인도에까지 유랑하여 결국 대장장이로 평생을 고생하다가 죽었고, 이브는 아담과 헤어진 후 아라비아 반도 남쪽으로 내려가서 평생 농사일을 하며 고단한 삶을 살다 죽었는데, 그 무덤이 지금까지도 메카를 순례하는 무슬림들이 지나다녔던 헤자즈의 순례길에 있는 지다Jidda의 도시 성곽 바로 밑에 있다고 하니 그들이 에덴동산을 떠나온 후 동침할 기회는 없었던 것이다.

일설에 의하면, 그들은 헤어진 후 너무 멀리 떨어져 살았기 때문에 다시는 만나지 못했다고 하고, 또 다른 설에 의하면 딱 한 번 길에서 서로 엇갈리면서 만난 일이 있었는데 그때 하와는 늙어서 꾀죄죄하고 거의 생기가 다한 주름살투성이인 아담을 처음에는 알아보지 못했으나 그냥 살짝 미소를 지으며 지나쳤다는 것이다.

어쨌거나 그들은 원래 흙으로 만들어졌으니 죽은 후에는 다시 흙으로 돌아가야 했다.

그러므로 결론은 그들은 에덴동산에서 이미 성교를 하였다고 보아야할 것이다. 그런데 에덴동산에서 대담하게도 금단의 열매(또는 욕망과 파멸을 상징하는 과일인 사과)를 따서 아담에게 준 것은 바로 이브였다. 아담은 이브가 준 사과를 신 모르게 허겁지겁 급히 먹다가 한 조각이 목구멍에 걸려 혹을 만들었으니, 그게 바로 남자의 목 가운데 있는 목젖이다. 그때부터 목젖은 일명 아담의 사과(Adam's apple)가 되었다. 어쨌거나 이브야말로 인류 최초의 여자였고 유혹자였던 것이다.

이별

사람들 사이에 섬이 있다
그 섬에 가고 싶다
― 정현종

　모래폭풍은 진즉 멎었다. 하늘은 눈부시게 맑고 푸르렀다. 모래 언덕의 풍경은 참으로 낯설고 생생한 은빛을 띠고 있었다. 나는 몸이 쇠약해질 대로 쇠약해진 가운데 안간힘을 다하여 사람의 흔적을 찾아 근처 높은 모래언덕에 올라가서 사방을 멀리 살펴보았다. 그러나 그곳엔 살아있는 것은 아무것도 보이지 않았다. 풀 한 포기, 바짝 마른 나무 한 그루까지. 멀지 않은 곳에서 낙타의 하얀 마른 뼈들만 보였다. 두개골, 목뼈, 척추뼈, 갈비뼈, 넓적다리뼈, 종아리뼈 등이 보였다.

　지금 눈에 보이는 것은 끝없이 펼쳐진 도래사막뿐이었다. 나는 지금 출구가 보이지 않는 사막의 미로 한가운데 갇혀버린 것이다. 그 미로는 광활한 사막에서 끝없이 뒤엉키며 풀어지고, 은밀하고 끝이 없는 원들을 만들면서 무한정 증식되었다.

이제, 사막은 나에게 현기증을 불러 일으켰고 공포와 증오의 대상이 되었다. 무거운 침묵. 서글픈 고독. 모래언덕에서 내려다 본 악마의 사막은 막막했고 가슴을 무겁게 짓눌렀다. 오직 사막의 태양만이 나를 금방 태워버릴 듯이 머리 위에서 무섭게 이글거렸다. 발걸음을 옮길 때마다 뜨겁게 달궈진 모래더미 속으로 발이 푹푹 빠져 들면서, 사막의 열기가 온몸을 태울 듯이 휘감아 덮쳤다. 더 이상 한 걸음이라도 옮길 수가 없었다.

뜨거운 열기로 온통 얼굴이 달아오르고 피부는 불에 타버린 것처럼 아팠던 것이다. 나는 그런 혹독한 고통 때문에 메마른 입술이 모두 갈라졌고 입을 간신히 벌린 채 숨을 헐떡거리고 있었다. 혓바닥은 완전히 바싹 말라 붙어버려서 말 한마디 하기조차 어려웠다. 나의 티셔츠는 땀에 절어 소금기로 허옇게 얼룩져 있었다.

굶주림과 갈증, 혼란이 기다리고 있는 트럭 아래 그늘로 다시 기어들어간 나는 모래 바닥에 그대로 쓰러져 버렸다. 완전히 지쳐버린 상태에서 나는 자꾸만 혼미해지는 정신과 치열하게 싸웠다. 희망은 멀리 사라졌고 불안과 어두운 그림자, 그리고 죽음의 전율이 나를 감싸고 있었다. 얼마 전부터 죽음의 공포가 끈질기게 나를 따라다녔다.

다시 밤이다. 사막에 어둠이 내리면서 도래바람이 가볍게 회오리를 일으키며 대지를 휩쓸고 지나가는 소릴 들을 수 있다. 초저녁 밤하늘에는 어느새 쏟아져 흘러내릴 만큼 무수한 별들이 반짝인다. 밤이 깊으면 금실과 은실의 은하수로 수놓은 하늘에는 노란색인 레몬빛 별들도 있고, 핑크빛이나 초록빛 혹은 파란빛이나 물망초빛을 띠는 별들이 저마다 빛나고 있었다.

그녀, 손희승(孫姬昇)의 얼굴 윤곽이 또렷하게 그려지지 않았다. 지금 그녀에 대한 기억은 비현실적일 만큼 먼 곳에 가 있었고 흐릿할 뿐이다. 나는 그녀를 그렇게 까마득히 잊고 지낸 자신을 이해할 수가 없었다.

어쩌면 그녀는 나에게 존재해 본 적이 없는 존재, 아니면 오직 꿈결 속에서만 존재하였는지도 모른다. 단지 내가 무의미한 꿈을 꾼 것에 불과할 지도 모른다.

마지막으로 본 그녀의 모습을 떠올리려고 하였으나 그 모습이 떠오르지 않았다. 모든 게 가물가물하였다. 다만 그 술집에서 보았던 그녀의 모습만 안개처럼 희미하게 또 올랐다. 하지만 그녀에 대한 행복한 느낌이 여태껏 여운으로 남아 있었다.

'내가 그 여자를 한때 사랑했었던가, 하지만 사랑할 이유가 있긴 있었냐? 그 이유가 도무지 생각나지 않는군. 그런데, 사랑이 먼저 찾아오는 것이 아닐까, 그 이유는 나중에서야 따라오는 거겠지. 자신을 속일 필요는 없을 거야. 그녀와 있으면 다른 건 필요 없었으니까.

그때는 내가 그녀를 배반했고, 그녀가 나를 배반했지. 그런데, 그건 그거지. 서로 빚진 것은 없는 셈이야.'

그녀의 두 눈은 그때 눈물이 가득 고여서 어두운 불빛 속에서도 반짝거렸다. 그녀의 살 냄새가 지금도 나를 자극했고 전율케 하였다. 그 향기가 여전히 기억났다. 감미롭고 찌르는 듯한 그 향기가 사막의 모래 냄새에 섞여서 코끝에 느껴졌다.

그녀의 가느다란 손가락이 나의 헝클어져 뒤엉킨 채 모래가 서걱거리는 머리카락을 섬세하게 쓰다듬는 것 같았다. 그녀의 긴 두 팔이 나를 꼭 껴안고, 두 다리가 나의 다리에 가벼운 압박을 가하면서 얽혀 들었고, 가볍고 밋밋한 가슴이 나의 가슴을 짓누르고, 멜로디 같은 그녀의 목소리가 바람처럼 나의 귓전을 스쳤다. 그녀의 심장에서 뿜어져 나오는 뜨겁고 검붉은 피가 나의 몸속으로 흘러 들어왔다.

가늘고 유연한 그녀의 몸이 어린 아이처럼 보였다. 그녀가 부드러운 모래를 끼얹으며 터트리는 유쾌한 웃음소리가 들렸다. 모래가 어깨와 가슴 위로 미끄러지고, 길고 부드럽고 탐스런 새까만

머리칼이 바람에 날려서 어깨 너머로 흘러 내렸다.

그러나 그녀에 관한 일이란 지금쯤 마음속에서 그저 단념하기만 하면 그걸로 무난한 결말이 될 터이다.

'그래, 단념해야만 할 거야. 손희승은 아주 멀리 떨어져 있으니까. 어쩔 수 없는 일이야. 그때 술집에서 진실을 깨달았으니까. 사랑의 진실을……. 사랑의 고통을……. 그건 피상적인 것은 아니었어. 마술적인 환상도 아니었어. 빛나는 영감도, 사춘기의 열병과도 같은 열정도 아니었지. 어머니, 동상에 대한 애틋한 그리움, 돌아갈 수 없는 고향, 남쪽 바다에 대한 짙은 향수, 추억과도 다른 종류의 감정이었지. 심연처럼 너무나 깊은 것이었지. 그러나 난 그걸로 만족하지. 그녀의 초조한 눈빛이 너무나 절실하게 말하고 있었던 거야. 그러나 이젠 돌이킬 수 없지 끝나버렸거든. 우린 다시 만나도 서로 약간 서먹하고 낯설 거야.'

그녀는 말하자면 회사 내에서 전속 사진사의 역할을 하였다. 공사현장에서 여러 가지 각도로 세밀한 사진을 찍어 담당 부서에 넘기는 일을 하였던 것이다. 그러한 사진촬영은 엄숙하고, 전문적이고, 따분한 것이어서 그녀에게 그렇게 재미있는 작업은 아니었다.

그녀는 어느 정도 자금이 축적되면 자신만의 작업실을 마련하여 프리랜서 사진기자 또는 사진작가가 되는 것이 일생일대의 꿈이었다. 그래서 저명한 사진 전문 잡지에 특집이 실리고, 세계 각 국의 유명한 미술관이나 갤러리에서 사진작품 전시회가 열리며, 제대로 값을 받고 사진을 팔기 원했다. 궁극적인 꿈은 국제적인 사진 전문 출판사에서 멋진 제목을 붙인 사진집을 내는 것이었다.

그녀는 항상 생생한 현장사진을 찍기 위하여 빛과 노출, 사진의 구성, 초점, 심도의 조절, 여백, 셔터 속도 등과 지루한 씨름을 하였다. 다양한 각도와 미묘하게 변하는 빛의 질과 방향, 색조 속에서 결정적인 순간, 찰나에 불과한 순간을 붙잡아 두기 위하여, 피사체에 최대한 가까이 접근하여 계속적으로 노려보다가 그 순간이 오면 연거푸 셔터를 눌러야 하였다. 그녀는 찰나에 불과한 그 눈 깜짝할 순간에 대상의 영혼과 내면 또는 정수를 포착할 수 없을 지도 모른다는 강박감에 사로잡힌 나머지 정신없이 셔터를 누르고 또 눌렀다.

그녀의 렌즈는 피사체의 영혼을 빨아들여야 하였다. 그러나 그녀의 작업은 피사체를 렌즈로 포착하는 것만으로는 끝나지 않는다. 그 후에는 완전하게 어두운 암실에서 필름 현상과 인화라는 힘들고 복잡한 작업이 기다리고 있었다. 자기가 원하는 사진의 명암을 구현하기 위해서 빛과 시간을 직접 조절할 필요가 있었다. 그녀는 수많은 시간을 암실에서 보냈다. 그 지독한 약품 냄새를 맡으면서 말이다.

그녀는 아날로그였다. 그 흔해빠진 디지털 카메라는 한 대도 가지고 있지 않았다. 촬영부터 시작해서 인화까지 그녀의 손으로 이루어지는 전통적인 과정이 소중했던 것이다. 그것은 시간이 많이 걸리고 귀찮은 점이 많았지만 그녀는 서두르지 않고 기다릴 줄 알았다.

그녀의 흑백사진은 꿈속에서처럼 희미하게 투사된 것 같기도 하고, 피사체가 은밀하게 감추고 있는 비밀을 꿰뚫으려고 하는 것처럼 보였다. 그녀는 시적인 감정이일을 위하여 흑백의 농담에 집착하였다. 슈베르트의 음악처럼 화려하지는 않지만 깊고 단단하고 순수한 흑백사진은 피사체의 내면에서 풍기는 아름다움을 담고 있었다.

그 사진에는 그녀의 사진작가적 상상력과 망상이 함께 담겨 있었다.

그래서 그녀의 사진은 과거의 시간을 현재의 시간으로 불러들여 강렬한 느낌을 전달하였다. 그 느낌이란 기쁨, 슬픔, 연민, 증오일 수도 있었고, 또는 말로 표현할 수 없는 복잡한 감정일 수도 있었다. 그것은 한순간을 포착할 뿐만 아니라 피사체의 배경이 된 시공간을 압축하고 있었다.

그녀는 사진 속에서 분명한 메시지를 전달하도록 노력하였다. 모든 사진은 이야기를 들려줘야 한다. 사진은 이 세상 누구와도 소통할 수 있는 가장 강렬한 언어이기 때문이다. 그것은 인간과 본능적으로 교감한다. 그녀는 카메라 렌즈를 통해 세상과 소통하고 삶의 현장과 공감하고자 하였던 것이다. 가끔 렌즈에 남몰래 눈물이 가득 흐르는 일이 있었지만 말이다.

그러나 전문적인 사진작가로서 무언가 해내지 않으면 안 된다는 막연한 강박관념 같은 것은 없었다. 언제부터인가, 그녀는 자신의 사진 한 장이 사람들에게 무한한 감동을 준다던가, 세상을 바꿀 수 없다는 걸 깨달은 후부터 항상 마음이 홀가분하였다.

그녀는 사진작가들이 가장 흔히 사용하는 35mm 카메라로 편안하게 사진을 찍었다.

나는 업무관계로 그녀와 몇 차례 만난 적이 있었고, 그녀가 셔터를 누를 때면 보여주는 침착함과 자신감, 돋보이는 감수성에 감탄하였다. 물론 예쁜 얼굴이라고 할 수는 없었지만, 군더더기 살 하나 없이 뼈대만 남은 것 같은 마른 몸에서 쏟아지는 직설적인 눈빛과 그녀의 내면에 담긴 아름다운 삶 자체의 비밀에 끌린 것도 사실이었다.

언제부터인가, 나 자신도 모르는 사이 그녀를 보면 그 어떤 알 수 없는 강렬한 감정에 사로잡혔고, 감미로운 여운 때문에 오랫동안 황홀하였다. 그것이 사랑이라고 단정할 수 있는 그런 감정이었는지는 자신할 수 없었지만, 만약 사랑이라고 해도 그것은 완전히 일방적인 것에 불과하였다.

그녀는 늘 소매가 넓은 옷을 입어 편안히 보인다. 그녀의 옷은 환상을 원단으로 재단해서 몸에 걸친 것이다. 그리고 그녀에게서 갓난아이 시절 어머니의 젖가슴과 얼굴에서 맡았던 잃어버린 냄새들, 낯익고, 기분 좋은 냄새를 다시 맡을 수 있어 좋았다.

그렇지만 내가 할 수 있는 일이라곤 사무실을 오가면서 또는 엘리베이터 안에서 마주치면 가볍게 목례를 교환한 후 아무도 모르게 그녀를 힐끔 훔쳐보는 것이 고작이었다. 그러나 그녀의 희미한 모습이 망령처럼 집요하게 달라붙었다. 나는 그 모습을 가슴속에서 몰아내려고 발버둥을 쳤지만, 그건 헛수고였다. 그것은 끊임없이 환상을 충동질하였다. 그것은 어머니였고, 아내였고, 누이동생이었다. 손을 뻗쳐도 닿을 수 없는 금단의 열매였다.

사랑이란 눈을 통하여 흉벽으로 침입하는 독특한 괴질이다. 나는 그때마다 무서운 신경증을 앓았지만 말이다.

그러나 그런 식으로 흘끗 몰래 쳐다보는 것만으로는 만족스럽지 않았다. 그녀는 그때 나를 쳐다보았는지도 궁금하였고, 언제 또다시 마주치게 될 것인지도 궁금하였다.

하지만 이러한 감정은 명백히 과장된, 지나치게 일방적이고 수사적인 것일 수도 있었다. 내가 태어나서 난생 처음 느껴보는 그런 종류의 감정의 폭풍이었기 때문일 것이다. 그리고 객관적인 관점에서 보면 그것이 과연 진짜 사랑의 감정인지도 확신할 수 없었다. 사랑의 감정이란 항상 다양하고 미묘한 것이며 실체가 없는 것이기 때문이다. 그러나 내가 스스로 놀란 것은 사실이었다. 나는 자신의 가슴 속에서 무슨 일이 벌어지고 있었는지 도대체 이해할 수 없었다.

그런데, 그날 저녁, 나는 방배동에서 1차로 어지간히 마셨지만 여전히 미진하여 마지막 입가심을 하기 위하여 혼자서 서초동 예술의 전당 부근의 지하 카페에 갔을 때 전혀 예기치 못한 뜻밖의 상황이 발생하였다.

그러나 벌써 오래 전에 있었던 일이어서 날짜가 정확하게 기억나지 않았다. 바로 엊그제 있었던 일 같기도 했고, 어쩌면 한 달 전 같기도 했다. 어쨌거나 그로부터 시간이 흘렀고 너무나 많은 일들이 일어났던 것이다.

그 술집에서 그녀는 혼자서 술을 마시고 있었던 것이다. 그녀역시 나와 마주치는 순간 흠칫 놀라고 몹시 멋쩍어 하였다. 그녀는 그때 심장이 마구마구 뛰어서 미칠 지경이 되었다. 전율이 그녀의 온몸을 관통했다. 그녀는 냉담해지기로 결심하였다. 그녀는 나를 다시 쳐다보지 않았다. 나를 향하여 몸짓 하나 보내지 않았다. 그러나 그것뿐이었다. 단 한순간에 그녀의 결심은 스르르 녹아버렸다.

그녀가 자신에게 타이르고 있었다. (나는 그녀의 미세한 몸짓에서 그걸 알 수 있다.) '흥분해선 안 되는 거야. 정말 침착해야만 하지. 오늘은 술을 많이 마시면 안 되겠지. 이 바보야! 그와 단둘이만 있게 되었거든. 그의 관심을 끌고 사로잡아야만 하는 거야. 그의 가슴 속으로 파고 들어가는 거지.'

달콤한 향수냄새가 술 냄새에 섞인 채 희미하게 풍겼다.

그때 여름은 지나갔으나 아직 완전한 가을은 아니었다. 9월 중순이었기 때문이다. 그래도 더위는 한 풀 꺾였다. 숨이 턱턱 막혔던 더위는 사그라지고, 밤에는 제법 선선하였다. 여름의 태양이 기세를 잃으면서 낮이 점점 짧아지고 있었다.

밤은 성숙하지 않았다. 텅 빈 술집은 도시의 소음이 차단되어 있었다.

그녀는, 그때 괜히 변명부터 늘어놓기 시작하였다.

"동네 언니가 하는 집인데 언니 만나러 왔다가, 심심해서 한 잔하고 있어요. 언니는 늦게 온대요. 상무님은 저 같은 거 기억도 못하시죠. 전 상무님을 너무 잘 알고 있는데 말이죠. 아름다운 사모님께서 지금 임신 중이라면서요. 신경이 너무 많이 쓰이시죠"

"……"

“그걸 어떻게 알았느냐구요, 다 알 수 있어요. 전 상무님 일이
라면 항상 귀를 쫑긋 세우고 있거든요.”

그녀는 많이 취하여 혼자 더듬거리고 있었다. 모처럼 만난 김에
하고 싶은 말이 무척 많다는 표정을 짓고 있었지만, 그녀의 머릿
속에 가득 찬 말들은 갈피를 못 잡고 허공에 떠있었다. 그녀의 얼
굴에는 어떤 형태의 조급함과 진지함이 함께 담겨져 있었다.

“저도 사막을 좋아한다구요. 얼마 전에 고비 사막에 다녀왔어
요. 그러나 사진은 단 한 장도 찍을 수가 없었어요. 대지에서 울리
는 느낌이 너무 강렬했거든요. 또 별이 쏟아져 내리는 고비의 밤
하늘은 어떻구요! 초인간적인 대지의 기운이 엄청난 힘으로 내 영
혼을 빨아들여서 전 손가락 하나 꼼짝할 수 없었어요. 셔터 누를
힘조차 없었다구요.”

“……”

“참, 상무님은 여행 하시면서 절대 사진을 찍지 않는다죠. 귀찮
아서, 아니면 사색에 방해가 되니까? 절, 이 세상 끝까지, 어디든
지 데리고 가주세요. 제가 열심히 찍어 드릴게요. 그런 환상적인
순간을 놓치면 안 되겠죠. 지금 ‘날 데려가세요’ 하고 소릴 지르고
싶군요. 물론 어림없는 소리지만 말이죠. 가끔, 제가 보호해 줄 필
요가 있지 않을까 생각할 때가 있어요. 어쩔 줄 모르는 그 쓸쓸한
모습을 생각하면 가슴이 꽉 막히거든요. 그땐 꼭 안아주고 싶어

요."

　다른 손님은 아무도 없어서 조그만 술집이 휑한 느낌을 주었다. 사람이 붐비지 않는 그런 술집은 정말 쓸쓸하다. 술집의 어스름한 불빛 속에서 그녀의 불그스레한 얼굴이 묘한 매력을 풍겼고, 우뚝 선 콧날 위로 꿈처럼 모호한 슬픔이 무심히 스쳐갔다.

　"전 이혼녀에요. 아주 일찍 결혼하고 일찍 이혼했어요. 회사에서는 누가 알까봐, 괜히 전전긍긍하고 있지만요."

　"그걸 하필 내게 얘기할 필요가 있을까?" 나는 마지못해 우물거리듯 희미한 목소리로 대꾸하였다.

　"글쎄요, 그래도, 상무님은 알아야 될 것 같거든요. 그동안 기회가 없었잖아요. 전 운명을 믿는 편이죠. 지금 운명의 냄새가 느껴져요. 전 상무님을 처음 보는 순간부터…… 아주 오래전부터 제가 기다려왔던 사람이 바로 상무님이라는 것을 깨달았지요. 그리고 야릇한 운명을 한탄하였지요. 왜, 우린 아주 일찍 만나지 못했을까 하구요. 아름다운 사모님보다 먼저……."

　"도대체 무슨 말인지 알 수가 없군?"

　"우린 둘 다 멍청이 아닌가요."

　"바보는 바로 나겠지."

　그 말을 하는 짧은 순간 입술이 닿을 듯 말 듯 가까이 머리를 맞대고 있던 두 사람의 시선이 둘만의 좁은 공간에서 마주쳤다.

그녀의 달착지근한 숨결이 나의 코끝을 간질이며 얼굴에 달라붙었고, 검고 윤기 나는 긴 머리카락이 귓가에서 서걱거렸다. 그녀의 긴 목이 육감적이었다. 비단결 같은 검은 머리가 빛났다. 구리 반지를 낀 가는 손가락이 머리카락을 쓸어 올렸다. 미모사보다 더 예민한 그녀의 눈에 가녀린 이슬 같은 눈물이 어렸다.

그녀는 흐르는 눈물 때문에 목이 메이려 하였다. 그녀는 고개를 세차게 흔들며 술 한 잔을 꿀꺽 삼키고, 나를 향해 억지로 미소, 애매한 미소를 지었다. 그 약간 어색한 순간을 모면하려는 듯 그녀가 술을 새로 주문하였다.

"여기요, 여기. 맥주와 소주 갖다 줘요. 나도 소맥 잘 마신다구요. 그까짓 것 아무것도 아냐…… 나도 얼마든지 마실 수 있지요. 취하고 싶네요. 지금보다도 열 배는 더 취하고 싶네요. 당신은 날…… 이혼녀가 너무 따분한 나머지 머릿속이 온통 섹시한 남자 생각으로 가득 찬 한심한 여자로 보고 있으니까, 사람을 너무 무시하니까, 술을 안 마실 수가 없지."

술은 느지막한 밤에 마셔야만 제격이다. 희미하고 가느다란 불빛 아래서 얼큰하게 마셔야 술맛이 제대로 나는 법이다. 어둠침침한 작은 술집이 더없이 아늑하였다. 두 사람의 술잔이 허공에서 제멋대로 도형을 그리며 은밀하게 또는 무분별하게 서로 부딪쳤다. 그녀는 더욱 취하였고, 한층 불그스레한 얼굴에 혀가 더욱 꼬

부라졌고, 더욱 달콤한 목소리로 말을 많이 하였다.

술의 마술적인 효과에 의해 그녀의 굳었던 혀가 완전히 풀렸다. 그녀는 이제부터 제멋대로 지껄이기 시작한다.

"김 상무, 당신 말이야, 인간이 만들어 낸 가장 위대한 발명품이 무언지 알아요? 그게 술 아니겠어요!"

"그렇지, 인간이 술을 만드니까 그 술이 사람을 호모사피엔스 알쿨리크스(술 마시는 인간)를 만들었지. 술을 지나치게 많이 마시면 술에 더욱 의존하게 되고, 그래서 술꾼은 술의 노예가 되지. 그러면 술은 그 노예에게 가차 없이 주인 노릇을 하지."

"그만 뒈요. 더 이상 말하지 마세요. 저하곤 아무런 상관이 없는 일이에요……."

"지금, 술을 많이 마시니까 두려움이 싹 사라지네요……."

"……."

"전, 당신과 마주치는 것을 두려워했죠. 말을 걸어올까 봐 말이에요. 내게 말을 걸어오면 머릿속이 마구 뒤엉키면서 말을 더듬을까봐 겁이 났지요."

"……."

"당신 앞에 서면 멍청해질까봐 무서웠던 거예요……."

"……."

"당신, 내 기분이 어떤지 아세요. 날 지금 속으로 비웃고 있죠."

"그럴 리가 있나."

"지금 아니어도 나중에라도 틀림없이 비웃을 거예요."

"쓸데없는 소리, 너무 취했어."

"그런데, 당신은 모든 것에서 완벽주의자 아녜요? 한번 프로젝트의 설계 작업을 맡게 되면 미친 듯이 몰두하니까요. 당신은 강박증에 시달리고 있는 거예요. 아니면 불안증이겠지요. 그것도 중증의……."

"착각은 하지 마, 완벽은 없어, 불가능해. 사람도 세상만사도 불완전하고, 미성숙하고, 미완의 것이지. 완벽에 집착하는 것은 미친 짓이지. 만약인데 말이야, 사람들이 이구동성으로 완벽하다고 인정해도 그런 건 인간의 미망이 초래한 일종의 위장이거나 함정일 거야. 완벽 또는 완전이란 것은 성숙했다는 뜻 이외에 아무것도 아닌 거지. 그걸 오해하면 안 되겠지. 그렇다면, 결국 완벽주의는 과대망상인 거지.

내가 완벽하다면 유행에 아주 민감했겠지. 그래야만 되니까……. 요즘 고층 빌딩이 한창 유행하고 있지. 그러나 나는 회의적이지. 고층 건물은 아니야. 절대로……. 그건 바벨탑의 교훈을 잊어버린 탓이지. 인간들이 점점 오만해지고 있지. 인간과 건축의 본질을 망각한 짓이라고 할 수 있을 거야……. 나는 유행에 뒤떨어져서 소외되고 있는 거야. 소외되고 있다고…….

나는 위대한 건축가가 되길 바랐지만……. 그러나 이름이 아닌 건축 작품이 남겨지길 원하였지. 그게 이루어질지 모르겠군.”

“그런 복잡한 소린 듣고 싶지 않아요. 건축 얘기는 회사에서도 지겹게 듣거든요. 당신은 술집 분위기에 어울리지 않는 소릴 잘 하죠! 왜 그리 눈치가 없어요? 좀 간단히 말할 수 없어요.

오직…… 당신이란 사람이 문제인거예요. 당신은 도대체 믿을 수 없으니까요. 여자가 조금만 가까이 다가서도 멀리, 아주 멀리 도망가는 사람이죠. 여자가 스스로 옷을 벗을까봐 죽을 맛인 거죠? 안 그래요? 당신은 겁쟁이이고…… 비겁한 사람…… 사람이라고 할 수 있겠죠” 그녀가 너무 취해서 마구 지껄였다. 그러나 틀린 말을 하고 있지는 않았다.

“대충은…… 맞는 말을 하고 있군. 난 정신이 온전할 때는 얘길 잘 하지 못 하지. 혀가 풀리지 않거든. 하여간에 그래……. 술에 충분히 취하여만 혀가 그럭저럭 돌아가지. 그러니깐, 얘기를 하는 건 내가 아니라 술이지. 소주가, 소폭이 하는 거지.”

나는 그녀 머리카락의 흔들리는 검은 빛깔에서 탐스러움을 느꼈다. 그때 조금 전까지만 해도 느끼지 못했던 격렬한 욕망이 나를 덮쳤다. 그것 때문에 머리가 욱신거리기 시작하였다. 숨소리가 조금 거칠어진 것 같다. 남자의 야릇한 육체적 욕망이 일기 시작한 것이다. ‘오늘 저녁 마침내 이 여자의 몇 겹 신비한 베일을 벗겨버려야만 하지. 반드시. 이 여자는 그동안 다가갈 수 없는 경계선 밖에 있었지. 결국 여자의 몸뚱아리이겠지만. 이 여잔 여자이지. 여자로서 기능하는 여자. 지금 먼저 예행연습처럼 짧게 입맞춤을 한다면 어떨까? 옷을 벗기려들면 어떻게 나올까? 어떤 표정을 지을지 궁금하군. 무슨 의미 없는 말을 지껄일지도……. 오직 거칠게 비릿한 신음 소리만 내뱉을지도 모르지. 그런데 내가 여자의 옷을 벗길 줄 알았던가? 능란한 솜씨로 원피스의 뒤쪽 단추를 풀 수 있을까? 하지만 결국 그 자존심이 강한 여잔 내가 그렇게 간청하는데도 불구하고 못하겠다고…… 지금은 당장은 안 된다고…… 이렇게 빨리 하면 자신을 천박한 여자로 볼 것이기 때문에 안 된다고…… ‘벌거숭이가 되면 우습게 보일 거예요!’ 라고 말하고…… 그러니 조금만 참고 기다리라고 하겠지.’

　나는 그 순간 그녀의 두 눈을 똑바로 쳐다보았다. 그리고 자신의 욕망이 얼마나 터무니없고, 어리석고, 추악하다는 걸 깨달았다. 나는 거침없이 꿈틀거리는 욕망을 억제하기 위해 연거푸 술잔을 들이켰다. 달콤한 술기운이 일시적 통증 같은 그 욕망을 가라앉혔다. 나는 그녀를 껴안고 애무하고 싶은 성적 쾌락에 대한 갈증을 가까스로 억제하였다. 곧 그 아름답고 신비한 인간적 본능은 어둠의 망각 속으로 씻은 듯이 사라져 버렸다. 욕망이 사그라지면서 모든 것이 시시하고 공허해 보였다.

나는 울고 싶었다. 동시에 헤아릴 수 없는 두려움을 느꼈다.

나는 무언가 은밀한 일이 들통 나서 무안한 기분이 되었고, 그녀를 다시는 똑바로 바라볼 수가 없었다. 갑자기 그녀의 눈길을 감당할 수 없어서 말의 실마리를 잃어 버렸다. 억지로, 그녀에게 부자연스러운 미소를 지어 보였다. 그 가슴이 꽉 막히는 듯한 분위기에서 탈출하기 위해, 나는 다급하게 소맥과 강한 술을 닥치는 대로 계속 마시기 시작했고, 독한 알코올이 목구멍을 넘어갈 때마다 마치 불덩이를 삼키는 듯한 느낌이 들었다. 그때 강렬한 술기운이 부끄러움처럼 얼굴을 감쌌다.

그 술집에는 그녀만 존재한다는 느낌을 받았다. 나는 존재하지 않았다. 나는 상당히 취한 상태에서 언니가 돌아오자마자 고독한 환상의 섬인 그 술집으로부터 도망치듯 빠져 나왔다. 그 추상적인 섬은 그 무렵 기억과 망각이 교차하는 가운데 나의 가슴 속을 이리저리 떠다녔다.

그 후 손희승을 오랫동안 만날 수 없었다. 무슨 일인지, 그녀가 곧 회사를 그만두었기 때문이다. 한참 나중에서야 그녀가 새로 창간한 패션 전문 잡지의 사진기자로 갔다는 이야기를 들었을 뿐이다.

1998년 늦은 봄. 토요일 석양 무렵. 황혼의 빛깔은 불타는 분홍,

장밋빛 분홍, 짙은 회색 분홍으로 변하고 있었다. 세상의 풍경이 황금빛 석양에 물들고 있다. 세속적인 모든 것이 사라지고 있었다. 나는 믿을 수 없는 하늘을 쳐다본다. 나는 그때 서초동 남부터미널 부근에서 방배동 쪽으로 아주 느릿느릿 길을 걷고 있었다. (그때는 리비아로 가는 출국 준비가 거의 끝나서 홀가분했다고 할 수 있다. 나는 6월 초순경 출발할 예정이었다.)

나는 그녀와 길에서 갑자기 마주쳤다. 그가 깜짝 놀란다. "상무님, 안녕하세요. 오랜만입니다. 죄송해요. 자세한 이야기도 없이 …… 그냥 그랬어요" 두 사람은 짧은 거리에서 빤히 쳐다보면서 …… 잠시 환한 미소에 잠긴다. 서로 반가워서 손을 잡을 듯 하였다. 그러나 그녀가 주춤거렸다. 나는 그 자리에 꼼짝없이 서 있다. 나는 말 한마디 없이 훌쩍 떠나버린 그녀에게 심술이 나서 빈정대고 싶었지만 꽉 막혀버린 목구멍에서 말이 잘 흘러나오지 않았다.

손희승은 가던 길을 걷는다. 그리고 돌아보았다. 가볍게 손을 흔들더니 계속 걸어갔다. 그녀는 골목길로 꺾어지는 모퉁이에 너무 빨리 도달했다. 거기서 잠깐 멈추었고 내가 서 있는 쪽으로 다시 돌아보았다. 그녀는 환한 미소를 지으려고 하였지만 눈물이 글썽거려서 웃음이 나오지 않았다. 손희승은 뒷골목길로 빨려 들어가듯이 사라져 버렸다.

그녀가 그때 했던 말이 오랫동안 여운을 남겼다. "참된 사랑은 작별 인사를 하지 않고도 사랑하는 사람과 헤어질 줄 알죠.”

사소한 작별 뒤에는 영원한 이별이 뒤따른다.

결별의 기억

1. 심현숙은 임신 초기 배 속의 태아가 잘 자라는지 확인하기 위하여, 또 임신 초기 징후들 때문에 심신이 지쳐 있어서 처방을 받기 위하여 동네 어귀에 새로 지은 번듯한 5층 건물의 2층에 자리 잡은 '김영준 산부인과 의원'에 다니기 시작하였다.

"확실히 임신이에요. 초음파 검사 결과 착상이 잘 됐습니다. 그런데 첫 임신이고 나이가 많기 때문에 상당히 신경 써야 할 거예요. 까닥 잘못하면 유산할 수 있습니다. 아시겠죠……."

"우선 영양이 중요해요. 임신하면 칼로리와 단백질의 요구량이 증가하거든요. 채소류 과일 유제품 생선 육류를 많이 섭취하세요. 또 적당한 운동도 필요하지요. 근육의 강도를 유지하고 유산소 능력을 높이기 위해서 필수적으로 주당 3~5회 정도 30분 이상 운동을 하세요. 수영, 활발하게 걷기, 자전거 페달 밟기, 미용체조

등이 알맞겠죠.

지금 증상이 심한 요통과 좌골신경통은 임신 중에는 매우 흔한 일반적인 증상이에요. 변비 현기증 피로감 빈뇨 증상도 있고, 입덧도 심하다고 하셨죠. 그런 증상을 완화시켜주는 약을 처방해 드리겠습니다. 시간을 지켜서 잘 복용하세요.

정기검진을 위하여 당분간은 일주일마다 병원에 오셔야 합니다. 꼭 오셔야 합니다."

그 잘생긴 젊은 의사는 첫날부터 너무 너무 친절하였다.

그녀는 병원에 올 때마다 여러 차례 의사 선생님에게 자신의 자궁을 내보이면서 진찰을 받는 과정에서 느꼈던 수치심은 곧 사라졌다. 한 달이 지나면서부터 오히려 병원에 가는 것이 자꾸만 기다려지고 가슴이 설레기까지 하였다. 그녀의 감각기관은 그가 풍기는 풍성한 남자의 냄새를 예민하게 맡을 수 있었다. 그 달착지근하고 저속한 느낌의 체취는 최음제처럼 외설적이었다.

그녀는 어느 날, 마음을 졸이면서 젊고, 잘 생기고, 부유하게 보이는 의사에게 정중하고도 은근한 이메일을 보내게 되었다.

「매번 너무 잘 해주셔서 감사드립니다.

선생님을 모시고 저녁식사를 할 수 있는 기회를 마련해 주시기 바랍니다. 선생님, 꼭 회신 바랍니다.」

그 젊은 의사도 곧바로 그녀의 핸드폰에 메시지를 보냈다. 그 당시 그는 병원일이건, 집안일이건 모든 것이 권태롭고 심심해 죽을 지경이었던 것이다. 그는 처음에는 의사와 환자의 관계에서 위장한 무관심으로 그녀를 대하였지만 그녀가 먼저 절박하게 접근해오는데 이를 뿌리칠 이유가 없었다. 더욱이 그녀는 눈에 띄는 곱상한 외모를 갖추고 있었다. 그녀는 우아하고 예뻤으며 부자처럼 보였다. 자존심이 강한 그녀의 날씬한 몸매는 부드럽고 육감적인 향기로 감싸여 있었다. 물실호기였다.

그녀가 진찰실 문을 나설 때면, 벌써부터 몸을 해부하듯 그녀의 뒷모습을 훑어보고, 그의 칙칙한 시선은 그녀의 엉덩이를 집요하게 집적거리고 있었다.

2. 심현숙(沈賢淑)은 그 당시 관악구에 있는 신설 사립 중학교의 음악 교사였다.

나중에 고위직 교육공무원으로 은퇴하였던 그녀의 부친은 매우 고루하고 엄격한 사람이었다. 그녀가 태어날 당시의 시대정신을 반영하여 그녀가 현숙한 여자로 성장해서 현모양처가 되기를 간절히 바랐기 때문에 이름을 '현숙'이라고 지어줬다. 물론 그녀는 여자 고등학교 시절부터 벌써 그 이름이 구태의연하고 촌티 난다는 이유로 매우 싫어해서 친구들에게 끊임없이 불평을 해댔다. 그녀는 그 유치한 이름 대신 스스로 길거리 작명가가 지어준 '심지이'라고 부르기도 하였다.

그녀는 2남 1녀 집안의 막내로 태어나 좋은 환경에서 순탄하게 자랐지만, (그녀는 막내로 부모님과 오빠들의 귀여움을 독차지 했으니, 그래서 어린 시절부터 발랄하고 깜찍했으며 당돌하였다.) 여자 대학에서 성악을 전공할 무렵 자신은 타고난 목소리와 재능에 비추어 프리마돈나로서 성공할 가망이 없다는 사실을 어느 날 문득 깨달았다. 불행하게도 그녀의 목소리는 너무 약해서 독창을 소화하지 못했으므로 교회 합창단원으로 만족하지 않으면 안 되었다. 무엇보다도 성악 훈련이란 게 감당할 수 없을 만큼 너무 힘들었던 것이다. 그러니 가왕 조용필처럼 피나는 노력으로 득음의 경지에 오를 만큼 강렬한 의지와 욕망이 없었던 것이다. 그녀는 힘든 일은 딱 질색이었다.

그 당시 어린 시절부터 키워온 꿈이 아쉬워 크게 상심하였고, 심한 좌절감에 빠져 한동안 방황하였다. 그녀는 대리만족을 위하여 장래가 촉망되는 테너가수가 완전히 변심할 때까지 그를 줄기차게 따라 다니기도 하였다. 그와의 심각한 관계는 일 년을 넘게 지속되었지만 결국 파국을 맞이하였다.

그녀는 그때 사랑과 정념, 절정과 싫증, 배신과 절망 같은 사랑의 파멸에 따르는 수순들을 뼈저리게 체험하였다. 그것은 젊은 날의 통과의례에 불과하였지만 말이다.

그녀는 대학 졸업 후 좋은 혼처 났을 때 결혼이라도 빨리 하라
는 엄마의 성화를 못들은 채 하면서 몇 년간을 하는 일 없이 빈둥
거리며 지냈다. 그런 후 아버지 쪽 친척이 재단 이사장으로 있는
중학교의 음악 교사로 반강제적으로 취직이 된 것이다. 그러나 그
녀는 개미 쳇바퀴 돌 듯 하는 단조로운 학교생활을 그럭저럭 잘
견뎌내고 있었고, 어느덧 그 생활에 안주하면서 첫사랑의 상처 같
은 것은 까마득한 옛일처럼 잊어버릴 수 있었다.

돌이켜 보면, 그때 별것도 아닌 하찮은 일로 울고불고 질질 짠
자신이 한심했다. 쓴 웃음이 절로 나왔다.

그리고 그녀는 한층 성숙해졌다.

그 과정에서 자신은 지극히 평범한 생활을 해야만 행복해질 수
있다는 현실을 받아들이게 되었고, 이제는 좋은 남자를 만나기 위
하여 맞선을 보는 일에도 주저하지 않고 적극적으로 나섰다. 잘
생기고, 일류 대학을 나오고, 괜찮은 직장을 가진 좋은 조건의 남
자를 고르기 위하여 무던히도 많은 남자를 만났던 것이다. 그녀는
유쾌한 남자 사냥꾼처럼 자주 짧게 남자들을 만나고 마음에 들지
않으면 그녀 쪽에서 먼저 깔끔하게 정리를 하였다. 그녀는 그때마
다 빈틈없이, 필사적으로 계산하고 요모조모를 따졌다.

3. 김규현(金圭賢)은 30대 중반쯤에 뒤늦게 중매 결혼한 지 7년

쯤 지나서야 아내가 어렵사리 임신을 하였다. 임신 후 아내는 학교에 왔다 갔다 하는 일, 고된 학교일 때문에 상당히 힘들어 했다.

그래서 그가 이참에 아예 학교를 그만둘 것을 그렇게 사정하였지만, 아내는 절대로 그럴 수 없다고 고집을 피웠다.

"내가 이렇게 통사정 할게. 지금 당장 말이지, 제발 학교 그만둬. 그만 두면 될 거 아냐. 우리가 얼마나 기다리던 임신이야. 당신과 태어날 자식을 위해서 말이야. 나는 회사에서 충분히 인정받고 있고, 급여도 많이 받고 있어."

그의 목소리는 날카롭고 긴박하였다. 그리고 아주 잠깐 동안 무겁고 짧은 침묵이 집안을 지배하였다. 그러나 아내는 신경이 날카롭게 곤두서서 외치다시피 하였다.

"그럴 수 없어요. 난 가르쳐야 해요. 나는 담임을 맡고 있는 우리 반 50명 아이들의 이름을 전부 외울 수 있어요. 지금 모든 아이들과 너무 너무 잘 지내고 있단 말이에요."

"……."

"어떤 경우에도 내가 학교를 떠나는 일은 있을 수 없어요. 내 일에 참견 말아주세요. 쓸데없는 짓이에요. 그만해요."

4. 그들은 저녁 무렵 청담동의 멋있는 이태리 식당에서 근사한 식사와 함께 포도주를 세 병이나 마시게 되었다. 분위기가 아주

그럴듯하였던 것이다. 그러나 의사 선생은 결코 의례적인 말로 서곡을 시작하거나 기교적인 은유를 사용해서 시적인 완곡어법으로 작업을 시작하지는 않았다. 그는 처음부터 산부인과 의사들이 쓰는 의학적 전문용어와 아주 음란한 단어들을 교묘하게 섞어서 말하여 그녀를 즐겁게 하고 들뜨게 해서 성적으로 자극하였다. 그리고 은근슬쩍 스치듯이 나중에는 노골적으로 그녀의 손을 만지고 이글거리는 눈으로 그녀의 얼굴을 훑어 내렸다. 여자가 짧은 순간 얼굴을 붉혔다. 여자는 그때 아름답다.

식사대를 지불하는 과정에서도 한동안 실랑이가 벌어졌다. 그가 한사코 자기가 내겠다고 우긴 것이다. 그녀는 자신이 초대한 자리인데 그럴 수는 없다고 하였지만, 그는 이런 자리에서는 남자가 계산하는 법이라고 우기면서 기어코 자신의 카드로 계산하였다.

그들은 모두 상당히 취하였고, 기분은 한껏 고양되어 있었다. 자연스럽게 2차를 갈 수밖에 없는 상황이 되었다. 그들은 그가 오래 전부터 알고 있던 카페에서, 마치 오래된 연인들처럼 귓불이 닿을 만큼 머리를 가까이 맞대고 다정하게 마주 앉아, 웃고 떠들면서 즐겁게 술을 마셨다.

관능적인 밤이 깊어 가고 있었다. 어둠 속에서 도시의 윤곽선이 허물어지고 있었다. 이제 술집에는 손님이 거의 없었다. 대부분 자리를 뜬 것이다. 그가 그녀의 검은 머리카락을 부드럽게 쓰다듬

어 주자 그녀의 숨결이 거칠어 졌다. 아름다운, 술기운으로 얼굴
이 발그레진 그녀가 온몸을 가볍게 떨었다. 그가 키스를 하였다.
그녀는 거부하지 않았다.

참으로 멋있고 유쾌한 밤이었다.

그들은 또다시 실랑이를 할 필요는 없었다. 그들은 이미 자신들
을 더 이상 통제할 수 없었다. 그녀는 자신의 몸을 향락의 제단
위에 봉헌할 준비가 되어 있었다. 이심전심으로, 다정하게 손을
잡고, 근처 모텔로 가서는 밤늦게까지 함께 있었다.

참으로 격렬한 밤이었다. 사랑을 표현하는데 말은 필요 없었다.
정말 필요 없었다. 여자와 남자가 처음 만나 데이트를 시작하면서
서로의 육체에 접근하는 일은 여러 가지 단계를 거쳐서 하나하나
밟아 나가야 하는 과정이 있기 마련인데 그들은 성급하게 그 과정
을 생략해버린 것이다. 그는 피아노 연주자와 같은 섬세한 손길과
관능적인 입술로 번갈아가며 그녀 돔 구석구석을 더듬었다. 밤의
열기 속에서 굴곡진 육체의 모든 곡선을 쓰다듬을 때마다 엄청난
욕망이 분출하였다. 그는 노련하게 여체의 리듬과 템포에 맞춰 강
하게 또는 부드럽게 압박을 가하였다. 그녀의 우윳빛 살결이 꿈틀
거리며 부풀어 올랐다. 그녀는 부르르 몸을 떨었고 척추뼈는 뿌드
득 소리를 냈다. 자제력을 완전히 상실한 그녀가 격렬하게 몸을
비틀며 목구멍으로 원초적인 쾌감과 신음 스리를 계속 토해냈다.

강력한 이물질이 그녀의 몸속으로 밀고 들어왔을 때는 온몸을 휘감고 도는 강렬한 충만감 때문에 그녀는 그만 까무러칠 뻔 했다.

그들은 오랫동안 굶주린 사람처럼 몇 번이고 격렬하게 서로를 탐하였다. 그들의 사타구니에서부터 야비한 욕정이 끓어오르면서 입술과 입술, 육체와 육체가 몇 번이나 맹렬하게 부딪쳤다. 마치 서로를 물어뜯어 삼키려는 두 마리의 성난 맹수처럼……

그녀는 포만감을 느꼈다. 아주 오랜만에 맨살과 맨살이 닿으면서 느끼는 온기와 부드러움을 만끽할 수 있었다. 오랫동안 기다렸던 순간이었고, 이 순간에는 자신이 진정으로 살아있다고 선언할 수 있었다. 그 의사는 그녀의 등을 계속하여 쓰다듬었다. 그녀의 보드라운 살결과 좁은 어깨, 매끄럽게 이어진 등뼈를 어루만지면서 토실토실한 엉덩이를 깨물어주고 싶은 충동을 느꼈다. 그 부드러운 살점을 뜯어서 꼭꼭 씹어 삼키고 싶었다. 그녀의 넓적다리가 여전히 떨리고 얼얼하면서 땀이 났다. 그녀는 잠시 동안 공중에 떠있는 느낌, 아니면 모든 것이 멈춰버린 느낌을 받았다. 그의 존재감을 절실하게 느낄 수 있었고, 감정적으로는 그와 자신이 완벽하게 연결되어 있다고 느꼈다.

밤의 열기가 방안을 가득 메웠다.

그날 밤 이후 그녀는 침대에서 김영준에게 모든 걸 맡겼다.

그녀는 지금 완벽하게 굴복했다. 그는 이제 그녀의 긴 속눈썹이

단 한 점의 부끄러움 없이 내뿜는 노골적인 눈빛, 그녀의 희고 부드러운 손이 가볍게 그의 몸을 꼬집으면서 전하는 은밀한 메시지, 밤의 어둠 속에서 몸을 뒤척이며 침묵으로 내던지는 고함소릴 완벽하게 이해하였다. 그는 그녀의 벌거벗은 육체의 숨겨진 모든 부분을, 그녀의 무한한 욕망을 지배하기 시작하였다.

그 후 그들은 매 순간마다 서로 메시지를 주고받거나, 전화통화를 시도하였다. 그즈음 그녀는 자나 깨나 그 의사만을 생각했다. 그의 더없이 싱싱한 얼굴을, 강력한 육체와 전율을 느끼게 하는 손놀림을 상상했고, 그와 자신은 끈끈하게 묶여 있고, 항상 그와 함께 존재한다는 행복한 생각에 젖어 있었다. 그녀는 너무 들떠있어서 그래서 그에게 끊임없이 달콤한 메시지를 보내지 않으면 마음이 놓이질 않았다.

「나는 당신에게서 배웠다, 사랑하는 것과 사랑받는 것을.」

「내 자신을 온전히 맡기고 싶다, 잠시의 중단도 없이.」

「당신의 거친 숨소리가 귓가에 맴돌아, 우린 빨리 만나야 돼. 조금도 지체 없이.」

「나와 함께 춤을 추라, 내 손을 잡고 나와 함께 춤을 추라.」

「내가 마음껏 울도록, 다만 나를 내버려 둬요.」 등과 같이 대개는 어느 그렇고 그런 썰렁한 시집에서 따온 것 같은 지독히 상투적인 것이었다.

여자의 이런 유치하고 달짝지근한 언어적 유희를 즐겁게 소화하려면 남자는 심장이 튼튼해야 하고, 어떤 경우에도 예민해서는 안 된다.

그녀는 지금 그가 자신을 사랑하고 있다는 확신을 점점 굳히고 있었다. 더 이상 그의 사랑 때문에 의혹에 빠지거나 끔찍한 불안감을 경험할 필요는 없을 것이다. 그녀의 마음속에 그 사람에 대한 온갖 이미지가 형성되기 시작하였고, 그녀 혼자 있을 때에는 그의 강렬한 모습을 떠올리면서 짜릿한 사랑의 환상에 사로잡혔다.

김영준, 의사 선생님, 정말 고마워, 너무 고마워, 그 누구도 당신처럼 날 사랑해준 적은 없었던 거야. 당신만 생각하면 짜릿하고, 열이 나지, 온몸이 막 떨리고 난 지금부터 당신을 끝까지 믿을 거야, 끝까지 사랑한단 말이지, 죽을 때까지 말이야. 몸은 정직한 거야, 그까짓 감정이나 이성은 날 속일 수 있어도 내 몸만은 날 속일 수 없어. 내 몸은 당신을 느끼고 있어. 사랑은 육체적인 거지. 정신적 사랑, 그건 예수님이나 하는 웃기는 소리이지.

그와 처음 이야기를 시작하였을 때의 손바닥에서 땀이 나면서 목소리가 떨리고 발음이 또렷하지 않는 이상한 증상은 이미 사라졌다. 그의 남성적 육체와 체취에 벌써 익숙해져 버린 것이다.

그들은 서로에게 얼이 빠져 있어서 그 무렵 거의 매일 밤 만난 것 같다. 그리고 매일 황홀한 밤을 보냈다. 어떤 때는 너무 다급한 나머지 저녁도 거른 채 모텔로 직행하기도 하였다. 그들은 이제 서로 터놓고 지내게 되었다. 서로 아무것도 숨기지 않기로 한 것이다. 그들은, "우리 사이에 비밀 같은 것은 없기야."라고 말하며, 즐겁게 웃었다. 알고 보니, 그는 그녀와 동갑이었다. 그래서 이상한 친밀감을 느꼈다.

그는, 마누라가 젊은 나이에 갑상선암 중에서 희귀한 미분화암에 걸려 있어서 시한부 인생을 살고 있었다. 그것도 6개월을 넘기지 못할 것이라고, 담당 의사는 심각한 표정으로 이야기 하였던 것이다.

그는 자포자기한 상태에서 마누라가 죽으면 필리핀에 가서, 교포들이 많이 살고 있는 지역에 작은 병원을 차려 잠깐씩만 일하고, 아주 편하게 살기로 작정하였다고 한다. 마침, 마닐라 남쪽 외곽 고급 주택가에는 마누라 부친이 다련해 준 마누라 명의의 단독 주택이 있었다. 그는 마누라가 죽으면 이를 상속받아, 그곳에서 시간 나는 대로 골프 치고, 여행이나 하면서 한가롭게 살 작정이라고 하였다.

계산에 밝고, 자기중심적인 그녀는 새삼스럽게 다시 골프 연습을 하기 시작하였다. 너무 열심이어서, 그는 놀랐다. 그들은 그가 멤버십을 갖고 있는 경기도 쪽 골프장에 가서 함께 자주 골프를 치게 되었다. 골프를 친 후에도 피곤한 줄 모르고 어김없이 모텔로 갔다.

그들은 그 당시 이 유쾌한 불륜행각에 대하여 어떤 혼란이나 심적 고통을 맛보지 않아도 될 만큼 거리낌이 전혀 없었다. 무슨 양심의 가책 같은 것은 추호도 없었다. 그들 사이에는 사태가 너무 급속하게 진행되고 있었고, 정념의 불꽃이 완전히 점화되어 버렸다. 활활 타오르는 화려한 불길이 그녀를 꼼짝 못하게 에워싸고 있었다.

오랫동안, 남편과 그녀의 깊은 내면에는 가시 돋친 감정 대립이 불타고 있었다. 그 불씨는 어떤 경우에도 꺼지지 않고 항상 잠복하고 있었다. 그녀를 갉아먹고 있던 그 성가신 존재가 사라져 버렸다. 마침내 눈에 보이지 않는 운명의 족쇄를 벗어 버린 것이다. 그녀는 해방 되었다. 자유롭다고 느꼈다. 한껏 마음이 편안해 졌다. 자신은 지금부터 그 자유를 무한정 즐기리라.

그녀는 오래 전에 잊었던 생동감 또는 충동감을 만끽하였고, 동시에 달착지근한 승리감도 맛보았다. 그녀의 얼굴에서 분노와 고통, 경멸이 말끔히 사라지면서 본래의 모습이 되살아났다. 그녀의 생기를 잃어가던 얼굴이 다시 아름답게 피기 시작하였다. 가슴은 풍선처럼 부풀어 올랐다. 그땐 모든 것이 팽창하고 있었다.

그녀는 그 당시 그 어느 때보다도 발걸음은 가볍고 목소리는 경쾌하였으며, 자주 많이 웃고 크게 노래를 불렀다.

그녀는 남편에게 반발하기 위하여, 또는 복수하기 위하여 다른 남자에게 몸을 맡긴 것일까. 아니면 느끼한 감각 때문이었을까. 이 삼각관계의 운명을 그녀는 어떻게 예견하고 있는가.

기하학에서 삼각형은 일직선상에 있지 않은 세 개의 점을 이으면 만들어진다. 각기 두 개의 점이 하나의 선에 의해 서로 연결되어 있으며, 이렇게 이어진 세 개의 선이 삼각형의 변을 형성한다. 삼각형에는 정삼각형, 예각삼각형, 둔각삼각형이 있고, 정삼각형은 가장 단순한 도형으로 조화를 상징하므로 모든 평면도형의 원형이라고 할 수 있다.

그러나 극단적인 질투심이 지배하는 비이성적인 남녀관계에서 삼각관계는 둘은 웃고 하나는 울어야 하는, 또는 하나는 웃고 둘은 울어야 하는, 아니면 셋 모두 울어야 하는 자기 파괴적이고 위험한 관계일 뿐이다. 그러므로 셋 모두가 정상적으로 인간다운 남자이고 여자이어서 진짜 미치지 않았다면 그들 모두가 웃을 수 있는 경우는 있을 수 없다. 인간 사회의 현실에서 결코 동등한 삼각관계, 즉 정삼각형은 존재할 수 없는 것이다.

5. 그러던 어느 날, 갑작스럽게 그녀가 제안을 하였다. 그때 그녀는 가슴이 두근거리고, 빨갛게 달아오른 얼굴이 잔뜩 긴장하고 있었다.

"전혀 임신하고 싶지 않았는데, 그래서 반드시 피임조치를 하였어요. 잠깐 실수한 거예요. 떼 내 주세요, 아이는 필요 없어요."

그녀는 갑작스러운 심경 변화에 대하여 변명을 겸하여 자기 합리화를 할 필요가 있다고 느꼈다.

"술꾼의 자식을 낳을 생각은 없었거든요. 그 자식 역시 대단한 술꾼일게 틀림없어요. 술꾼은 정말 지겨워요."

의사는 깜짝 놀란 표정으로 이죽거렸다. 그의 눈가에 잔뜩 심술궂은 웃음이 노골적으로 번졌다.

"잘 몰랐네. 그렇게 형편없는 술주정뱅이인줄은!

고주망태가 되어 집에만 들어오면 막 발길질하고, 때리고, 닥치는 대로 물건을 집어 던졌겠네! 술병을 마룻바닥에 내팽개쳐서 박살이 났을 거야. 그러면, 유리 파편이 마구 튀었겠지. 당신, 그걸 치우면서 훌쩍거렸겠지."

그러자 그 여자는 정색을 하고 정정하였다.

"그 사람은 매일 밤 비틀거리며 이 술집 저 술집을 전전하는 술주정뱅이는 절대 아녜요. 2차 이상은 잘 안 가거든요. 술에 취하면 곧바로 곯아떨어지는 게 그의 오랜 버릇이에요. 가끔 화장실에서 밤새 심하게 토할 때도 있기는 하지만……. 그러나 어떤 경우에도 폭력을 행사하거나, 욕지거리를 하는 일은 없어요. 아주 점잖거든요. 하여튼, 세상 고민은 혼자서 다하는 사람이에요. 그는 만날 술은 자신의 정신과 육체를 갉아먹는 위대한 살인자라고 욕하면서도 끝끝내 끊지를 못했어요."

그는 술만 취하면 그때부터 자기연민에 빠진 나머지 자학적이되어 자기 파괴적인 모습을 보인 적은 아직 한 번도 없었다. 그는 항상 아슬아슬한 순간 도망치듯 술집을 빠져 나갔다.

신혼 초기에 그녀가 날카롭게 지적하였었다.

"술이 결국 당신을 망쳐서 당신은 제명대로 못 살 거예요. 당신 스스로 그걸 잘 알고 있을 거구요. 그래도 술을 마실 겁니까? 지금 당장 술을 끊으세요. 그리고 적절한 치료도 받으세요."

그는 매번 똑같은 대답을 하였다.

"난 술을 많이 마시는 것도, 더욱이 알코올 중독은 말도 안 되는 소리야. 나는 아무리 마셔도 취하지 않아. 난, 취하지 않지. 취하는 게 싫거든. 나의 몸속에서는 알코올 분해 효소가 왕성하게 작용하거든. 술꾼들이 그따위 술에 취해 비틀거리거나 중얼거리고, 소릴 질러대는 것은 정말이지 질색이거든. 나는 자신을 언제든지 완전하게 컨트롤하고 있지.

내가 조금씩 술을 마시는 것은 인정할 수밖에 없어. 부인하지 않거든. 그렇지만 그건 단지 업무상 긴장을 풀기 위해서야. 아주 가끔씩 조금 지나치게 마시지만, 그땐 회사 사람들하고 함께 마시지. 절대로 혼자서 많이 마시지는 않는다구. 지금 내 위장은 알코올에 점점 익숙해지고 있어. 요즈음은 술을 많이 마셔도 거의 토하지 않고 있거든."

그렇지만 그가 언제부터 본격적으로 술에 탐닉하기 시작하였는지는 누구도 알 수가 없다. 고등학교 시절부터 벌써 우울한 기분이 되면 혼자 몰래 조금씩 술을 마시기 시작하였지만, 아마 회사에 입사하여 설계 부서에 배치되고 나서 고도의 집중력이 요구되는 복잡한 작업과정에서 술은 지치고, 과민해진 신경을 달래주는 이완제 역할을 하였을 것이고, 그의 상상력이 고갈되어 갈 때 그의 영감을 자극하기 위하여 필요하였을 것이다.

그러나 여전히 그 증세를 이겨내기 위해서는 음주 이외에는 다른 방법이 없었다. 그때 음주는 더 이상 의식조차 하지 못할 만큼 그의 삶의 방식이 되어 버렸고, 몸에 배어버린 일종의 의식이었다.

"그래도 남편일이라고 열심히 편을 드는군." 하고, 그 의사가 못마땅한 표정으로 핀잔을 주었다.

"혹시, 의사의 양심 때문에 꺼려하는 거야? 하지만, 당신이 해주지 않으면 다른 데 가서 할 거예요. 제 결심은 확고하니까요 산부인과는 널려 있어요. 그러나 당신께 부탁하고 싶어요. 다른 사람이 손대는 것보다는 당신이 낫겠죠.”

“전혀…… 상관없으니까. 얼마든지 오케이야. 난 산부인과 전공
이거든. 염려 놓으시라구요.”

그 며칠 후, 그는 임신중절 수술을 하기 위하여 그녀를 자기 병
원의 수술대 위에 눕혔다. 그때 그녀는 몹시 초조하여 몸을 부들
부들 떨고 있었다. 피로와 두려움이 그녀를 덮치고 있었다.

그는 그녀를 안심시키기 위하여 진담인지, 농담인지를 하였다.

“자기 그것은 아무리 봐도 잘 생겼는걸. 냄새는 말이야, 축축한
이끼 냄새가 나지. 그러니까 맛이 좋지, 쫄깃쫄깃 하단 말이야.

왜, 우리 속담에 보기 좋은 떡이 먹기도 좋다고, 하지 않았어
…….”

그는 부드럽게 검은 털이 반질반질 윤이 나는 그녀의 둔덕을
몇 번씩이나 쓰다듬었다. 그녀가 느끼한 미소를 지으면서 가볍게
몸을 꿈틀거렸다. 그녀는 이제 공포심 따위는 까맣게 잊고 있었다.

“안심하라구, 금방 끝날 거야. 내 솜씨를 믿어야 해. 나는 이 수
술을 수백 번도 더 해봤으니까. 앞으로도 수천 번, 수만 번은 더하
게 되겠지.”

그러면서 그는 익숙한 솜씨로 자궁 내 모든 조직을 제거하기
위해 그녀의 자궁벽을 샅샅이 긁어냈다. 그 작업은 너무나 간단하

고 손쉬운 일이었다. 그로 말미암아 고귀한 한 생명이 말살되었다는 죄의식 같은 것은 눈곱 티끌만큼도 들지 않았다. 무엇보다도 본인이 적극 원하는데 주저할 필요가 없었던 것이다. 더욱이 지구상에 인구가 넘쳐나므로 그 수술은 인구 조절에 유용할 것이었다. 자신이 먼저 하지 않으면 다른 산부인과 의사가 수술할 것이고 그 수입을 차지하게 될 것이다. 그는 오로지 많은 돈을 벌어야 하였다.

늦은 가을 한가한 오후의 나른한 햇살이 작은 창문을 통하여 병실로 들어와 복잡한 심정으로 수술대에 누워있는 그녀의 얼굴을 잠깐 비추고 사라졌다. 산부인과 병원의 잔인한 악취가 그녀의 코끝을 찔렀다. 이제 그녀의 몸속에서 남편이 남긴 흔적은 씻은 듯이 사라져 버렸다.

그 순간, "우리가 얼마나 기다리던 임신이야."라고 절실하게 말하던 남편의 얼굴이 다시 생각났다. 그리고 마음속으로 중얼거렸다. '이건 살인행위는 아니야. 절대로……. 그 무시무시한 단어가 싫어. 소름이 끼치니까. 이건 단순한 거야. 흔해빠진 유산의 일종에 불과한 거야. 모든 게 당신 탓이지. 당신이 문제인 거야. 당신은 사막에 미쳐버린 사람이니까, 사막에서 살다가 끝내 사막에서 죽을 운명이지. 난 사막 같은 것은 딱 질색이야. 문명사회에서 살아야만 돼, 화려한 도시에서 살아야 된단 말이야.

이건 하늘이 준 기회야, 아마 마지막으로 선물을 준거야. 틀림 없이 난 그와 행복하게 살게 될 거야, 그러니까 그를 놓치면 절대 안 되지. 그는 잘 생기고 능력 있지. 나와는 모든 게 잘 맞아, 너무 잘 맞지……. 나는 이미 당신을 버렸어. 그 족쇄를 스스로 벗겨냈지. 난 지금 자유란 말이야.

그 여자는 곧 죽을 거야. 그러면, 우리도 이혼해야 할 거야. 법적으로도 자유로워지고 싶어……. 아무튼 당신에게 미안하긴 해. 그러나 난들 어쩔 수 없어.'

수술이 끝난 후 그녀가 단호하게 말하였다. 그 의사는 세면대에서 두 손에 잔뜩 비누칠을 하여 피부가 벗겨질 만큼 박박 문지르며 씻고 있는 중이었다.

"어떤 경우에도 이건 유산이에요, 알았죠. 비밀을 철저히 지켜주세요. 무덤까지 싸가지고 갈 비밀이지요."

6. 그 당시 그녀는 학교 업무 때문인지 귀가 시간이 점점 늦어지기 시작하였고, 무슨 일이건 짜증내는 일이 많아졌다. 갑자기 사람이 변한 것 같기도 하였다. 그 후 그녀는 학교 일로 무리를 거듭해서인지, 결국 임신 4개월여 만에 그만 유산하고 만 것이다. 그녀가 유산했다고 주장했던 것이다. 그러니 그는 아내가 과로해서 유산한 것으로 철썩 같이 믿고 있었다. 도저히 다른 상상을 할

수는 없었다.

1997년 11월 말경이었다.

김규현은 유산 사실을 처음 알았을 때 말로 표현할 수 없는 슬픔과 분노, 충격으로 그는 망연자실 하였다. 갑자기 밀려드는 검은 어둠이 그를 덮쳤다. 곧 가슴 속에 차갑게 응어리져 있는 형체를 알 수 없는 분노 때문에 그의 단정한 얼굴이 형편없이 일그러졌다. 그의 싸늘한 입술에 새겨진 그 분노는 영원히 사라지지 않을 것 같았다. 그는 이 결혼을 인생의 최대 실수로 간주하고 저주하였다. 그러나 아내가 임신하고 출산을 하여 귀여운 아기가 태어났다면 서로 간의 어떤 불일치나 불화는 얼마든지 해소될 수 있었을 것이다.

('눈에 넣어도 아프지 않을 자식이 있었다면…… 쌔근쌔근 잠든 그 아이의 모습을 오래오래 지켜볼 수 있었다면…… 해소될 수 있었을 거야. 한때는 당신을 넋을 잃고 쳐다보느라 눈이 멀 정도였던 시절도 있었고…… 밤마다 침대에서 코를 비비고 입술로 깨물었던 시절도 있었으니까. 나의 가슴팍에 얹었던 손의 가벼운 무게를 기억할 수 있고, 뽀얀 살 속 보이지 않는 혈관의 불규칙한 맥박을 지금도 느낄 수 있지. 그 시절에는 당신은 꿈에서 깨어나면서 나를 더듬으며 말했었지. 꼭 안아줘요. 내가 나쁜 꿈을 꾸었나 봐요.' 그는 생각했다.)

그는 아내를 도저히 이해할 수 없었다. 그가 그렇게 말렸는데도 불구하고 과로로 유산을 하였단 사실 말이다.

그 후, 두 사람 사이는 급속도로 냉랭해지고, 사사건건 충돌하고, 자주 심각하게 말싸움을 하였다. 부부싸움과 눈물, 맞고함이 끊이질 않았다. 그녀의 얼굴은 분노와 모멸감 때문에 일그러져 있었다. 그녀는 그때마다 소프라노 목소리로 날카롭게 소리 질렀다. 때로는, 그녀의 목소리는 떨렸고 심한 분노 때문에 울음을 터뜨릴 것 같았다.

그때는 정신적으로 너무 힘들어서 머리가 깨질 것 같은 통증이 몰려왔고 가슴이 몹시 답답했다. 천천히 숨을 내쉴 수 없었고 마음을 진정시킬 수도 없었다.

그때 그 멋있고 신비한 술, 소폭을 많이드 마셨다. 인생이 허무하고, 자신은 쓸모없는 존재라는 집요한 의식에서 벗어나기 위해서, 그는 매일 혼자서 술을 지나치게 마셨다. 그는 갈증을 면하기 위하여 매일 술을 들이켰고, 갈증이 없어도 갈증을 예방하기 위하여 또 술을 마셨다. 술은 충실하게 마취제 역할을 하였으므로 그 신비한 액체는 아주 잠시이긴 하지만 효과적으로 정신적 고통을 진정시켜 주었다.

그 무렵 그 심각한 증세가 다시 나타나기 시작하자 이를 견뎌내기 위하여 더욱 술에 의존하면서 매일 술을 마시게 되었고, 술만 마시면 만취한 상태로까지 발전한 것이다. 그는 그만 마셔야 하는 줄 알면서도 매번 끝까지 갔다. 그리고 몸을 겨우 추스를 정도로 취하여 방배동 뒷골목 연립주택으로 가는 긴 골목길을 비틀비틀 걸으면서, 때로는 집에 들어가기가 죽기보다 싫어서 느릿느릿 갈지자로 걸으면서, 터져 나오는 괴성 같은 울음을 참아내기 위하여 늘 낮은 목소리로 낡은 유행가 가락을 흥얼거렸다. 그는 그 기교적이고 여운이 남는 가사를 좋아하였다.

그러나 그 우울한 선율이 그를 가슴 저리게 하였다. 그때 초겨울이 되어 희미한 가로등이 졸음에 겨워 하품을 해대는 골목길에 불어 닥치던 시린 바람이 그의 가엾은 얼굴을 가볍게 쓰다듬고 지나갔다.

늦은 밤, 그는 취기로 흐려진 눈에 악의를 가득 담아서 아내의 방을 쏘아 보았다. 그 방에서 매번 가볍게 코고는 소리가 들렸다. 그러나 문틈으로 새나오는 그녀의 불규칙적인 숨소리를 들으면 그녀가 짐짓 자는 척하고 있다는 것을 알 수 있었다.

그러나 그것뿐이었다. 그는 자기 방으로 들어가서 아무렇게나 쓰러져 잠들었다.

그해 겨울은 몹시 추웠다.

시퍼렇게 날이 선 칼날 같은 맹추위가 연일 계속되었다. 한강에는 얼음이 꽁꽁 얼고 얼음 조각들이 강의 중심부에서 동동 떠내려

갔다. 차가운 바람 끝이 얼마나 매섭든지 몸도 마음도 꽁꽁 얼어
붙어 버렸다. 사람들은 추위 때문에 얼굴이 창백해졌다. 그해는
유난히 눈도 많이 내려서 도시가 온통 흰 눈으로 뒤덮였다.

그는 비통한 심정으로 그의 생애에 있어서 마지막이 될 겨울을
보내야 했다. 그는 몹시 암담하였다.

그때 회사는 미증유의 경제위기인 IMF 사태를 그럭저럭 잘 극
복하고 있었다. 그는 회사의 3월 정례인사 때 대표이사와 면담한
후 리비아 현장 근무를 자원하였다. 견딜 수 없이 답답한 현실에
서 도피하기 위해서였는데, 그때는 아내와의 사이에 어느 정도 냉
각기가 필요하였다.

7. 그녀의 남편이 리비아의 공사현장으로 떠난 후 얼마 안 있어,
그의 부인도 죽었으므로 그들은 이제 거칠 것이 없었다. 그는 아
내의 죽음은 이미 예정되어 있었으므로 별반 슬퍼하지도 않았다.
그래도 그의 아내는 그 지독한 항암치료를 받으면서 담당 의사가
예상했던 6개월 보다는 3개월여를 더 살다가 죽었다.

그녀는 그 무렵부터 그의 압구정동 큰 아파트에 들어가서 살다
시피 하였다. 그녀는 그의 욕실에서 화려한 비누 거품으로 목욕을
했고, 부엌에서는 그녀가 자신 있게 요리할 수 있는 카레 요리를
만들었으며, 그의 신용카드를 함부로 사용하였다.

그는 병원 문을 닫고 재산을 정리하기 시작하면서 이민을 준비하였다. 그녀 역시 학교를 그만 두고, 남편과 이혼을 준비하고 있었다.

그녀는 처음에는 별다른 의식 없이 그 젊은 의사에게 순식간에 빠져들면서 그냥 즐기기 위하여 출발하였을 것이다. 다시 말하면 그녀와 김영준 사이에 그동안 있었던 모든 일은 미리 아주 세심하게 계산된 계획에 따라 이루어진 것이 아니라, 다만 가을 산에 산불이 번지는 것처럼 급속한 사태의 진전에 따라 여자의 맹목적 욕망이 분별없이 초래한 것이었다. 그러니까 그의 아내가 악성 암에 걸려서 오늘내일하는 상황에서 그와 깊숙이 사랑에 빠지자 이제 무한정 욕심이 생기기 시작한 것이다.

그 후 남편은 해외로 떠나고 남자의 아내는 저 세상으로 떠나는 일련의 과정에서, 더욱 확실한 관계를 추구하는 단계로 발전한 것이다. 그녀는 벌써 그의 아내가 암에 걸린 사실을 알게 된 그 무렵부터 남편과 이혼하고 그 의사와 확실한 관계를 맺기로 결심한 것이다. 그녀는 몹시 조바심을 느끼고 있었다.

그러나 그것은 그녀의 일방적인 생각에 불과한 것이고, 남자는 결코 그런 것이 아니었다. 그는 이미 그녀보다 더 젊고, 더 예쁘고, 더 돈 많은 여자를 물색 중에 있었다.

그 당시 일의 진척은 의외로 지지부진하기 시작하였다. 시간은 답답할 정도로 아주 더디게 흘러갔다. 그는 예전처럼, 우린 영원히 함께 할 수밖에 없는 공동운명체라는 달콤한 말을 다시는 꺼내지 않았다. 그는 팽팽하던 긴장이 서서히 풀리기 시작하였고 이제는 환상이 아니라 현실로 돌아와야 할 때라고 깨닫고 있었다. 불꽃은 더 이상 타오르지 않았다.

그들이 처음 만났을 당시에는 사랑하는 상대방 이외에는 아무것도 생각이 안 날 지경이었다. 서르의 매력에 끊임없이 흠뻑 빠져 있어서 밥을 먹거나 잠을 자거나 일을 할 때에도 온통 머릿속을 꽉 채우고 있었다. 서로 완전히 몰두해 있어서 그것은 짜릿한 전율로 다가왔다. 그래서 지칠 줄 모르고 그것에 탐닉할 수 있었다. 그때는 그것이 실제의 욕망 수준을 훨씬 뛰어 넘는 과도한 것이었음을 그들은 깨닫지 못하였다.

그러나 시간이 좀 지나면 너무나 강렬했던 최초의 불꽃은 서서히 사그라지는 법이다. 그러한 흥분이 영원히 지속될 것이라는 기대는 애당초 비현실적인 것이어서, 곧 심드렁해지기 마련이고, 그러면서 허망함을 깨닫게 되는 것이다. 더욱이 호적을 같이하는 부부 간에도 사랑은 가변적이어서 쉽게 변색되고, 변주되고, 왜곡되는 법인데, 하물며 불륜의 관계에서는 육체적의 쾌락은 한계효용 체감의 법칙에 따라 그 강도가 급속히 떨어지기 마련이다.

그는 자신이 너무 깊숙이 진창에 빠져든 것을 깨닫고 후회하기 시작하였다. 예전의 경우처럼 아주 적절한 시기에 발을 뺐어야 옳았다. 그는 항상 만나는 여자와는 눈에 보이지 않는 일정한 거리를 유지했고, 싫증이 나면 곧바로 돌아서 버렸다. 여자가 입게 될 마음의 상처 따위는 그와는 상관없는 일이었다. 그리고 한번 헤어진 사람과는 다시 연락하는 일이 없었다. 시간 낭비라고 생각한 것이다.

그는 여자와 헤어지면서 가슴이 찢어질 듯한 상실감 같은 걸 느끼는 일은 없었다. '이건 단순한 불장난에 불과한 거야. 여자 쪽에서도 눈치껏 알아차려야 할 거야, 그걸 모르면 둔감하거나 머리가 나쁘거나 둘 중 하나일 테지.'라고 늘 생각하고 있었다.

이번의 경우에는 아내가 암에 걸리고, 그리고 죽는 과정에서 그 뒷수습을 하면서 몹시 혼란스러웠기 때문에 그 시기를 놓친 것뿐이다. 진작 과감하게 잘랐어야 하였다. 이제는 마지막 종지부를 찍을 때가 되었다고, 그는 굳은 결심을 하였다.

그러자 그동안 알게 모르게 쌓여있던, 일시 유예 상태에 있었던 그녀에 대한 시시콜콜한 것에서부터 심각한 것까지 온갖 종류의 미움과 역겨움, 권태와 불만들이 한꺼번에 쏟아져 나왔다. 이제는 그녀가 더욱 보기 싫어졌다. 그는 심호흡을 하면서 생각했다. '이젠 지겹군, 지겨워. 그 여자한테 신용카드를 맡긴 게 큰 실수였던 거야. 제멋대로 명품 백을 몇 개씩이나 사고, 열흘이 멀다하고 청담동에서 비싼 옷을 사 입으니 감당할 수 있느냐 말이야. 정리해야만 하지. 이번에는 시간이 좀 걸렸어. 실기해서는 안 되는데…… 긴 말은 필요 없는 거야. 그래봐야, 구차하게 될 테니까. 딱 한 마디만……'

미적미적 대던 김영준은 어느 날 갑자기 굳은 표정으로 짤막하게 말하였다. "글쎄, 지금 떠나기는 적당하지 않아."

그는 요즈음 그녀 만나기를 극력 회피하는 것처럼 보였다. 어쩌다 만난 경우에도 그들의 대화는 겉돌기 시작했다. 애정이 바람 빠진 풍선처럼 빠져 나가고 있었다. 그의 말은 그저 건성이어서 머릿속으로는 완전히 다른 생각을 하고 있다는 것을 눈치 챌 수 있었다. 때때로 까닭 없이 신경질을 부리기도 하였다.

그녀는 그때부터 불안해지기 시작했고, 일이 점점 잘못 돌아간다는 것을 느끼기 시작했다. 그래서 남자의 변덕에 비위를 맞추려고 안간힘을 다하였다. 두 사람의 관계가 바람처럼, 하늘의 뜬 구름처럼 사라질 수 있다는 생각에 두려움을 느꼈다. 그가 가끔 너무 세게 깨물었기 때문에 그녀의 젖꼭지에서 느껴졌던 상큼한 통증을 더 이상 느낄 수 없었다. 그 무렵 그녀는 계속 너무 긴장을 해서 온 몸에 난 모든 털들이 곤두서 있었고 배 속은 딱딱하게 굳어 있었다.

얼마 전까지만 해도, 그녀가 "당신, 언젠가는 날 떠날 거야."라고 우울하게 말하면, "아니, 그럴 일은 절대로 없어. 네가 날 떠날 리도 없을 테지."라고 그가 단정적으로 말했었다.

그녀는 스스로 다짐하였다. 널 놓아줄 수는 없어. 순순히 놓아줄 수는 없지. 어떻게 잡은 마지막 기회인데……. 넌 나에게 이미 코가 꿰버린 거지.

그녀는 자신의 승리를 믿어 의심치 않았다.

그러나 그의 아파트 문은 늘 굳게 잠겨 있었고, 그는 예고도 없이 장기간 해외여행을 떠나곤 하였다. 핸드폰 번호도 바뀌었고, 메시지가 끊어진 지가 오래되었다.

사태는 최악으로 치닫고 있었다.

그때에는 모든 것이 정지하고 있는 것처럼 느껴졌다. 그녀의 의지, 마지막 인내심이 급속히 붕괴되었다. 그것은 아무런 마음의 준비 없이 갑자기 맞이한 이별 같지도 않은 이별이었다. 그것은 추상적이고 비현실적이었다.

"그럼, 우린 어떻게 되는 거야?"

"왜, 그렇게 눈치가 없어. 우린 끝난 거지. 미련 없이 끝났어!"

"당신 입에서 어떻게 그런 말이 나올 수 있어. 당신을 이해할 수 없거든. 나를 다시 태어나게 해 놓고, 마음대로 죽이겠다는 거지. 그러면 안 되지. 천벌을 받을 거야. 다시 생각해봐. 돌아와 줘.

내가 이렇게 사정할게. 당신을 여전히 사랑해."

한 폭의 정물화처럼 완벽해 보였던 미래의 꿈은 산산조각이 나 버렸고, 그 사랑이란 존재가 지금은 가장 큰 고통으로 변해버린 것이다. 그 남자와 한 모든 약속과 맹세는 지금 아무런 의미도 없었다. 그녀는 그를 증오하려고 노력하였다. 그녀는 기억나는 온갖 독설을 동원하여 그를 저주하려고 안간힘을 다 하였다.

그녀는 너무나 억울하고 분한 감정 때문에 가슴이 답답하거나 숨이 턱턱 막히고, 갑자기 얼굴이 화끈거리고 가슴에 통증이 생기기도 하였다. 두통이나 어지럼증이 나타나고 밤에는 심한 불면증으로 고통 받고 있었다. 어떤 때는 두려운 감정이 폭발해서 깜짝 깜짝 놀라기도 하였고, 극히 사소한 일에도 분노를 참지 못하고 폭발하기도 하였으니, 일찍이 없었던 일이다. 화병과 우울증이 겹친 것이다.

그녀는 자신과 자신의 가치를 의심하기 시작하였고, 자신을 심하게 질책하였다. 그러나 몇 달 간의 시간이 흐르면서 그 증세는 급속히 완화되기 시작했고, 분노마저 금세 멀리 사라졌고, 그리고 그녀는 그까짓 거 단념하기로 단단히 결심했다. 그런데도, 쓴웃음이 절로 나왔다. 그녀는 억누를 수 없는 혐오감을 느꼈다. 그에게 고함을 질러주고 싶었다. 다시는 그 자식을 보지 않아야 한다고 단단히 결심을 하였다. 언제가 우연히라도 그 뻔뻔한 자식을 만나게 되면 거침없이 그 자식의 못된 얼굴에 침을 뱉어주어야겠다고 생각했다.

"그깐 자식한테 당하다니……. 더 이상 나 혼자서 이런 고통을 당할 수는 없는 거야. 영원히 끝장을 내버려야만 되지. 이 모든 것에 내가, 바로 내가 마침표를 찍는 거야."

8. 회사의 직원과 현지인들로 구성된 구조대에 의해 김규현의 시체는 석양 무렵에 발견되었다. 태양이 서쪽 모래언덕 너머로 사라지면서 아주 잠시 붉은 잔영이 사막에 여린 빛을 드리우다, 곧 어둠이 찾아왔다.

태양은 날마다 다르다. 오늘의 태양은 어제의 태양이 아니다. 그러나 사막의 태양은 언제나 아침에 떠오르는 것보다는 황혼녘에 지는 것이 더 아름다웠다. 태양이 지평선 뒤로 사라지면서 햇빛은 점점 엷어지고 반사광의 잔영만이 잠깐 비칠 때면 사막은 온갖 풍요로운 빛으로 황홀하게 채색된다. 석양빛에 모래언덕은 불그스레 물들기도 하고 또는 황금색을 띄기도 하였다. 풍부한 색채들이 화려함을 자랑한다. 지상의 아름다운 색채란 색채는 거기 모여 있었다. 눈물겹도록 아름다운 사막의 붉은 석양이 지평선 너머로 사라지면서 잿빛으로 변하였다. 그리고 낮은 밤과 대치되었다.

죽은 그의 얼굴이 너무나 평온해 보여서 죽은 것이 아니라 잠들어 있는 것처럼 보였다. 그는 얼굴에 잔잔한 미소를 머금은 채 깨어나지 않을 깊은 잠에 빠져 있었다.

그의 육체는 그동안 음식물을 제대로 섭취하지 못하였고, 몸속의 모든 수분이 전부 증발하면서 너무 말라, 위장과 등골이 맞붙어 있을 만큼 뼈와 가죽만이 남아 있었다. 뼈밖에 남지 않은 깡마른 몸에 걸친 옷이 너무 헐렁해서 마치 몸에 맞지 않은 잠옷을 입은 것처럼 보였다.

그래도 그는 아주 부드러운 모래침대 위에 태평스럽게 누워 있어서, 얼굴에 고통의 흔적은 남아 있지 않았다.

원래 강인하고 섬세하였던 이목구비가 그대로 살아 있었다. 다만 그의 우수에 찬 검은 눈동자와 신중한 눈빛은 살며시 감긴 눈꺼풀 속에 감춰져 있었다. 그의 눈은 살아생전에는 어둡고 그윽해서 언제나 저 멀리 지평선 뒤쪽을 바라보고 있었다.

동행한 이집트인 의사는 그의 상태를 자세히 살펴본 후 그가 죽은 지 채 하루가 안 되었다고 말했다.

처음 보았을 때 약간 수줍어하던 그 눈빛, 조금 슬퍼보이던 그 눈빛을 뚜렷이 기억할 수 있다. 의사의 눈에 눈물이 고였다. 매일 물과 우유를 많이 마시라고 충고한 일이 엊그제 같았다.

구조대는 모래 먼지를 잔뜩 뒤집어쓰고 있는 트럭 밑 은신처로부터 직선거리로는 불과 몇 백 미터 떨어진 야트막한 모래언덕 너머에 진을 치고, 며칠째 모래언덕 사이 침식으로 파인 협곡을 뒤지면서, 그들을 수색하고 있었다.

그 거리는, 그가 단지 '여기! 여기! 여기야! 우리가! 우리가 살아 있어!' 하고 외쳤으면, 사막의 건조한 대기 속에서 정적을 깨고 바람에 실려서 바로 닿을 수 있는 그렇게 짧은 거리였다. 그러나 바람에 휩쓸린 모래 먼지가 트럭 주위를 두껍게 뒤덮고 있어서 그들은 쉽사리 트럭을 발견할 수가 없었던 것이다.

그의 무의식 속에 깊숙이 잠재되어 있던 존재의 무의미함에서 오는 허탈감, 더 이상 삶의 의미를 찾을 수 없다는 허무주의가 그의 죽음을 방관했는지도 모른다. 그는 그가 이 세상을 살아온 방식대로 죽었다. 아무런 불평 없이 겸손하게 죽은 것이다.

"이 사람에게는 행운이 따르지 않았어. 충분히 살 수 있었는데 말이지. 안타까운 일이야. 어떤 사람이 한계적 상황이라고 할 수 있는 잘못된 시간에 잘못된 장소에 처해 있어도 대부분의 경우 그 결과는 그럭저럭 견딜 수 있을 만큼 별것 아닌 것으로 밝혀지지. 아주 이따금씩 그 결과가 극도로 나쁜 경우가 있을 뿐이야. 그건 어쩔 수 없는 일이지."

그 의사가 체념하면서 그렇게 말하였다.

9. 가을이 하루하루 더 깊어가고 있었다. 가을이 기진맥진한 채 저 멀리 가고 없었다. 단풍으로 물들었던 가을 나무들이 어느새 앙상한 가지만 남겨놓은 채 잎들을 낙엽으로 내려놓았다. 낙엽은 모든 추억을 데리고 사라졌다. 공기는 여전히 깨끗하고 투명하였다. 가을의 단풍들은 떠난 지 오래돼었고, 눈은 아직 먼 것 같다. 눈이 내리지 않았지만 겨울은 겨울이었다. 마지막 낙엽이 겨울을 몰고 온 것이다. 겨울은 계절의 끝물이다. 햇볕이 여리고 나무들은 헐벗었으며, 겨울바람은 너무 스산하여 다른 계절과는 그 느낌부터가 다르다. 겨울은 황량하고 마음의 병이 더욱 깊어지는 계절인 것이다.

따뜻했던 날들은 지나갔다. 그가 죽은 후 벌써 6개월이 덧없이 흘러갔다. 시간은 깊은 강물처럼 소리 없이 흐른다. 그는 지금 사막에 홀로 누워 있다. 그곳이 그가 그토록 갈망했던 곳일까?

도시는 이제부터 몇 달 동안은 잿빛 겨울 속에 잠길 것이다.

그러나 도시의 겨울은 인간의 신음소리로 가득 찬 괴물이었다. 겨울 하늘로부터 여린 광선이 도시의 지붕 위로 무기력하게 내려앉고 있었다. 밤이 되면 거리는 칠흑 같이 어두운 저녁 빛이 감싸고 있어서 갑자기 죽은 듯이 고요하였다. 쓸쓸한 겨울바람이 짐승의 울음소리를 내며 어둠침침한 새벽 거리를 지나쳐 갔다. 아직 완전한 어둠 속에서 희미한 새벽의 색조가 스며 들어오는 순간에도 사람들은 여전히 새벽의 단잠에서 헤어나지 못하고 있었다. 새벽의 유령은 벌써 사라지고 없는데도 말이다. 그 새벽을 달콤쌉쓸한 꿈들이 점령하고 있었다.

그녀는 그해의 비정하고 메마른 겨울을 맞이할 마음의 준비가 되어있지 않았다. 도시의 겨울이 이렇게도 쓸쓸하고 적막한 지는 처음 알았다.

황홀한 순간은 덧없이 사라졌다. 그러나 겉으로는 변한 것이 아무것도 없었다. 짧지만 행복했던 시절의 화려한 광채는 사라져 버리고, 짙은 안개 같은 허무만 남았을 뿐이다. 이제서야 새삼 자신의 허영심을 탓할 필요는 없었다. 그녀는 그때 어찌할 바를 모르고 있었다.

그녀는 인간에 대한 불신감 때문에 초췌한 얼굴이 더욱 굳어 있었고, 가끔 멈칫거리면서 어정쩡한 미소를 지었다.

그해의 우울한 겨울은 눈이 많이 내리고 몹시 추웠다. 그리고 시간이 더디게 흘러갔다. 그녀는 죽은 남편이 점점 더 그리워지기 시작하였다. 처음 데이트하던 날 그녀의 마음을 빼앗은 그 수줍어하던 다정다감한 눈빛이 새삼 생각났다. 그만큼 아름다운 영혼을 가진 사람이 일찍이 있었던가, 그만큼 그녀를 순수하게 사랑했던 사람이 있었던가, 문득 깨달은 것이다.

자신은 패배자였다. 덧없는 욕망어 사로잡혀 오랜 세월을 허둥 댄 철저한 패배자임을 깨달았다.

'나 같은 하찮은 사람까지 자유를 남용하였으니, 지금 그 대가를 치르는 거야. 내가 그를 죽인 거나 다름없어. 그는 위대한 건축가가 될 수 있었지. 그의 아름다운 꿈을 함께 죽인 거야…….

그러나 그는 어차피 사막에서 죽을 운명이었어. 그는 거길 죽음을 찾아서 갔던 거였어. 그가 사하라의 맨 밑바닥 구석까지 그 엉뚱하고 절망적인 여행을 떠났던 것을 어떻게 달리 해석할 수 있겠어. 나는 그 운명을 일찍이 예감하고 있었지. 그는 항상 어디론가 떠나야 했어. 그를 내게 붙잡아 둘 능력이 없었지. 그 때문에 저항한 거지. 지긋지긋 했거든.'

그 무렵, 그녀는 거울을 보면서 자주 눈물을 흘렸다. 그 눈물이 그녀의 마음을 정화시켰다. 하지만 눈물은 빨리 말랐다. 그녀는 본래의 모습을 되찾았다. 모든 일이란 게 역시 마음먹기에 달린 것이다.

그가 거울 속에서 생전처럼 해맑게 웃고 있었다. 간절히 손짓을 하였다.

(나는 살아생전에 김영준과 심현숙의 만남과 열렬한 사랑, 배신과 결별의 과정을 까마득히 몰랐다. 나는 알 길이 없었지 않았는

가. 내가 죽은 지 10년 후 그녀 역시 나이 들고 철이 든 후 벌교의 내 무덤으로 찾아와서 술 한 잔을 올려놓고 오랫동안 넋두리를 했기 때문에 그 자초지종을 알게 된 것이다.

나는 그녀를, 심현숙을 이해했다. 그리고 배신감도 느끼지 않았다.

돌이켜서, 우리들의 삶에 깊이 뿌리를 내리고 있는 미학적 관점에서 생각해보면, 탐욕과 쾌락은 어쩔 수 없는 인간의 본성인데 어찌 이를 탓할 수 있으랴. 나는 아무튼 남은 생애 동안 그녀가 행복하게 살기를 바란다.)

죽음과 이별

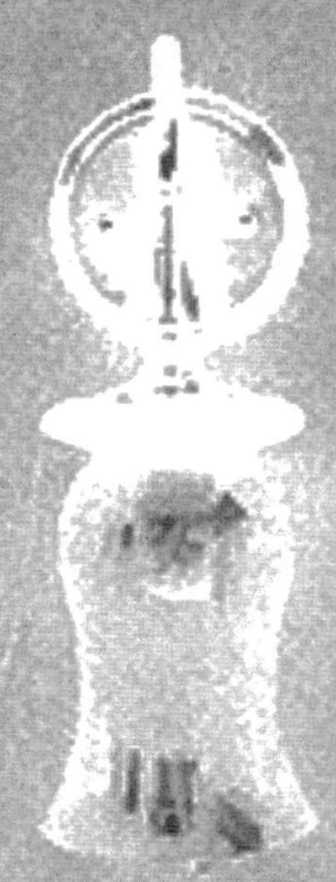

죽음에 대한 단상 – 메멘토 모리
memento mori

죽음이란 사전적으로는 생물의 생명이 없어지는 것을 말한다. 그런데 생명의 탄생과 죽음은 불가분의 관계에 있다. 그러나 생명의 기원이 언제부터인가는 아직도 여전히 수수께끼로 남아 있지만 죽음의 기원은 명백하다. 죽음은 생명과 함께 시작된 것이다.

문학적으로는 죽음이란 모든 것이 무너지거나 사라지는 고통과 허무함을 상징한다.

1768년에 발행된 브리태니커 백과사전의 초판에서는 죽음에 대해 (영혼의 존재와 그 불멸성을 전제로) '영혼과 육신의 분리'로 정의했지만 2007년 판에서는 '모든 생물이 종국에 경험하게 되는 생명이 완전히 중단되는 현상'이라고 정의하였다.

그러면 언제 생명이 완전히 중단되는가? 이 문제는 죽음의 본질과 관련해서 죽음이란 신체적 기능이 완전히 정지되었을 때인가 아니면 인지적 (또는 인격적) 기능이 완전히 정지되어 있을 때인가의 문제라고 할 수 있는데, 대부분의 경우에는 양자는 일치하지만 양자의 시간이 어긋났을 때 쟁점이 되는 것이다. 정통파 유대인이나 독실한 기독교 근본주의자 등은 생명을 연장하는 보조 장치의 이용 여부와 상관없이 심장이 멈춰야만 죽음을 인정하는데 반해서, 오늘날은 뇌사 상태, 즉 재생이 불가능한 혼수상태를 사망의 새로운 기준으로 삼고 있다.

죽음과 자살. 자살은 타살과 마찬가지로 인간의 죽음과 깊은 관계가 있다. 이에 관한 그들의 성찰을 살펴보자.

고대 그리스의 비극작가인 소포클레스는 말했다. "이 세상에서 태어나지 않는 것이야 말로 최선이다. 만약 태어났다면 하루라도 빨리 원래의 장소로 돌아갈 수 있기를 바라는 것이 좋다."

로마의 작가 리바니오스는 자살에 대해 노골적으로 권유했다. "더 이상 생을 지속하고 싶지 않은 자는 원로원에 사유를 고지하고 허가를 받은 후 생을 저버릴 수 있다. 자신의 존재가 저주스러운 자여, 운명과 술, 독이 당신을 압도한다면, 죽음을 택하라. 비탄에 빠진 자여, 생을 포기하라. 불행한 자는 그의 불운을 털어놓아도 재판관은 구제책을 내놓지 못할 것이니 그의 비참한 삶은 종

말을 맞이하리라."

　그러나 에피쿠로스 학파와 피타고라스 학파는 자살에 이의를
제기하였고 플라톤 역시 그걸 부정하였다. 그가 말했다. "사람은
자신이 갇힌 감옥의 문을 열고 달아날 권리가 없는 죄수다. 그는
신이 부를 때까지 스스로 목숨을 끊지 말고 기다려야 한다." 또,
아리스토텔레스도 자살에 대해 한 말씀 하셨다. "어려움으로부터
도피하는 것은 아주 비겁한 짓이다. 자살이 죽음을 무릅쓰는 것은
사실이지만 어려움으로부터 도피하는 것일 뿐이다." 의사인 히포
크라테스는 말했다. "의사는 환자가 요청하더라도 치사 약물을 처
방하지 말아야 할 것이며 그러한 약물을 권해서도 안 된다."

　하지만 그리스나 로마의 의사들은 이에 개의치 않았으니 자살
과 안락사가 그 시절 널리 유행하였다.

　자살이나 안락사는 4세기경에서야 기독고 시대가 도래하면서
신성 모독으로 간주되었다. 이 전통은 중세를 거쳐 현대까지 이어
지고 있다. 현대 사회는 대개 자살을 혐오스럽고 무서운 행동으로
여기고 있다. 자살은 비도덕적인 행동인 것이다. 다시 말해서 자
살은 도덕적으로 절대 용납할 수 없는 행동으로 간주되는 것이다.

　안락사의 경우에도 그렇다. 과연 안락사는 자비로운 행위인가?
우리가 사랑하는 사람을 안락사 시킨다면 그 행위는 그의 고통을
줄여주기 위한 것일까? 아니면 당신의 고통을 덜기 위한 것인가?

단테는 자살을 인간에 대한 폭력으로, 스스로의 몸을 해치는, 자신의 육신에게 포악을 저지르는 폭력으로 보았다. 그것은 옳지 못한 행동이었다.

그래서 자살한 영혼들은 지옥 중에서도 푸른 잎이 아니라 불길 같은 색깔의 잎이 매달려 있고 가지들은 구부러져 온통 매듭 투성이이며 열매는 맺지 않고 독성이 있는 가시들만 박혀 있는 나무들이 우거져 있는 숲 속에서 이상한 몰골을 하고 나무 가지들에 매달린 채 괴상한 통곡 소리만 지르고 있다. 이 영혼들은 최후의 심판이 오더라도 그 나무들은 자살자의 육신으로 싹이 돋았기 때문에 육신을 다시 취하지 못하므로 그곳에 그대로 남아있어야 하는 저주스러운 망령들이었다.

죽음과 영혼의 불멸성. 물질주의자 (또는 물리주의자)는 육체만 인정한다. 그러나 이원론자는 육체의 존재는 물론이고 영혼의 존재도 인정한다. 물론 물질주의자는 영혼의 존재를 인정할 만한 타당한 근거가 없다고 주장한다. 하지만 감히 누가 영혼의 존재를 부정할 수 있겠는가. 플라톤이 '파이돈'에서, 그 후 데카르트가 '성찰'에서 영혼의 존재와 그 불멸성에 대해 논리적 증명을 시도했으나 만족스럽지 못하다고 해서, 그래서 영혼의 존재를 확실하게 증명할 수 없다고 해서 영혼이 존재하지 않는 것은 아니다. 영혼은 물질적인 존재가 아니기 때문에 외적 감각으로 인식할 수 없지만 내적 감각, 즉 마음의 눈으로 얼마든지 확인할 수 있는 것이다. 일원론적 견해는 일종의 인과관계와 결정론에 근거하고 있지만, 이 세상만사가 결정론에 의해서 해결될 수 있는 것은 아니다.

데카르트는 육체와 정신 곧 육체와 영혼은 이론적인 차원에서 서로 다른 존재라고 주장하면서 영혼은 육체와는 다른 것으로 육체를 초월한 존재로 보았다.

그런데 영혼이 존재하지 않는다면 당연히 영혼의 불멸성은 논할 필요도 없을 것이다. 그러나 영혼이 존저한다고 믿는다면 당연히 영혼의 불멸성 여부가 문제가 되겠지만 (그래서 에피쿠로스는 영혼의 존재는 인정했지만 자연의 다른 모든 존재들처럼 소멸하는 존재, 즉 일시적으로만 존재한다고 하였다.), 그런데 영혼이 필멸한다면 영혼의 존재가 왜 필요하겠는가. 영혼은 반드시 불멸의 존재인 것이다. 그러므로 육체적 죽음 후에도 살아남아 영혼이 불멸의 존재로 남아 있는 것이다.

모든 종교 (배화교, 힌두교, 불교, 유대교, 그리스도교, 다호메트교 등은 물론이고 심지어 그게 종교인지 의심받고 있는 유교, 아프리카 원시 부족의 애니미즘 신앙까지 모두)는 영혼의 존재와 그 불멸성을 신앙의 기초로 삼고 있다. 그러면 세계의 종교 인구를 고려해보라. 영혼불멸설은 틀림없이 세계적으로 다수설이라고 할 수 있다.

그리스의 오르페우스파와 피타고라스 학파는 영혼의 불멸을 믿었고 영혼윤회설을 주장했다. 이 영혼불멸설은 그 후 소크라테스를 거쳐 플라톤으로 계승되었고 플라톤의 관념론과 신비주의는 기독교의 탄생과 더불어 하늘로의 도피를 주장하는 그 교리 속으로 깊이 스며들었다. 파스칼은 말했다. "기독교를 준비하기 위한 플라톤."

그런데 영혼이 윤회한다면 사람들이 이전의 삶을 기억하지 못하는 까닭은 무엇일까? 플라톤이 말했다. "인간이 죽으면 지하세계의 왕국인 하데스로 가서 심판을 받고 윤회하는데, 그전에 망각의 강인 레테 강을 건너면서 망각의 물을 마시기 때문에 기억을 잃는다."

소크라테스는 죽음이 찾아와 마음과 몸이 분리될 때 순수해진 영혼은 육체적 욕망의 속박에서 벗어나 천국을 향해 자유롭게 날아갈 것이라고 확신했다. 그래서 소크라테스는 기원전 399년 독약과 불의가 마지막 숨결을 앗아갈 때 의연할 수 있었다. 그는 자신의 고결한 영혼이 불멸하다는 사실에서 얼마나 큰 위안을 받았겠는가. 소크라테스는 제자들이 지켜보는 가운데 놀라운 평정심으로 독약을 마시고 태연하게 죽음을 맞이하였다. 이는 인류 역사상 위대한 죽음의 장면 중 하나다.

죽음과 운명. 3월 15일. 음모자들은 재빨리 행동하기로 모의하였다. 그날 카스카가 단검을 꺼내 제일 먼저 카이사르를 찔렀다. 하지만 긴장한 때문인지 카이사르의 목 또는 어깨를 스치는데 그쳤다. 그러자 다른 암살자들이 달려들어 카이사르를 무참히 찔렀다. 그들은 광란 상태에서 마구 칼을 휘두르고 찔러댔기 때문에 암살자가 혼란한 와중에서 다른 암살자의 팔을 찌르기도 했다. 독재관의 몸에는 칼에 찔려 스물세 군데의 상처가 났다.

카이사르는 그가 사랑했던 정부 세르빌리아의 아들이자 그의 양아들이었던 마르쿠스 브루투스를 보자 절망한 나머지 마지막 저항을 포기하고 말했다. "브루투스, 너마저(et tu Brute)" 그리고 독재관은 토가로 머리를 감싸고 쓰러졌다.

그러므로 카이사르의 아내 칼푸르니아가 꾼 악몽, 3월 15일을 조심하라는 점쟁이의 예언, 그날 새벽에 로마를 덮친 폭풍우, 수많은 새떼의 비상과 같은 전조도 그의 죽음을 막을 수는 없었다. 그의 죽음은 운명에 의해 예정되어 있었기 때문이다.

셰익스피어는 브루투스가 면피용으로 "카이사르에 대한 나의 사랑이 부족해서가 아니라 내가 로마를 한층 더 사랑했기 때문이다."라고 변명했으리라고 추측했다.

이건 호르헤 루이스 보르헤스로부터 들은 이야기이다. 19세기의 시간이 지난 후, 부에노스아이레스 지방의 남부에서, 한 늙은 가우초(목동)가 다른 가우초 일당에 의해 공격을 받게 되고 그는 쓰러지면서 그 암살자들 중에서 자신의 양아들을 발견한다. 그는 은근한 경외심과 아련한 놀라움 속에서 그에게 말한다. "그렇지만 이 녀석아!"

샤를 드 푸코는 시토회 중에서도 엄격한 계율과 청빈, 영원한 침묵을 유난히 강조하는 트라피스트 수도회에서 사제 서품을 받았다. 그 수도회의 수사들은 '죽음을 기억하라 memento mori'라는 말로 인사를 대신한다.

그는 복음을 알지 못하는 가장 버림받은 사막 부족민들에게 기독교를 열심히 전파하여 그들을 천국으로 인도하고자 열망하였다. 그 자신은 척박한 사막에서 예수의 삶을 사는 유일한 증거자가 되고자 하였다.

1916년 12월 1일 (그날은 금요일이었다.)

그는, 그날 아침 드 봉디 부인에게 '우리들의 무화, 자기 부정은 우리를 예수님과 결합시키고 영혼에 선을 행하기 위한 가장 강력한 방법입니다.'라고 편지를 써서 보냈다.

그리고 오후 7시경 그는 침입한 투아레그족 일당에게 은둔소 바깥 자갈밭으로 강제로 끌려 나갔다. 거기에서 무릎 꿇리고 등 뒤로 묶인 손은 끈으로 발목뼈에 비끄러 매어졌다. 그는 그러한 상태에서 움직이지 않고 계속 기도만 하고 있었다. 암살자들은 그를 심문했으나 그는 아무 말도 하지 않았다. 어느 일순간 그를 지키고 있던 애송이가 발작적으로 그를 겨누고 방아쇠를 당겼다. 그의 몸은 조용히 기울어져 옆으로 쓰러졌다.

그 순간 그는 애송이의 애처로운 얼굴을 쳐다보면서 기도하였다. "저의 목숨을 바칩니다. 당신께서 제일 좋다고 생각하는 대로 저를 살리시거나 죽이시거나 뜻대로 하시옵소서. 당신 안에서, 당신을 위해서, 당신을 통해서, 성모 마리아, 성요셉, 성마리아 막달레나, 저를 구해주소서. 저의 하느님, 저의 적을 용서해주십시오 그들에게 구원을 주소서. 아멘."

그는 죽었다. 세누시스트의 투아레그인들은 그의 소지품을 빼앗고, 은둔소 둘레에 있던 개천 속에 그를 던져버렸다.

암살자들은 희생자를 배신한 배신자였다. 배신자. 샤를이 신앙이 없는 그들의 영혼을 구제하기 위해서 그 자신을 잊어버리고 역사했는데도 말이다.

(주제와는 상관없는지 모르지만…… 단테는 배신자를 가장 중죄인으로 취급하였다. 인류 최초의 배신자는 카인이었다. 그러나

단테는 배신자의 전형으로 카이사르를 배반한 브루투스와 예수를 배반한 유다를 들었다. 그래서 배신자들의 영혼은 어둠과 증오와 영원한 저주의 지하 세계인 지옥에서도 가장 낮고 깊숙한 곳인 '주데카'에서 지옥의 마왕인 루시페르에게 가장 엄중한 벌을 받아야 했다. 그런데 루시페르 역시 하나님을 배반했다가 천국에서 쫓겨난 천사들의 우두머리로 지옥의 상징이다.)

보르헤스는 말한다. 죽음은 운명이고, 운명은 반복되고, 변형되고, 병립되기도 하면서 계속 확장된다고.

늙은 가우초도, 샤를 신부도 2,000년 전의 하나의 장면이 되풀이되도록 하기 위해 자신이 죽고 있다는 것을 모른 채 죽었다.

그리고 가장 최근의 일로 대한민국이라는 나라에서도 1979년 10월 그 장면은 또다시 재현되었다. 그날 밤 궁정동 안가에서는 무슨 일이 일어났는가. 장군은 쓰러지면서 "재규야, 너마저(et tu Jekuya)"라고 중얼거렸을까?

죽음의 필연성, 예측불가능성. 인간은 모두 죽는다는 것은 엄연한 사실이다. 인간의 죽음은 필연적이어서 누구도 그 사실을 피할 수 없다. 그리고 인간은 언제 죽을지, 어디서 어떻게 죽을지 도무지 예측이 불가능하다. 결국 그 모든 것은 운명이 결정한다. 그래서 이것은 수학적 문제가 아니라 철학적 사색의 대상이 되고 종교의 문제가 된다.

그들은 죽음의 본질적 특성인 죽음의 불가피성, 예측불가능성, 편재성을 전제로 말했다.

그리스 정치가였던 크리티아스는 말했다. "이 세상에 태어난 이상 죽지 않을 수 없다. 그리고 살고 있는 이상 불행으로부터 벗어날 수는 없다. 사람에게 확실한 것은 아무것도 없다."

그리스 철학자 에피쿠로스는 인간의 가장 본질적인 두려움은 죽음에 대한 두려움인 것을 냉철하게 간파했다. 그래서 무지한 인간들을 설득하고 위로하고자 하였다. 그는 이렇게 말했다. "삶은 죽음의 시작이다. 삶은 죽음을 위해 존재한다. 죽음은 끝이면서 시작이고, 분리이면서 한층 견고한 자기 자신과의 결합이다. 그렇기 때문에 죽음에 의해 환원이 이루어진다." 그는 <메노이케우스에게 보내는 편지>에서 죽음에 대하여 이렇게도 말했다. "가장 두려운 악인 죽음은 우리에게 아무것도 아니다. 왜냐하면 우리가 존재하는 한 죽음은 우리와 함께 있지 않으며, 죽음이 오면 이미 우리는 존재하지 않기 때문이다. 그렇다면 죽음은 산 사람이나 죽은 사람 모두와 아무런 상관이 없다. 왜냐하면 산 사람에게 아직 죽음이 오지 않았고, 죽은 사람은 이미 존재하지 않기 때문이다."

영국의 심리학자, 비평가인 H.엘리스는 "고통과 죽음은 삶의 일부이다. 고통과 죽음을 거부하는 것은 삶 자체를 거부하는 것이다.”라고 말했고, 인도의 위대한 지도자 간디는 “삶은 죽음으로부터 태어난다. 보리가 싹을 틔우기 위해 그 씨앗이 죽어야 하듯이 말이다.”라고 말했으며, 독일의 시인 안겔루스는 시집 『방랑의 천사』에서 “삶을 부르는 죽음만큼 멋진 일은 없다. 따라서 죽음을 통해 탄생하는 삶처럼 고귀한 것은 없다.”라고 말했다.

또, 카뮈는 『안과 겉』에서 “인간은 삶과 죽음의 모순 사이에서 살아가야 하는 운명을 타고났다. 죽음이 있기 때문에 삶은 가치가 있다. 그러므로 삶은 귀중한 것이다. 또한 삶에 대한 절망이 없으면 삶에 대한 사랑도 없다”고 썼다.

그들은 죽음의 숙명성을 깊이깊이 이해하고 있었기에 현재의 삶에 충실하라고, ‘어떻게 살 것인가’ 라는 문제에 집중하라고 충고한다. 그러나 현실의 삶이란 얼마나 고달프고 고통스럽고 힘든 일인가. 그렇지만 삶이 그대를 속일지라도 슬퍼하거나 노하지 말라, 슬픔의 날은 참고 견디면 머지않아 기쁨의 날이 오기 때문이다(푸슈킨)

김규현 상무가 그렇게도 좋아했던 반 고흐는 별에 가기 위해 죽음을 꿈꿨다고 말했다. “별이 반짝이는 밤하늘은 늘 나를 꿈꾸게 한다. 그럴 때 묻곤 하지. 왜 창공에서 반짝이는 저 별에게 갈 수 없는 것일까? 루앙에 가려면 기차를 타야 하는 것처럼, 별까지

가기 위해서는 죽음을 맞이해야 한다. 죽으면 기차를 탈 수 없듯, 살아 있는 동안에는 별에 갈 수 없다.”

그는 별에 살아서는 갈 수 없다고 생각했지만 그토록 꿈꾸던 별이 빛나는 밤을 그렸다.

그리고 애플의 스티브 잡스는 죽음을 앞둔 시점에서 마치 죽음을 초월한 것처럼, 소크라테스인 것처럼 말했다. “죽음은 인생에서 커다란 선택을 내리는데 도움을 주는 가장 중요한 도구입니다. 죽음 앞에서 모든 것이 덧없이 사라지고, 진정으로 중요한 것만 남기 때문입니다. 죽음은 삶이 만든 최고의 발명품입니다(Death is very likely the single best invention of life.) 죽음은 삶을 변화시킵니다(It is life's change agent.)”

그는 오랫동안 희귀한 혈액암으로 생사의 기로를 헤매면서 삶과 죽음에 대하여 깊은 성찰을 한 것이다. 그는 2011년 10월 5일 죽었다. 그가 죽는 순간 영혼의 존재와 그 불멸성을 확신하였는지는 알 수 없다.

그렇다. 그렇다면, 우리가 지금 살아 있는 이유인 즉, 미래에 닥칠 죽음을 준비하기 위해서 일 것이다.

그러나, 인간이 죽음의 공포를 극복할 수 있을까?

알렉산더 대왕의 추억

알렉산더는 재빨리 방패를 들어 올려 그 무지막지한 도끼를 막 았지만 도끼는 청동 방패를 박살내고 알렉산더의 투구를 꿰뚫었 다. 왕의 얼굴에 순식간에 피가 덮쳤다. 페르시아의 장군 레오미 트레스가 다시 도끼를 쳐들었다. 그때 검은 장군이 미친 사람처럼 고함을 지르면서 그 무거운 일리리아 칼로 도끼를 쥐고 있는 페르 시아 장군의 오른팔을 단 한 번에 잘라 버렸다. 그리고 왕은 살아 났다.

그라니코스 전투에서의 일이다.

아주 어린 시절에 알렉산더에게 젖을 먹여 자식처럼 길러준 사 람은 검은 장군의 누나였다. 이것은 그리스의 전통에서는 혈연관 계라고 할 만큼 친밀한 관계였다. 그들은 어린 시절부터 피와 살 로 이루어진 우정의 친구였다.

이제 알렉산더는 이 세상 끝까지 가보았고 모두 정복해 버렸다. 그는 이 세상의 왕이 되었다. 위대함의 절정. 절대 권력. 정당한 자만심. 그리고 왕은 스스로 신이 되었다. 왕은 신들과 대등하다고 칭송을 받았으므로 자기 자신에 대해 딛지 못할 것이 없었다. 이제 모든 사람이 그 앞에서 동양식으로 무릎을 꿇고 절을 해야 했다. 오랫동안 그의 동료였던 어린 시절의 친구들도 예외일 수 없었다.

그러나 무엄하게도 일개 사관에 블과한 칼리스테네스가 그것도 공개 석상에서 왕 앞에서 무릎을 꿇고 알현하는 '프로스키네스'를 반대했다가 군사 재판도 받지 않고 졸지에 죽음을 당했고, 흑인이라는 별명을 가진 검은 장군 클에이토스가 왕이 점차 페르시아 관습을 따르고 절대주의로 향해 가는 것에 분노하자 왕은 호위병의 긴 창으로 클레이토스의 가슴 한복판을 관통시켜 즉사시켰다.

그는 권력을 쥔 자야말로 잃어버린 친구인 것을 몰랐던 것일까?

그러한 양상 – 절대 권력을 쥐자마자 그 순간부터 점차 자신이 신이 된 것으로 착각하고 일종의 광신적 착란 상태에 빠져서 우정이라든가 기타 모든 인간적 미덕을 신의 이름으로 저버리고 무소불위의 힘을 사용하는 – 은 그 이전에도 그 이후에도 똑같이 있었고, 2,300년이 지난 현재에도 여전히 지구촌 방방곡곡에서 자주 일어나고 있다.

그러니 권력자 앞에서는 어떤 형태이건 목숨을 부지하려면 (그가 아무리 어린 시절부터 절친한 친구라고 해도) 아첨을 해야 하고 그가 듣기 싫어하는 말을 행여 해서는 절대로 안 되는 법인 것이다. 그렇지 않으면 어떻게 권력자의 불같은 분노를 감당할 수 있을 것인가.

그러나 신은 너무 일찍 왕을 버렸다. 왕은 기원전 323년 6월 10일 불과 32세의 나이로 죽었다. 그의 시체는 근 한 달 동안 아무렇게나 방치되었다. 골육상쟁의 비극이 벌어졌고 제국은 갈가리 찢어져 아첨꾼들이 나눠가졌다.

대왕이 꿈꾸었던 그 위대한 꿈들이 있었다면 그 꿈은 산산조각이 나버렸다.

그리고 1600년이 지나서 단테가 고대 로마의 시인 베르길리우스의 안내를 받아 지옥을 순례할 당시, 플레제톤 강의 끓는 피의 웅덩이 속에 목까지 잠겨 허우적거리며 벌을 받고 있는 인간에게 포악했던 폭군, 살인자들 가운데서 대왕을 발견하였다.

왕. 대왕. 폭군. 살인자.

강물은 흐른다

이브라함이 마르세유에 와서 얼마쯤 지나서 그 여관에서 청소부로 자리 잡고 일하게 되었을 때, 여관에서 몇 년 동안 장기 투숙하고 있던 늙고 고독한 사람을 어떤 운명처럼 만나게 되었다. 그의 프랑스 이름은 그냥 자크라고 불렀다. 어린 시절 베트남에서 어머니가 불렀던 베트남 이름이 따로 있었다고 한다. 이브라함은 그 당시 너무나 외로웠으니까…… 그와는 금방 친구가 될 수 있었다. 그는 까다롭지 않은 사람이었다.

그 노인은 키가 작으면서 깡말랐고, 전쟁 때 파편에 튀긴 흙먼지가 얼굴을 때리면서 생긴 안면경련이 있었다.

그가 훨씬 훗날에 그 날의 전투 상황을 자세히 이야기했었다.

성능이 좋은 독일 전투기가 새하얀 은빛 궤적을 그리며 낮게 날면서 기관총을 난사하였고 그 흙먼지가 강하게 그의 얼굴을 때렸다. 그는 얼굴에 심한 통증이 왔고 몸이 아주 가벼워지는 것을 느끼면서 그대로 질척질척한 땅바닥 진창에 처박혔다. 그때 운이 나쁜 프랑스인 동료 병사의 머리가 총탄에 맞아 사라졌고, 머리가 붙어있었던 목구멍에서 검붉은 피가 콸콸 넘쳐흘렀다. 곧 포탄이 분노한 듯 쉴 새 없이 날아들어 굉음을 내며 폭발하면서 아무 거리낌 없이 사람과 말들을 죽였다. 주위에는 신원을 파악할 수 있을 정도로 온전한 시신이 별로 없었다. 그리고 콩 볶는 듯한 독일군 소총 소리와 박격포 소리가 귓전을 때렸다.

그때 전투는 미친 듯이 격렬하였지만 독일군에 일방적으로 유리하게 진행되었고 프랑스군은 지리멸렬하여 허둥대다 맥없이 패배하였다.

그는 만날 독한 술에 취해 있었고, 가끔 콜록콜록 심하게 기침을 하였으며, 때로는 혼자서 무언가 중얼거리기도 하였다. 그래도 그에게서는 따뜻한 체온을 느낄 수 있었고 유일하게 사람의 냄새가 났다.

이브라함이 말했다.

"그에게서 프랑스어도 정식으로 배우고…… 문명 세계에 대하여 다른 많은 것도 알게 되었지. 그는 소르본느 대학 중퇴생이었거든. 징집되었기 때문에 중퇴할 수밖에 없었다고 했어.

그는 처음에는 너무 외로운 나머지 말동무가 필요해서 나에게 프랑스어를 열심히 가르친 거야. 난 빠르게 터득하여 그를 기쁘게 해주었지. 그는 그때 책을 많이 읽으라고 강요했어. 그것도 읽기 어려운 책을. 덕분에 독서하는 습관이 들었지."

매일, 조금씩 독서를 늘려 가면서, 이브라함은 처음으로 자신을 답답하게 조이고 있는 속박 같은 낡은 껍데기로부터 벗어날 수 있었고, 책을 읽을 때마다 이 세계에 대해 더욱더 많은 생각을 떠올렸고, 자신에 대해 더 많이 생각하고 이야기하는 방법을 터득하게 되었다.

이브라함이 말했다.

"프랑스가 식민지 통치를 하였던 시절, 아직 전쟁이 발발하기 훨씬 전 그가 어렸을 때 베트남에서 프랑스로 건너와 이미 60년이 넘었다고 하였지. 베트남 언어는 거의 잊어버렸고, 한 번 가슴 속에서 지워져버린 고향에 대한 기억은 아무리 해도, 결코 멈추지 않고 유유히 흐르던 강물 이외에는 생각나는 게 아무것도 없다고 하였어."

그는, 젊은 시절 프랑스 상사 회사의 사이공 지사에서 평직원으로 근무하였던 투르빌 출신의 아버지와 베트남 출신 어머니 사이에서 태어나서, 어린 시절을 메콩 강 하류 삼각주에 위치한 빈롱의 외갓집에서 8살 때까지 살았다.

그 후 투르빌로 갔다.

투르빌은 센 강이 지친 여행을 끝내고 영불 해협의 바다와 만나는 곳에 자리 잡고 있는 작은 항구 도시이다. 강 하구의 오른쪽에 투르빌이, 왼쪽에는 도빌이 있다. 그때는 파리 생라자르역에서 기차로 서너 시간이면 도착할 수 있었다. 그는 베트남에서 프랑스로 건너온 직후 투르빌 외곽 어촌에 있는 할머니 집에 맡겨져 몇 년 간을 산 일이 있었다. 그곳은 햇볕이 은은하고 강렬하였다. 그 햇빛은 인상파 그림에서나 볼 수 있는 빛깔들을 쏟아냈다. 그리고 은빛 파도가 햇빛에 유난히 번쩍거리는 바다가 아름다웠다. 밀물 때면 고물에 삼각돛을 단 작은 어선들이 통통거리며 텅 비어있는 긴 해안선을 뒤로 하고 바다로 나갔다.

할머니는 억세게 일했다. 투루빌의 부두 어시장에 길게 늘어선 생선 좌판에서 어부들이 갓 잡아온 펄떡이는 생선을 팔았다. 할머니 몸에는 생선 냄새가 짙게 배어 있었다. 그러나 외로운 할머니는 손자에게 한없이 인자했다. 그가 떠나올 때 할머니는 눈물을 뚝뚝 흘렸다.

그는 그 후 파리의 기숙학교에 입학하기 위해 아버지 집으로 가야했다. 그때 아버지는 남부 벨기에 출신의 새엄마와 결혼하였고 파리의 본사에서 근무하고 있었다.

"너는 말이지…… 아시아계 혼혈아가 프랑스 육군에서 군대 생활을 하는 것이 어떤 것인지 상상도 못할 거야. 다른 사병들과는 한 식탁에 앉지도 못하였지. 군대에서도 여전히 유색인종에 대한 인종차별이 심했어……."

그를 알고 나서 몇 년쯤 지났을까. 비가 추적추적 끈질기게 내리는 어느 봄날 초저녁에 이브라힘이 그의 방에 갔을 때 자크가 술에 반쯤 취한 채로 무언가 중얼거리다가 불쑥 말하였다.

그의 기억 속에는 그 전쟁이 남긴 깊은 고통의 흔적이 고스란히 보존되어 있었다. 그는 그의 의지와 관계없이 전쟁에 휘말렸다. 그는 평생을 그 전쟁이 남긴 공포로부터 벗어날 수 없었다.

서부전선으로 떠나는 군용열차에 올라탔을 때 출발을 알리는 파리 리용 역 역무원의 요란한 호루라기 소리, 독일군 장거리 곡사포의 포탄이 작렬할 때의 그 고막을 찢는 듯한 폭발음, 독일의 급강하 폭격기인 융커스 Ju 87이 퍼붓는 230킬로그램짜리 대형 폭탄이 폭발하는 소리, 박격포 소리, 기관총의 탄환이 연속으로 발사되는 소리, 막대 수류탄이 터지는 소리, 매캐한 포연, 탱크의 굉음, 비명, 신음, 고함, 욕설, 분노와 공포의 절규, 기도 소리, 아우성 등이 지금도 귀에 생생하였던 것이다.

그를 오랫동안 짓눌렀던 무서운 공포심과 불안감은 그 순간 사라졌다. 보병 연대가 주둔하면서부터 친숙해졌던 숲과 언덕, 작은 강들이 잠시 정적에 휩싸여 평화롭다. 차갑고 날카로운 바람이 들판을 지나간다. 그 바람이 모든 희망과 절망, 부질없는 상상마저 죽은 나뭇잎인 것처럼 모두 허공으로 날려 보낸다. 그는 단념했다. 그는 울지 않는다. '곧, 독일 놈들이 결정적인 일격을 가하겠지. 그러면, 부대는 살아남을 수 없을 거야. 풍비박산이 되겠지. 지금은 이 지상에서 최후의 평화스런 순간이지. 마지막 순간이 될 거야. 그런 거지 뭐.' 자크는 그때, 격렬한 전투가 벌어지기 바로 직전 그 참을 수 없을 만큼 긴장된 순간에 생각했다.

그는 전쟁이 끝난 후에도 차라리 자신이 미쳐서 죽어버리거나, 그 참혹한 전쟁의 기억들이 저절로 지워지기를 간절히 바랐다. 그는 살육으로 얼룩진 그날의 전투에서 자신이 살아남은 사실을 도저히 이해할 수 없었다. 하지만 오히려 세월이 흐를수록 모든 장면들이 더욱 또렷해지고, 매캐한 화약 냄새와 살과 뼈가 타는 냄새, 죽음의 악취가 코끝에 맴돌았다. 한 달에도 몇 번씩 그 끔찍한 전투장면들이 꿈속에 나타났다. 그리고 부대의 괴멸과 항복, 독일로 강제 이송, 5년 동안의 포로수용소 생활의 쓰라린 경험이 그를 평생 동안 짓눌렀다. 그는 결혼도 할 수 없었고 변변한 직업도 가질 수 없었다. 그렇다고 베트남으로 돌아갈 수도 없었다. 프랑스와 베트남이 전쟁을 벌였기 때문이다. 그는 스스로 반은 베트남 사람이고 나머지 반은 정확히 프랑스 사람이라고 믿고 있었다.

그는 매월 첫 주의 월요일이면 꼬박꼬박 한 달분 방세를 미리 지불하였기 때문에, 또 그가 점잖고 신사적이고 방을 깨끗하게 사용한다는 이유로, 평소 무덤덤한 여관 주인도 온 여관을 울리는 그의 지독한 기침 소리에도 불구하고 그에 대하여 늘 칭찬을 아끼지 않았다. 그 돈은 그가 전쟁에 참전하여 서부전선의 마른 강 전투에서 독일군과 싸웠기 때문에 프랑스 정부에서 주는 무슨 군인 연금에서 매달 나오는 것이었다.

그의 방은 그가 가벼운 알코올 중독자임에도 불구하고 스스로 정돈하기 때문에 항상 깨끗하였고, 술병들과 여러 종류의 약병과 함께 주로 문학과 철학에 관한 손때 묻은 수십 권의 책들이 가지런히 작은 탁자 위에 쌓여 있었다. 그 방은 은둔자의 동굴처럼 단정하고 엄숙하였다. 그러나 그가 그 책들을 지금 읽고 있는 것 같지는 않았다. 다만 늘 무언가를 골똘히 생각하고 있었다. 그는 대낮에도 가끔 어찌나 끔찍하게 기침을 해대는지 온 건물이 울릴 지경이었던 것이다.

이브라함이 말했다.

"그가 만날 날 붙잡고 잔소리를 하였지. 꼭, 우리 아버지처럼…… '나처럼 알코올 중독이 되고 싶으면 얼마든지 마셔도 괜

찮을 거야'라고 말했지. 절대 술을 입에 대지 말라고…… 자신은
어쩔 수 없이 마실 수밖에 없다고 하였어. 도대체 아무런 희망이
없다고 하였어. 난 생활이 안정돼 가면서 그의 충고에 따라 술을
점차 줄일 수 있었지. 사막에서 술은 죽음이야. 그런데…… 이번
여행에서는 어쩔 수 없이 술을 마시게 될 것 같군. 형님 혼자서
마시게 할 수는 없지.

하여간에…… 지금까지 나의 유일한 스승이었어. 나를 자기 운
명의 주인으로 깨닫게 해주었고, 현재의 순간을 온전히 음미할 수
있도록 이끌어 주었지. 그 현자는 나의 내면에 웅크리고 있는 깊
은 마음의 상처를 스스로의 힘으로 치유할 수 있는 방법을 가르쳐
준 거야."

자크는 그때 이브라함이 어려운 책들을 읽을 수 있게 정성껏
도와주었다. 그는 어려운 단어와 문장을 쉽게 설명해 주었던 것이
다. 이브라함은 그 무렵 플로베르, 프루스트, 카뮈, 클레지오를 읽
었다. 특히 카뮈의 책을 많이 읽었다. 행복한 죽음, 이방인, 페스
트, 손님, 안과 겉, 정의의 사람들 등등.

그는 몇 년 동안 무서운 집중력을 가지고 소설을, 다른 책들을
무더기로 읽었다. 다른 사람들보다, 그 당시 프랑스의 정형화된
얼치기 대학생들보다도 더 많이 읽었고, 그들보다 인생 경험이 훨
씬 풍부하였다. 그러나 정작 그 자신은 그런 사실을 알지 못했다.

그리고 시간 나는 대로 자크와 차를 함께 마시면서 끊임없이 신의 존재와 인간의 영혼에 대해 토론을 하였다. 이브라함은 주로 듣는 쪽 이었다. 밤 시간에 만났다. 그는 언제든지 이브라함을 반갑게 맞아 주었다. 그들은 어떤 날은 토론에 몰입한 나머지 밤을 꼬박 새면서까지 많은 이야기를 나눴다. 그는 영혼의 불멸성에 대하여 말했고, 육체의 죽음은 무의미하다고 말했으며, 또한 영혼의 불멸과는 차원이 다른 불교의 윤회와 환생, 수레바퀴에 대해 설명했다.

전쟁 전에는, 불교 국가인 베트남에서 할머니를 따라 먼 거리를 걸어서 천주교 성당을 다녔던 아주 어린 시절부터 열렬한 예수 그리스도 숭배자이었지만, 전쟁 중에 그 신을 버릴 수밖에 없었다고 고백하였다.

"그 참혹한 전쟁을 겪으면서 말이야…… 그 무익한 전쟁은 피와 고함소리 속에서 모든 것을 망가뜨렸지. 인간의 삶, 사랑, 고뇌, 영혼, 죄악까지도 완전히 파괴해 버렸고, 다침내 신의 존재까지……." 그가 계속해서 말하였다. "미래의 불확실성과 절망의 늪에 빠진 인간들이 할 수 있는 일이 무어가 있겠어. 자신이 믿는 신께 애타게 구원을 찾는 거겠지. 그런데, 신의 구원이란 게 인간의 죽음과 관계가 있어. 인간이 언제, 어떻게 즉을지를 결정하는 것은 신의 몫이거든. 그때 우리 쪽도 적들도 같은 신을 믿고 있었으니까 같은 신을 향해 서로 울부짖었어. 그러나, 하나님의 목소리는 결코 들리지 않았어. 그들도 못 들었을 거야. 나는 그때 신은 존재하지 않는다고 확신을 하게 되었지. 미망과 환상에서 깨어난 거였어. 그 후 더 이상 어떠한 형식이든 기도를 하지 않았지. 그랬더니, 오히려 마음에 평화가 찾아왔어. 이 무의미한 전쟁에서 죽어도 상관없다는 생각이 들었지. 삶에 대한 집착이 신에 집착하게 된 동기인 것을 마침내 깨달은 거였어."

그러고 보니, 새삼스럽게 살펴보았지만 방안에는 작은 십자가나 성모상 같은 성물, 성경책 등이 하나도 보이지 않았다. 성당이건 교회이건 간에 그런 곳에 다니는 흔적이 없었던 것이다.

그때, 새벽의 여명이 검은 밤의 여운과 함께 작은 창을 통해 스며들었다. 밤이 흐트러지고 있다. 새벽 공기가 냉랭하고, 눅진하다. 검고 하얀 포석이 깔린 뒷골목의 눈에 익은 거리 풍경이 밤의 어둠과 정적, 추상적 분위기에서 풀려나면서 제 모습을 드러냈다. 그것이 안도감을 안겨준다. 그 밤은 명철한 예지가 빛나고 추상적 개념과 의미가 충만한 밤이었다.

이브라함이 말했다.

"자크가 알코올 중독의 후유증으로 마르세유 시립병원의 행려병자 병동에서 죽었을 때 연고자는 아무도 없었어. 그는 죽음과의 싸움이 시작되었을 때 며칠 동안 극심한 통증에 시달렸지.

내가 끝까지 임종자리를 지키면서 그를 위로하기 위해서 이번에는 내가 말을 많이 했지. 어쨌거나 자크는 침대에서 죽었지. 그는 시민권자여서 시립 공동묘지에 묻힐 수 있었어."

그는 그때 가끔 헛소리를 하였다. 그때는 베트남 할머니 집의 어린 시절로 되돌아가 있었다. 그는 외로이 죽어가면서, 강폭이 바다처럼 넓어서 맞은 편 강둑이 안개에 싸여 보이지도 않았던 메콩 강 하류의 유장한 강줄기와 그 순간을 떠올리고 있었다.

건기의 무덥고 숨 막히는 듯한 열기가 수그러든 석양 무렵이었던가, 어쩌면 해가 막 떠오르는 아침 무렵이었는지도 모른다. 태양이 그때 거대한 붉은 점처럼 동쪽에서 솟아올랐는지, 서쪽으로 사라졌는지 확실치 않다. 그때 햇살은 빛이 바랜 것처럼 미적지근한 색조를 띠고 있었기 때문이다. 또 그날이 집안에서 제삿날 같은 무슨 특별한 날이었는지도 확실하게 기억나지 않는다.

열대 식물이 만발한 널따란 정원의 한쪽 모퉁이에서 할머니와 어머니가 나지막이 소곤거리고 있었다. 할머니가 자신에게 중얼거리는 것처럼 말했다. "어쨌거나, 저 애는 프랑스로 보내야 할 거야. 애비가 제 자식을 거부할 수는 없겠지. 똑똑한 아이니까 잘 적응할 수 있을 거야." 그러나 어머니는 아무 말도 대꾸하지 않았다. 아마 침묵으로 긍정했는지도 모른다. 어머니는 분명히 울고 있었다. 그가 열대식물의 너른 잎 뒤에 숨어서 가느다란 햇살의 역광

선 속에서 보았으니까. 어머니의 두 눈에 눈물이 가득 고였고 그 눈물은 이내 뺨을 타고 흘렀다.

그제서야, 자크의 영혼은 메콩 강으로 돌아갔다.

메콩강은 알고 있다네 강물은 깊어라 슬픔도 깊어라 강은 시시로 변하네 아침에 푸르던 그것이 저녁이면 핏빛으로 물드네.

살인자들

세상은 공공연히 범죄가 넘친다.
살인과 악행으로 가득 찬 곳이 아닌가!
— 토마스 키드

이브라함은 비 한 방울 내리지 않는 극심한 가뭄이 2년 정도 계속되었을 당시 대충 18살쯤 되었을 것이다. 그는 자신의 정확한 생년월일을 모르고 있었다. 그도 그럴 것이, 그의 어린 시절 고향 마을 근처 어디에도 학교나 병원, 우체국 등은 없었기 때문에 학교 교육을 받을 기회가 전혀 없었을 뿐만 아니라, 그들 부족은 나이 같은 것을 정확히 헤아리지도 않는다. 그가 어린 시절, 그곳엔 달력도 없고 시계도 없었다. 그래서 세월이 가는지 오는지도 몰랐다. 언제나 같은 날이 다시 시작되었다. 그날은 아주 길고 긴 날이어서 언제까지나 끝나지 않을 날이었다. 그들은 모두가 만날, 그

날이 그날인 것처럼 그렇게 살고 있었는데 나이 같은 것이 무슨 소용이 있었겠는가.

그가 말했다.

"마을은 옛날부터 그랬지. 난, 그때까지는 왜 이렇게 살아야 하는지 의문을 품은 적도 없었고, 다른 희망을 품은 적도 없었어."

그는 화폐의 존재, 화폐가 사막의 물처럼 존귀하다는 것, 화폐가 없으면 살아남을 수 없다는 것을 프랑스에서 처음 알았을 정도였다.

"오늘밤처럼 별이 총총한 밤에, 부모님과 동생들이 깊은 잠에 빠져 있을 때 고향 마을을 떠나왔지. 그러나 함께 떠나온 세 사람 중에서 나이가 가장 어렸던 친구가 무참히 죽었어.

우리들은 반군의 거점을 우회하여 며칠쯤 밤낮없이 걸어서 타만라세트로 넘어갈 참이었지. 우리들은 그 당시 가냘픈 희망 외에는 거의 아무것도 지닌 것이 없었어."

그들에게는 어쨌든 희망이 필요하였다. 그러나 한 치 앞을 내다볼 수 없는 불투명한 상황에서 앞날에 대한 공포에 가까운 두려움이 그 희망 같지도 않는 희망을 동반하고 있었고, 차라리 그것은 한낮에 꾸는 혼란스러운 꿈처럼 환상에 다름 아니었다.

그때 말리 쪽에서 국경을 넘어온 친정부 게릴라의 분파로 보이는 무장 강도들을 사막의 협곡 좁은 길목에서 조우하였는데, 그 친구는 무방비 상태에서 이유 없이 그들의 예리한 칼에 난도질당한 끝에 살해된 것이다.

그들은 그때 북쪽으로 펼쳐진 분홍빛 모래언덕을 지나 남서쪽으로 뻗은 가파른 능선 골짜기 바닥을 지나고 있었다.

그 순진무구한 어린 친구는 짧은 비명을 지르며 죽어갔다. 그 어린 것이 그렇게 잔인한 죽음을 당해야만 할 무슨 큰 죄를 지었단 말인가. 그는 이 세상에 태어나 미처 죄를 지을 틈도 없었다.

벨라 부족은 사하라 이남의 서아프리카에서 최하층민이었다. 수백 년 동안 아랍인과 다른 아프리카 부족, 투아레그족의 노예로 살았다. 그들 부족은 시꺼먼 피부에 투아레그와 비교하면 너무 왜소한 체격 때문에 못생기고, 아둔하고, 가난하고, 쓸모없는 인간으로 취급되면서 다른 부족들은 심지어 식사도 함께 하지 않았다.

그들은 도시의 외곽 쓰레기 하치장 근처의 더러운 곳에서 짚방석으로 지붕을 덮은 움막집을 짓고 살면서 주로 도시 또는 마을에 정착한 투아레그를 위해 일을 하였다. 여자들은 집안에서 빨래, 청소, 음식 장만 등 온갖 집안 살림을 도맡아서 처리했고 때로는 주인의 성적노리개 역할도 했다. 남자들은 주인의 지시와 엄격한 감시 하에 바깥에서 농사일이나 목동 일을 하였다.

그들은 임금도 받지 못하고 전적으로 주인에게 의존해서 평생을 살았다. 그들은 주인의 허락 없이는 결혼도 할 수 없고, 여행도 할 수 없었다. 그러므로 투아레그는 그들을 무조건 박해하고, 구타했으며, 개인 소유물 또는 동물처럼 취급하였으므로 매매의 대상이 되었다. 그들 부족은 세력이 거의 없는 소수 부족에 불과하였으므로 그들을 보호해주고 권익을 대변해 줄 단체는 아무것도 없었다.

그의 어머니는 그녀가 젊었을 때 마을의 아저씨가 말리의 타우데니 소금 광산에서 캐낸 소금덩이를 낙타에 싣고 통북투에 팔러 갔다가 돈을 주고 사온 벨라 부족의 여인이었다. 그녀는 노예로 살다가 주인 가족들의 핍박을 이기지 못하고 일찍 죽었다.

나라우는 그 노예와 주인과의 사이에서 난 사생아였다. 주인의 묵시적 동의하에 그의 본처와 자식들은 그를 개처럼 취급했다. 가뜩이나 식량이 부족한 판에 그가 음식만 축내는 개자식이라는 것이다. 그러니 밥을 굶기는 일은 다반사였다. 그리고 그들이 겪는 온갖 불행이나 심지어 가뭄까지도 그의 탓으로 돌렸다.

그들은 매일 기회가 있을 때마다 까닭 없이 나라우의 등에서 피가 나도록 번갈아 가며 매질을 하였다. 그 가늘고 탄력 있는 몽둥이는 가죽 벨트처럼 휘어지며 그의 등짝에 붉고 시퍼런 상처 자국을 새겼다. 그 때마다 그는 피를 흘리며 극심한 통증 때문에 신음하면서도 소리를 지르거나 크게 소리 내어 울지도 못 하였다.

이브라함은 그를 너무 동정했기 때문에 간신히 설득해서 함께 탈출한 것이다.

"세 사람은 한 달 전부터 아무도 모르게 모의를 한 후, 한밤중에 마을을 빠져 나왔지. 우린 타만라세트에만 가면, 어떻게 해서든지 알제나 카사블랑카, 페스, 마라케시, 라바트, 탕헤르 등 모로코의 큰 도시로 갈 수 있다고 생각했어. 그들 도시에 가면 무슨 일이든지 할 수 있다고 믿었지. 가령 말이야, 페스의 그 지독하다는 천연가죽 염색공장에서도 열심히 일할 각오가 돼있었어. 그 후에는 유럽 쪽 도시로 탈출할 생각이었지……. 그러나 이것만은 분명히 말해야 되겠지. 우리는 그때 철부지들처럼 반항하기 위해 탈출을 결심한 것은 아니었지. 오직 살기 위해서였거든……."

그들은 말로만 들었던 너무나 그림엽서를 닮은 모로코의 하얀 도시들을 무작정 동경하였다. 그 아름다운 도시들은 흰색 물감으로 색칠한 그림 같을 것이었다. 그들은 아무런 제지를 받지 않고 사막을 통하여 쉽게 모로코로 넘어갈 수 있었다. 사막으로 이어진 국경에는 경계나 표지는 어느 것도 없고 국경 수비대가 지키고 있지도 않았다. 밀입국한 이들 불청객을 그 도시들이 환영할 리가 없었지만 말이다.

그 무자비한 강도들은 그들 일행이 빼앗을 만 한 돈과 물건이 없는 무일푼인 것을 알고 갑자기 흥분하여 발작적인 행동을 한 것이다.

그들은 녹슨 구식 소총과 날카로운 칼, 호신용 부적으로 무장한 채 길가 풀숲에서 소리 없이 불쑥 몸을 일으켰다. 노예처럼 두목에게 절대 복종하는 부하들 중 몇 명은 맨발에 해골이 그려진 티셔츠를 입고 있었고, 또 다른 무리는 상체를 벗은 채 검은 가슴에 탄띠를 둘러매고 있었다. 깡마른 몸에는 상처와 흉터, 칼에 벤 자국, 옹이 투성이였다. 그 두목은 땅딸막한 체구에 뺨에는 긴 흉터가 있고 왼쪽 눈까지 실명하였는데, 일찍부터 술에 잔뜩 취해 횡설수설하면서 무기를 아무렇게나 휘둘러댔다. 그들의 눈은 충혈되어 광기로 번득이고 있었고, 무기는 잔뜩 살기를 품고 있었다.

두목의 두 눈이 빛났다.

두목이 햇빛에 번쩍이는 예리한 칼로 나라우의 목과 가슴을 두서없이 찔렀고 따뜻하고 찝찔한 피가 여기저기 튀었다. 그는 모래 바닥으로 무참히 허물어지며 공포에 질려서 외마디 비명소리 이외에는 신음소리조차 내뱉지 못했다. 그들은 검붉은 피를 보자 즐거운 나머지 희죽희죽 웃었다. 그들은 피 냄새를 음미하였고 피맛을 보기 위해 안달하였다. 그들에게 살인은 그저 기분 전환 행위였고 피는 쾌락의 원형인 동시에 거대한 충동의 뿌리였으니 대항

연을 위해 반드시 필요한 것이었다. 그러므로 부하들은 즐거운 축제를 위해 그 살인 행위를, 칼로 무자비하게 육체를 찌르고 짓이기는 행위를, 피를 쏟고 흘리고 흐르게 하는 행위를 두목에게 우선권을 양보한 것이었다.

피. 선홍색. 광기. 축제.

손에 피를 칠한 광신자들은 술에 취한 채 투아레그족 방언인 타마셰크어로 웃고 떠들고, 노래를 부르고, 피가 뚝뚝 흐르는 시체를 앞에 놓고 빙 둘러서서 장단에 맞춰 거칠게 춤을 췄다. 그리고 그들은 '검둥이들은 검둥이들은 증오한다.'고 외쳤다.

황홀경. 무아지경. 일종의 클라이맥스

아프리카 비의교의 사제들은 살해한 시체의 살을 크게 도려내서 팜나무로 만든 화주인 쿠투쿠와 함께 날 것으로 씹어 먹었다. 칼은 점점 깊고 넓게 종아리를, 허벅지를, 배와 가슴을, 베어 들어갔다. 정교하게 단련된 칼날은 마치 연한 스테이크를 가볍게 써는 것처럼, 육신을 깊게 찌르고 갈라서, 살을 도려냈다.

"나와 사촌 형은 온몸이 칼에 찔려서, 피투성이가 되어 간신히 도망쳐 구사일생으로 살아남았어. 우리들은 다음 날 그들의 식량으로 예비되어 있었거든. 그들이 술에 취해 광란상태에 빠져 있을 때 간신히 끈을 풀 수 있었지. 그들은 술에 취해 있었고 뒤늦게 총을 겨냥했으나 녹슨 총에서 총알이 발사되지 않았기 때문에 살

아닐 수 있었지. 그때, 우리가 24시간을 꼬박 걸어서 갈 수 있었던 곳은 기억조차 하기 싫은 임시 난민촌 캠프 밖에 없었어. 형과 나는 그 캠프들을 전전하면서 몇 개월을 보냈지."

그들은 그때 함께 캠프를 탈출해서 알제로 갔다. 알제에서 한동안 함께 지냈는데 의지할 수 있는 아무런 친척이 없었던 알제에서의 생활 역시 비참하긴 마찬가지였다. 그들은 지쳐있었고 여전히 고향을 버리고 도망쳐 나왔다는 죄책감 때문에 정신적으로 시달리고 있었다.

"어쨌거나, 그 당시 형은 손쉽게 넘어갈 수 있는 모로코 쪽으로 가길 원했고, 난 알제에 그냥 남았지. 프랑스로 가려고 기회를 노리면서 말이야. 프랑스가 유일한 희망이 돼버렸던 거야. 그때는 그럴 수밖에…… 그러나 알제에서 일 년 넘게 있었지만, 별로 할 얘기가 없어."

몇 살 터울인 형은 유럽을 무조건 싫어했다. 그래서 이브라함의 만류에도 불구하고 아프리카 도시인 카사블랑카로 가기로 선택한 것이다. 헤어질 때 형이 말했다. "넌 착한 아이니까 잘 할 수 있을 거야. 많은 행운이, 정말 행운이 따라줘야 할 거야. 신이 기도 소리를 외면하진 않겠지. 하지만 신이 세세히 살핀다고 믿지 마라. 신은 간절히 요청하지 않으면 도와주지 않는단다. 세상에 사람이 너무 많지 않느냐. 네가 다가가야 하겠지. 신께 기도하라. 기쁜 마음으로 항상 기도하라.

알라 신이 네게 축복을 내리시고 널 보살펴주시기를! 알라 신이
빛나는 얼굴로 너를 돌아보시고 네게 온갖 호의를 베풀어주시기
를!”

그 후 형과는 다시 만나지 못하였다. 그 형이 가끔 그리웠다.

운명의 장난

각자의 가슴 속에 자기 운명의 별이 있다.
— 실러

가장 강한 사람도 운명을 막지 못한다.
선한 사람은 일찍, 악인은 늦게 죽는다.
— 다니엘 디포

보츠와나에서 가장 뜨겁고 건조한 시기, 하늘에는 구름 한 점 없이 햇빛은 무섭게 쏟아지고, 비가 언제 왔는지 기억조차 가물가물하며, 비가 내릴 기미가 도통 안보일 만큼 너무 막막한 때. 어느 날 기적처럼 갑작스럽게 천둥번개가 치고 비를 잔뜩 머금은 검은 먹구름이 몰려오더니, 장대비가 쏟아져 내리면서 오카방고 삼각주에 홍수가 찾아온다.

그때쯤이면 바예이족 사람들은 강가로 몰려 나와서 외쳤다.

"비야 내려라, 어서 내려라. 쏟아져라. 끝없이 쏟아져라. 여기저기에 실컷 뿌려야지."

"물이 오고 있다네."

"물고기도 오고 있다네."

"수련이 곧 필거야."

"그래 맞아, 생명이 오고 있는 거야."

비가 내리기 시작하면 홍수로 넘친 물이 타들어갔던 메마른 대지를 흠뻑 적셔서 사바나는 불과 며칠 만에 싱싱한 초원으로 탈바꿈한다. 메말랐던 삼각주에 갑자기 생기가 감돌고, 땅의 열기로 아지랑이가 피어오르며, 거의 죽어있던 풀줄기 안으로 습기가 스며들자, 잠자던 개구리들은 잠에서 깨어나 요란스럽게 울어대면서 잊고 지내던 식구들을 불러낸다.

오카방고 강의 습지에는 날카로운 지느러미가시와 독성 점액을 가진 은색메기가 떼를 지어 무더기로 물길을 오르면서 미친 듯이 파닥거리고, 민머리황새들이 그들을 잡아먹기 위해 호시탐탐 기회를 노리고 있었다.

밤이 되면, 낮 동안 강기슭에서 햇볕을 쬐며 느긋하게 휴식을 취했던 악어 떼들이 사냥을 하기 위하여 활개를 치고, 남쪽에서는 가젤, 얼룩말, 코끼리들이 습지대의 습생식물들을 이리저리 가볍게 헤치고 무리를 지어 찾아온다. 아프리카 물소가 삼각지의 여울을 건너고, 포식자인 사자들이 그들을 뒤쫓아 몰려온다.

앙골라 고지에서 발원한 물길은 완만한 원을 그리며 뱀처럼 구불구불 흘러가는 오카방고 강으로 밀려왔다가 삼각주를 흠뻑 적신 다음 칼라할리 사막 가장자리에 도착한다. 삼각주의 범람 지역은 계절에 따라, 해에 따라 크게 바뀌고, 수많은 물길과 섬들이 생겼다 사라지기를 반복한다. 여기에서도 대자연의 순환과 반복이 이루어지는 것이다. 그러나 강물은 사막에서 더 나아가지 못하고 모래 속으로 숨어 버리거나, 일부는 자신을 증발시켜서 바람의 가슴에 안겨 멀리 날아가 버린다.

홍수는 매년 4월쯤이 절정기여서 5월이 되면 벌써 수위가 내려가기 시작하면서 대지는 다시 바싹바싹 메말라간다.

그런데 그런 우기도 곧 끝나간다. 우기의 끝자락에서 먹이가 풍부한 강이 마르기 시작하고, 수만 마리의 홍학은 이곳저곳 물웅덩이에 갇혀 팔딱거리는 손쉬운 먹잇감을 포식하면서 호화로운 최후의 만찬을 즐긴다. 그 후 칼라하리를 떠나 먼 여행을 시작한다.

그리고 혹독한 건기 동안 머나 먼 해안지대에 머물면서 이듬해 사막의 비를 알리는 신비의 신호를 기다린다. 그들은 매년 귀향을 되풀이한다.

나는 람보처럼 생긴 건장한 반투족 출신 여행 가이드인 인품비

와 여행용 짐을 운반해 줄 바예이족 출신의, 눈을 가릴 만큼 챙이
넓은 밀짚모자를 쓴 젊은 남자 바들라와 함께 보츠와나의 사바나
를 온몸이 땀과 먼지에 절어 끈적끈적할 만큼 지평선을 향해 천천
히 걸었다.

그때는 회사로부터 한 달간의 휴가를 얻어서 벼르고 별렀던 보
츠와나의 오카방고 강으로 여행을 하던 중이었다.

국립공원의 전직 밀렵감시원이었던 인폼비는 동부 아프리카의
마사이 족이 입는 붉은 색 긴 겉옷을 걸치고, 오른 손에는 야생
동물의 공격을 물리치기 위해서 호신용 기다란 창을 든 채 걸었는
데, 걷는 동안 끊임없이 휘파람 소리를 내고 노래를 불렀다.

그의 힘줄이 불거져 나온 굵은 팔뚝에는 군청색 블랙맘바 뱀
문신이 금방이라도 튀어나올 것처럼 생생하게 새겨져 있었다. 그
뱀은 아프리카의 험난한 삶에서 그를 지켜주는 성스러운 토템이
었다.

인폼비는 남아프리카공화국의 네덜란드계 백인을 가리키는 아
프리카너 농장에서 오랫동안 경비원 겸 농부로 일한 경력이 있어
서 영어를 아주 잘 하였다.

백인 농장주들은 겉으로는 더 이상 인종차별주의자가 아니었다.
그들은 현실적으로 인종 차별을 할 수가 없었다. 그들이 일꾼들을
부당하게 막 대하고 학대하면 그 보복은 몇 배가 되어 돌아왔다.

다음 날 아침 일어나면 농장의 가축들 태반이 목이 베어 죽어 있는 것을 발견하게 될 것이다. 그래서인지 시골에서 농장주들은 흑인과 혼혈인 컬러드 일꾼들과 함께 사이좋게 지내야 하였다. 그렇다고 해서, 여러 세대에 걸친 뿌리 깊은 인종차별과 노골적인 증오심, 흑인들의 무력감이 사라진 것은 아니었다. 이런저런 형태의 아파르트헤이트 잔재는 그들 삶의 이면 곳곳에 여전히 도사리고 있었다.

당장의 문제는 오히려 컬러드coloured와 도시 주변의 흑인 빈민굴에서 쏟아져 나오는 불법 거주자들이었다. 남부 아프리카 전역에서 수백만 명의 불법 이민자들이 일거리를 찾아서 도시 근교로 몰려들었고, 그들은 양철, 나무와 골판지로 얼기설기 만든 판잣집에서 살고 있었다.

컬러드들은 금요일 오후부터 술을 인사불성이 되도록 잔뜩 마셨다. 그리고 폭력은 고질병이 되었다. 뚜렷한 이유 없이 칼로 사람의 등을 찔러 죽였다. 또 불법 거주자들은 몹시 가난하였고 변변한 일자리가 없었다. 그들의 직업은 강도질과 살인, 음주와 폭력, 마약이었다. 그들은 흑인이건 백인이건 가리지 않고 잔악한 짓을 서슴지 않았으므로 백인 농장에서 최대의 골칫거리였다.

그 농장이 있는 구릉지를 빙 둘러싸고 있는 산맥의 봉우리에는 겨울마다 눈이 덮이지만, 여름에는 연옥의 불길 같은 열기가 골짜기를 덮친다. 농장 건물의 베란다에는 성장촉진제에 의해 잘 자란 장미꽃이 만발해 있고, 구석에서 자카란다 나무의 꽃이 화사하게 피어있는 정원의 잔디는 깔끔하게 손질되어 있다.

그러나 그 농장에서는 그들의 난폭한 침입을 막기 위해 건물마다 창문에 철창을 설치하고 문에는 철책을 설치했으며, 소총과 날카로운 긴 칼, 곤봉들로 무장하고 있어야만 하였다.

인픔비는 그 감옥 같은 생활이 진저리가 나자 시골 고향으로 돌아온 것이다.

그는 5년쯤 된 칼라하리의 젊은 수사자들이 떼로 덤벼들어도 혼자서 물리칠 수 있다고 허풍을 떨었다. 실제 그는 공식 기관으로부터 받은 사냥 허가증이 있었다. 그는 해마다 세 마리의 사자를 죽일 수 있었다.

그는 작년에 암사자를 잡을 당시의 상황을 요란하게 재연해 보였다.

그는 과감하게 사자에게 다가가서 으르렁거리며 멈칫거리는 사자의 옆구리에 단번에 날카로운 창을 던져 깊숙이 꽂히게 하였다. 사자는 목을 길게 빼고 몸을 뒤틀며 몸부림쳤다. 온몸이 굳어지면서 마지막으로 공중을 향해 포효한다. 사자는 강물처럼 피를 흘리고 죽었다. 그러고 나서 인픔비는 곤봉과 칼을 양손에 들고 마구 휘두르며, "아지제 아제에 (덤빌 테면 덤벼라! 얼마든지 상대해줄 테니!)”라고 마구 악을 써서 다른 사자들의 공격을 막았다.

그런데 그의 놀라운 고백에 의하면 아내는 에이즈로 1년 전에 죽었지만 자신에게는 아직 아무런 증상이 나타나지 않았고 여전히 건강하였다.

인품비와 그의 아내는 매춘에 관계한 일도 없었고, 마약 복용자도 아니었으며, 더욱이 인품비는 남성 동성애자도 아니었다. 그러므로 도대체 감염 경로를 알 수 없었다. 그러나 그들이 태어나고 자란 보츠와나에서는 인구의 거의 20퍼센트가 HIV에 감염됐고, 매 시간마다 적어도 한 명이 인체의 면역체계를 무력화시키는 바이러스인 HIV에 감염된 채 태어났다.

그때 올리브 우카자부기루가 말했다. “전, 솔직히 말해서 이 병에 어떻게 걸렸는지 잘 모르겠어요. 짐작조차 할 수 없어요. 제가 이 병에 걸릴 줄은 꿈에도 몰랐어요. 여보, 당신은 이해할 수 있겠죠. 당신은 절 잘 알고 있으니까요. 이 병에 걸린 것은 제 인생의 최대 고통이고, 시련이예요. 전 HIV진단을 받아들일 수가 없어요. 여전히 받아들이기가 어려워요. 우리가 아직 아기가 없어서 다행이라고 할 수 있겠죠. 당신만은 안전하길 바래야죠.

제 감염 사실이 다른 사람들에게 알려지는 것이 두려워요. 제 모습을 아무에게도 보여주고 싶지 않아요. 사람들은 저를 따돌릴 거예요. 그리고 말이죠, 죽음이 다가오고 있다는 것이 가장 괴로워요. 전 대학살에서도 혼자 살아남았는데 말이죠.”

에이즈는 남부 아프리카 곳곳에서 재앙처럼 번져가고 있었다. 에이즈로 사람들이 파리 목숨처럼 죽어갔다. 천주교의 젊은 사제들도, 에이즈 퇴치 캠페인의 지도자까지 에이즈에 걸렸다.

그들은 자포자기하고 있었다.

“에이즈는 치료약이 없어. 걸리면 무조건 죽는 거야. 치료가 불가능해. 주술사도 못 고치고, 백인 의사도 못 고치지. 에이즈는 누구나 걸릴 수 있지, 백인과 흑인, 어린애나 할머니, 남자와 여자 모두 걸리지. 예수님을 믿어도 아무 소용없어, 예수님은 백인이고, 유럽 사람이지. 그는 아프리카 사람들에게는 관심이 없는 거야.”

그의 아내는 처음에는 체중이 줄기 시작하면서 호흡곤란 증세를 보였고, 얼마쯤 지나자 속수무책으로 고열과 매스꺼움으로 얼굴이 일그러지기 시작하였다. 그 후에는 폐에 물이 차오르자 숨을 헐떡거렸고, 목에서부터 입술, 얼굴, 몸통으로 퍼진 커다란 종기들이 곪아터지기 시작하였다. 어느덧 중추신경계가 손상돼 눈을 감거나 입을 다물 힘조차 없을 만큼 무기력하게 되고, 마침내 피골이 상접해서 일흔 살 노인처럼 보였다.

그 당시 그의 작은 판잣집은 요하네스버그에서 보츠와나 국경쪽으로 자동차로 두 시간 정도 거리에 있는 농가 주택지에 있었다. 우카지부기루는 방 안 마룻바닥에 누워서 벌써 몇 번째 발작을 일으키더니, 곧 의식불명 상태에 빠졌다. 그러므로 단 한마디의 마지막 유언조차 남기지 못하였다. 그녀의 구릿빛이 감도는 갈색 피부가 바싹 말라비틀어져 마치 미라 같았다. 불과 서른 몇 살밖에 안된 아내가 이렇게 죽을 거라고는 미처 생각지 못했다. 그녀의 죽음은 이미 예견되어 있었지만 말이다.

그녀는 1993년의 르완다 내전 당시 대학살에서도 용케 살아남았지만 아프리카 전역을 휩쓸고 있는 검은 재앙인 에이즈 앞에서는 속절없이 무너진 것이다. 그는 그때 속수무책으로 지켜볼 수밖에 없었다. 지금도 그때의 처참한 광경을 떠올리면 저절로 몸서리를 치게 된다.

그러나 언젠가 그의 몸속에 잠복해 있던 병균이 악마처럼 나타나 활동을 개시하면 결국 바이러스가 뇌에 침투하여 자신도 똑같은 처지가 될 것이다. 인품비는 아내처럼 운명에 순순히 순응하기로 체념하고 있었다.

나는 지평선을 향하여 그리 멀지 않은 곳에서 야생 코끼리들이 어슬렁거리는 모습을 바라보면서 계속 걸었다. 그리고 자신이 진정으로 살아 있음을 느낄 수 있었다. 살아있는 것, 이곳에 존재하는 그 자체가 어려운 일이었지만 말이다.

　내가 발걸음을 옮길 때마다 어느새 누르스름하게 변해버린 사바나의 풀들이 발밑에서 힘없이 부스러졌다. 그 풀들 역시 어서 빨리 우기가 돌아오기를, 먹구름이 몰려와 장대비를 뿌리기를 누구보다 애타게 기다리고 있었다.

　온 세상 만물들은 때를 기다리는 법이다

신의 장난

장난꾸러기들이 파리를 다루듯이 신들은 인간을 다룬다.
신들은 장난삼아 인간을 죽인다.
—셰익스피어

이브라함의 고향 마을은 사하라 사막의 남쪽 오지 중에 오지에
있는 사막의 협곡 작은 오아시스에 자리 잡고 있었다.

평화스러운 시절에는 염소와 양떼들이 협곡 여기저기에 제법
무성하게 자란 관목덤불을 뒤지며 한가롭게 잎을 뜯었다. 마을 둘
레에 듬성듬성 늘어서 있는 수백 그루의 대추야자나무들이 목가
적 풍경을 연출하고 있었고, 북쪽 지중해 연안 저지대로 가기 위
하여 적막한 사막의 허공을 한참 동안이나 날아온 붉은 왜가리 해
오라기 말똥가리 물수리 황새 적매 등 지친 철새들이 대추야자나
무에 내려와 잠시 쉬어가기도 하였다.

그 마을에는 아이들처럼 소박하고 단순한 갈색 피부의 사람들
이 옹기종기 모여 평화스럽게 공동체적 삶을 살았다.

그 마을이 완전히 죽음의 마을로 변하였다.

지금은 다 부서진 흙벽돌집에 모래만 잔뜩 쌓인 채 잔해만 남
아있다. 집이라고 해야 불과 열 몇 채밖에 보이지 않았지만. 무너
져 내린 흙벽돌 위에는 굶주린 독수리들만이 졸면서 앉아 있을 뿐
이다. 그것들은 그곳에 눌러 앉아서는 도더체 떠날 생각을 않고
있었다. 아름다웠던 대추야자나무들은 오랜 가뭄을 견디지 못하고
흔적도 없이 사라져 버렸다. 그런 삭막한 풍경위로 뜨거운 태양이
무섭게 쏟아져 내렸다.

14년 전 즈음인가.

타만라세트에서 말리 접경 남쪽으로 멀티 떨어진 고향 마을에
심한 가뭄이 들었다. 원래 마을이 위치한 그 지역에는 강우량이
매우 적고 불규칙하긴 해도 이번처럼 가뭄이 심한 적은 없었다.
그때 마을사람들은 숭배의 집인 마을족장 집에 모두 모여 밤낮으
로 신께 열심히 기도하였다.

늙은 족장 모하메드는 주술사이면서 신의 대리인이었다. 그는
언제나 자신의 권위를 과시하기 위해 옆구리에 상아 손잡이가 달
린 작은 청동제 단검을 차고 다녔다.

어느 날 마을 복판에 있는 족장의 흙벽돌집 좁은 마당에 마을 사람들이 빼곡히 모여 앉아 이구동성으로 읍소하였다. 그 집안은 대대로 족장의 집안이었다. 부족장은 세습직이었기 때문이다.

그들은 남루한 옷차림에 말을 할 때마다 온통 썩은 이 또는 뿌리만 남은 이를 드러냈다. 그 자리에는 역한 땀 냄새와 허기, 불안이 짓누르고 있었다. 그들은 집단적인 히스테리에 빠져 있었다.

"이대로 가면 식량은 곧 떨어질 것입니다. 두 번째 우물마저 말라가고, 세 번째 우물만 남아 있습니다. 가뭄으로 마을의 양과 염소는 떼죽음을 당했습니다."

"우리는 어떻게 해야 하나요? 지금이라도 떠나야 할까요?"

그들은 애원하는 표정으로 족장에게 대답을 재촉하였다.

모하메드는 키가 크고 깡말랐으며 무표정해 보이면서도 눈은 이따금씩 기이한 섬광을 뿜었다. 그러나 그는 근엄했다. 그는 옛날을 회상하면서 느릿느릿 위엄 있게 약간 쉰 듯한 목소리로 이야기를 시작하였다. 그만이 험난한 마을의 역사를 꿰뚫고 있었다. 그는 족장답게 자기 말의 중요성을 잘 알고 있었다. 그래서 족장의 말 한마디 한마디는 절대적 권위를 가지고 있었다. 그는 가끔 그곳으로 강림하는 성령이라도 붙잡으려는 듯 손을 허공에 내저었다.

"여러분…… 이야길 끝까지 들어야하겠지. 아주 길게 이야기해야 할 것 같으니까. 지금부터 우리 마을의 기구한 역사를 죄다 이야기할 거야……. 먼 옛날에, 지금부터 50년쯤 전 일이야. 그때 내가 아마 열 몇 살쯤 되었을 거야. 바다 건너 북쪽에서 큰 전쟁이 일어난 거야. 그게 바로 제2차 세계대전이었어…….

처음에는 너무나 고소했지. 유럽인들이 자기들끼리 치고받고 싸우는 거니까. 그 전쟁은 우리와는 아무런 상관이 없는 일인 줄만 알았지. 그건, 그저 공상 속의 전쟁이었어. 그래서 강 건너 불인 줄로 알았어…….

웬걸, 군인들이 어느 날 옛 마을에 불쑥 나타난 거야. 처음 보는 강력한 총을 들고 말이야. 군인들은 잔인했고 너무 무서웠어. 함부로 방아쇠를 당겼으니까. 이탈리아 파시스트들이었지. 그들은 만날, '빈체레(무찌르자)'를 외치고 다녔어.

그런데 말이야. 그때, 트리폴리 근처 마을에서 베르베르인 두 명이 백인도 죽을 수 있는지 알고 싶어서 이탈리아 군인 한 명을 칼로 찔러 봤는데 그만 죽고 말았단 말이지, 그러니까 군인들이 복수한다고 탱크까지 동원해서 마을을 완전히 쑥대밭으로 만들고, 어른, 어린애, 여자들 할 것 없이 모두 100여 명을 총으로 쏴 죽인 일이 있었지. 그 많은 낙타, 양들까지 모든 움직이는 것은 하나도 살아남지 못했어. 엄청나게 총알을 쏟아 부은 거지.

그놈들은 에티오피아의 아디스아바바를 점령한 후 에티오피아

애국군과 싸울 때도 똑같은 만행을 수없이 저질렀지. 곤데르에서는 민간인 군중에게 발포하였는데, 그때도 노인, 어린아이, 여자, 불구자 가리지 않고 군중이 모조리 쓰러질 때까지 기관총을 갈겼으니까.

파시스트들은 사람을 천천히 괴롭히면서 죽이는 방법과 단숨에 인정사정없이 죽이는 방법 등 온갖 종류의 살인 기술을 습득해서는 몸소 실천한 거지. 그렇게 공포 분위기를 조성해서 이탈리아 황제 비토리오 에마누엘레의 칙령을 들먹이며 우리의 땅을 강탈했어. 그리고 검은셔츠단과 군단, 제국의 관리들이 위탁 관리한다고 일방적으로 선언했지. 그걸로 끝장났어. 그들의 허락 없이는 모든 행위가 금지되었어. 그놈들이 갑자기 나타나서 주인 행세를 한 거지. 정말 아름다운 오아시스였어, 대지에는 물이 풍부하고 종려나무도 채소도 다 잘 자랐지."

아직은 초저녁이었다. 아무도 움직이지 않았고 주위는 쥐 죽은 듯이 고요하였다. 신의 대리인은 꺼진 담배를 다시 태워 물고 천천히 이야기를 계속하였다.

"파시스트는 아프리카인을 짐승이나 벌레처럼 취급했어. 그 사람들은 우리를 무조건 싫어했어. 그것들은 기름진 음식을 너무 많이 먹어서 입에서는 악취가 났고 살이 피둥피둥 쪄서 뒤뚱거리는 꼴이 가관이었어.

‘검둥이 새끼들은 아무 짝에도 쓸모없는 놈들이야, 채찍으로 무조건 갈기고 짓밟아야 되지.’라는 말을 입에 달고 살았어. 우리도 자기들처럼 꿈을 갖고 삶을 사랑하는 인간이라는 사실을 인정하지 않았지.”

그들은 제복의 허리띠에 하마가죽으로 만든 채찍을 매달고 다녔다. 그 가죽은 워낙 질겨서 칼날처럼 사람의 살갗을 파고들기 때문에 채찍질을 당하는 사람에게 엄청난 고통을 안겨주었다.

튀니지 국경에서 멀지 않은 곳에 자리 잡은 엘우에드는 천 개의 돔을 가진 돔의 도시였다. 수백 개의 샘물이 수십만 그루의 대추야자 나무에 물을 공급하고 그 대추야자 나무 숲이 녹색의 장벽처럼 도시를 감싸고 있다. 밤이면 모스크 꼭대기의 초승달 위로 하늘의 달빛, 별빛이 신비스러운 흰 빛을 발했다.

그 도시에서는 하루 다섯 번씩 기도 시간을 알리는 무에진의 목소리가 들려왔다. 그 목소리는 높으면서 약간 떨리는 듯 했다. 공중에서 원을 그리며 날고 있는 한 마리 새의 긴 탄식처럼 들리는 그 소리는 도시의 골목 구석구석을 깊숙이 스며들며 메아리 쳤다. 그 소리가 세상을 가득 채웠다.

종려나무 숲이 빙 둘러싸고 있는 작은 오아시스에 자리 잡은 마을은 참으로 아름다웠다. 야자수들이 작은 숲을 이루고 있었고,

야자수의 줄기와 커다란 잎으로 지붕을 만든 오두막집들이 족장의 집을 중심으로 모여 있었다. 근처 계곡의 저지대에는 검은 화산석으로 둘러싼 우물들이 여러 개가 있었는데, 그 우물은 결코 마르는 법이 없었고 아주 시원하기까지 하였다. 마을에서 바다는 보이지 않았지만 이따금씩 멀지 않은 바다에서 불어오는 바람에 키 큰 종려나무 나뭇잎들이 살랑거렸다.

"우리 부족의 조상들은 아주 옛날에, 백 년인가, 이백 년인가 전에는 아라비아의 헤자즈 지방에서 유목민의 삶을 살고 있었어.

그런데, 헤지라 1266년, 무하람 달의 어느 긴 밤에 벌어진 수니파에 속하는 다른 부족과의 격렬한 칼싸움에서 우리 부족은 패배하였지. 그때 헤자즈에는 베두인족 내에도 500개도 넘는 수많은 부족의 분파가 서로 돕기도 하고, 이해타산 때문에 으르렁거리기도 하면서 살고 있었지.

그 당시 주위는 온통 검붉은 자갈과 용암, 모래 등으로 뒤덮인 불모의 땅이었지. 그 땅에는 한 포기의 풀도, 한 송이의 꽃도 자라지 않았고, 날아다니는 새도 보이지 않았어. 그러나 사막의 남쪽 언덕 사이 골짜기에 한 자락 비옥한 땅과 함께 오아시스가 자리 잡고 있었는데, 거기에는 물이 풍부하여 모든 풀들이 향기롭고 다양한 색깔의 꽃을 피우고 있어서 서로 탐을 낸 거지. 그 땅을 서로 차지하려고 싸움이 일어난 거였어.

어쨌거나, 그날 밤에는 횃불이 불타는 가운데 반월도가 번쩍거리고, 춤을 추고, 날카롭게 부딪치고, 검붉은 피가 모래를 적셨지. 증오에 찬 검이 부딪치는 소리가 사각에 울려 퍼질 때마다 사랑과 증오가 함께 폭발하였지. 서로 간에 수많은 살육이 일어났어. 그때 죽은 사람의 육체는 파괴되고 영혼은 도래바람에 흩날려 사라져버렸겠지. 그때 살아남은 일부가 이동을 시작한 거야. 승리한 부족은 땅과 가축을 빼앗고, 이동을 허락해준 거지. 그건 위대한 알라 신이 이미 예정한 일이었지.

처음에는 지중해를 향하여 시나이 반도를 북상하여 지금의 포트 사이트 근처에 이르자 오른쪽으로 북상하여 예루살렘이나 다마스쿠스 쪽으로 갈 것인지, 아니면 남쪽 이집트 쪽으로 내려갈 것인지 갈림길에서 혼란을 겪었던 것 같아. 그때 무슨 이유인지 모르지만 결국 남쪽을 택했지. 아주 옛날부터 '남쪽은 아랍인의 요람이고, 북쪽은 그들의 무덤'이라는 아랍 속담이 있었는데……우리 부족은 아라비아 반도의 남쪽에서 쫓겨나서 '순례자의 길'을 따라 북쪽으로 올라갔고, 북쪽에서는 지중해성 기후 덕분에 부드럽고 따스한 해안가를 걸어서 남쪽으로 이동한 거야. 남쪽에서 희망을 발견한 거겠지. 조상들은 유목 생활을 계속하면서 서쪽으로 조금씩 이동하던 중 엘 우드 근처의 옛 마을에 자리를 잡은 거야. 처음에는 엘 우드에서도 역시 유목생활을 하였겠지. 그러다가 살기 좋은 계곡을 발견하고 그만 정착한 것이지. 그래서 엘 우드가 종착지가 된 거야…….

그리고…… 아름다운 투아레그 여인들을 만나 결혼을 하면서 그들 부족에게 동화되어 흡수되어 버린 거지. 우리 부족이나 그들 부족이나 같은 사막의 유목민으로서 생활방식이 아주 비슷했거든. 그래서 쉽게 동화된 거야. 사막에서는 결혼을 통해 부족 간에 결합이 이루어지지.”

그러나 그들 부족은 속수무책으로 마을에서 쫓겨날 수밖에 없었다. 그것도 아주 멀리 떠나지 않으면 안 되었다. 가까운 곳에 있는 우물이나 오아시스마다 군인들이 진지를 만들어 그들의 접근을 막고 있었다. 그들 부족은 애스카라 제복을 입고 거들먹거리는 파시시트들에게 쫓긴 나머지 대충 짐을 꾸리고, 가축들을 모아서, 모두 함께 알제리 북쪽, 동부 그랑데르그의 중심 도시인 엘우에드 근처의 옛 마을을 황망히 떠나지 않으면 안 되었다. 그 후 투구르트, 우아르글라, 엘골레아, 인살라, 아라크, 타만라세트 등 알제리의 사막도시들 주변을 지나쳐 남쪽으로 내려오면서 다른 부족의 땅이 아닌, 주인 없는 오아시스를 찾아 끝 모를 방랑을 시작한 것이다.

“우린 별자리를 따라 무작정 남쪽을 향하여 걸었어. 밤하늘에서 큰곰자리처럼 쉽게 알아볼 수 있는 별자리는 없어. 큰곰자리 별들을 따라 내려가면 작은곰자리별들 중 하나가 바로 북극성이야. 그 별이 이정표이지. 하늘에 남극성은 없거든.

사막에서는 지도를 따라가지 말고, 별을 따라가야 하는 거야……. 낙타에 짐을 싣고 염소와 양떼를 이끌면서 말이야. 그러나 염소와 양들은 내려오는 도중에 갈증과 병으로 대부분 죽었지. 우리는 죽은 동물들을 양식으로 삼았어. 우물이 있는 곳에서 밤이면 텐트를 치고 야영을 하였지. 밤은 너무 추웠어. 여자들과 아이들은 텐트 속에서 잠을 자고 남자들은 꺼져가는 모닥불 주위에서 옆에 긴 칼을 놓고 쭈그리고 앉아 겨우 잠을 잘 수 있었어. 주위에는 타마지트어를 쓰는 베르베르족 강도들이 따라 다녔거든……."

"……신이 우릴 인도한 거야. 여기까지 오는데 1년하고 몇 개월이 더 걸렸지. 그때 우리는 맨발에 누더기 옷을 걸치고 우물과 오아시스, 목초지를 찾아 떠도는 사막의 유랑민이었어. 사막 중의 사막인 이곳에 도착하였을 때 사람은 없었어. 베두인 대상들이 가끔 낙타 무리를 이끌고 지나갈 뿐이었어……."

"……사막이 아름다운 것은 그곳 어딘가에 우물이 숨겨져 있기 때문이야……. 우리는 날마다 동이 트는 첫 새벽부터 걷기 시작했어. 배가 고픈 것은 별것 아니야. 입술과 혀가 굳어지는 갈증은 너무 고통스러웠어.

그때 남은 양식이라곤 얼마간의 말린 대추야자와 종려나무 열매, 밀가루가 전부였어. 꿀은 진즉 떨어졌고, 절뚝거리며 힘겹게 걷던 염소들이 죽은 후에는 우유도 더 이상 마실 수 없었지. 어린 아이들과 늙은이들의 고통이 심했지. 그때, 가엾게도 몇 사람이 열사병과 괴혈병으로 죽기도 했어······.”

공기는 무겁게 가라앉아 있었다. 그들은 그때 모래에 반사되는 무서운 햇빛 때문에 반쯤 눈을 감고서 끝없이 사막을 걸으면서 지칠 대로 지쳐 있었다. 때로는 햇빛은 강렬한데 사막의 바람이 불어와 모래먼지가 마구 휘날리는 가운데 그늘 한 점 없는 사막을 몇 시간씩 걷기도 하였다. 그러나 밤이 오면 그들의 몸은 추위 때문에 얼어붙었다. 그들은 어른이나 어린애, 남자나 여자 할 것 없이 맨발에다 다 찢어진 누더기 옷을 걸치고 있었고, 몇몇 사람만이 겉옷을 찢어서 만든 걸레조각으로 발을 칭칭 동여매고 걸었다. 꼬마 아이들은 완전히 벌거숭이였다. 모두 한결같이 사막의 햇볕에 얼굴이 그을려서 숯 조각보다 더 검게 탔고, 눈은 충혈 되고, 입술이 갈라져 피가 났으며, 허기와 갈증 때문에 입술과 혀가 말라서 굳어지고, 뼈만 앙상할 정도로 삐쩍 말라 있었다. 상처 자국과 벌레 문 자국이 온몸을 뒤덮고 있었다.

그리고 쇠약한 사람들은 무참하게 쓰러졌고, 남자들이 죽은 시체를 모래무덤 속에 묻었다. 그들 모두에게 죽음의 순간이 점점 다가오고 있었다. 그들은 사막의 잔혹한 침묵 속에서 고득하였고 아무도 말을 하지 않았다.

이야기가 점점 길어지고 있었다. 족장은 그때 무성한 회색 턱수염을 쓰다듬었다. 그는 어두운 하늘을 향해 한동안 합장했다가 다시 두 손을 풀었다. 그러고 나서 그는 다시 담배에 불을 붙였다. 파란 연기가 회색 털투성이 콧구멍으로 뿜어져 나왔다. 연기가 허공 속에서 말렸다가 풀렸다. 그는 여전히 엄숙한 태도로 말을 이어갔다. 마을 사람들은 여전히 하나 같이 꼼짝없이 앉아서 경청을 하였다. 밤은 춥고 고요했고 별은 빛나고 있었다. 이브라함은 아버지 곁을 떠나지 않았다.

"그래도 우리는 지도자의 지시에 따라 매일, 매순간 끊임없이 신께 기도했어. 어린 나도 어른들이 시키는 대로 열심히 기도했지. 신이시여 도와주소서. 저희가 왔습니다. 우린 절망 속에서 기진맥진했지. 아주 어려운 시기였어. 그때 지도자가 끊임없이 용기를 불어넣어 주었지. 그분이 없었더라면 우린 결코 살아남지 못했을 거야. 그분은 족장이 아니라 사막에서 종족을 이끌고 가는 모세라고 할 수 있었지"

지도자의 움푹 들어간 뺨이며 깊은 주름살은 지나간 삶의 흔적을 고스란히 보여주고 있었다. 그의 눈은 항상 먼 곳을 바라보고 있었다. 그러나 여전히 그의 목소리는 음색이 풍부하였다. 검은 수염으로 뒤덮인 부드러운 입은 항상 농담을 잘 했다. 아무리 어렵고 힘들어도 내색을 하지 않았다. 다만 그 지도자는 보기 드문 골초여서 담배가 한시도 입에서 떨어지지 않았다.

달이 없는 캄캄한 밤하늘에 무수한 별들이 총총히 빛날 때면 그는 어김없이 아름다운 밤하늘의 별자리 이야기를 하였다. 별빛이 그 종족의 핼쑥하게 야윈 얼굴들을 희미하게 비추고 있었다. 그는 점성술사이면서 천문가이어서 하늘에서 반짝거리는 별들을 모두 알고 있었다.

"신이…… 위대한 신께서 우리에게 별이 빛나는 밤하늘을 선물한 거지. 사막에서는 다른 걸 줄 게 없었겠지. 그래서 기나긴 어둠의 시간 동안 무수한 별을 쳐다보며 경탄한 거야. 별들은 우리에게 희망을 속삭여 주었지. 밤의 공포를 잊게 해 주었지. 비는 별들의 움직임에 맞춰 오고 그쳤지. 별 때문에 인간은 기하학과 공간, 시간과 수를 발견하게 된 거야.

그런데, 별마다 각기 자신만의 특징과 고유 공간이 있어서 우주에 넓게 퍼져 있지. 어떤 신도 빗자루로 쓰레기를 모으듯 모든 별을 한 곳으로 모을 수는 없는 거야. 만약 그렇게 할 수 있다면, 우주는 거대한 빈 공간으로 변해 버리겠지. 그러면 우주는 존재 이유가 없는 거야…….

우리 부족에게 오래되고 친숙한 별자리는 사냥꾼 오리온자리이
지. 그 사냥꾼은 큰개와 작은개를 거느리고 있지. 그리고 저기 보
이는 마차부자리의 천정 부근에 노란빛의 카펠라가 있지. 카펠라
는 어미 염소를 의미하고 그 별은 세 마리의 아기 염소들을 데리
고 있어. 우린 염소를 많이 키우니깐 이 카펠라 별자리가 우리 부
족에게는 아주 중요한 의미가 있어. 그 별이 매일 밤 빛나야만 염
소가 탈 없이 자라고 젖을 많이 생산하거든.”

그런데 철새들이 천천히 허공을 가로질러 날아가는 것이 보였
다. 지도자는 철새들을 좋은 징조로 받아들였다. 이것은 필시 신
이 기적을 선물한 것이라고 생각하였다.

“신이시여, 전지전능한 신께서 우릴 버리지 마시옵소서. 굽어
살피소서. 신의 은총을 내려주십시오. 신이시여, 영원하시길……”
지도자가 신께 간절하게 기도를 올렸다.

“그때, 절체절명의 순간에 낙타를 몰고 오아시스를 찾아다니는
우아한 부족인 베두인족 대상을 사막의 길에서 우연히 만난 것은,
틀림없이 신의 계시였지. 기적이 일어난 거야. 정말 행운이었어.
지도자가 나서서 그들에게 울면서 호소하였지.

‘형제들이여…… 우선 먹을 것을 좀 주십시오 우린…… 배고픔
과 목마름, 질병에 시달리며 일 년이 넘게 사막을 헤매고 있소이
다. 도중에 죽은 사람들은 사막에다 묻고 계속 남쪽으로 걸었습니

다. 우리 생존자들도 지칠 대로 지쳐 있습니다. 그리고 뿌리를 내릴 땅이 필요합니다. 우물이 있어야 합니다. 가르쳐 주십시오. 우리의 요구가 너무 지나치다 생각지 말아 주십시오……'

그리고 지도자는 대상들에게 또다시 간절하게 말하였었지. 그 위대한 지도자는 나의 아버지이니라. 나는 지금도 똑똑히 기억하고 있는 거야.

'그대들에게 알라신의 축복이 있을 진저! 그대들의 종착지인 튀니지까지 신이 축복을 내려 안전하게 인도하길……

이 늙은이는 더 이상 두렵지 않소. 신의 명령을 따르면 그만이요. 죽으면 그뿐이니까요. 그러나 아이들이…… 젊은이들이 정말 안쓰럽습니다. 어떻게 해서든지 우리 부족을 지켜야 합니다. 저들이 아무리 종족의 뿌리를 뽑아내고 목을 자르고 집을 불태워도 말입니다. 이탈리아인들이 아름다운 마을을 불태우고 우리 땅에서 우릴 내쫓았습니다. 또, 무서운 사막이 우릴 끝까지 시험했습니다.'

그들이 우릴 구원했지, 물과 말린 대추야자 열매와 무화과 열매를 나눠 주고, 이곳으로 안내해 주었어. 사막의 부족인 베두인의 신조란 역경에서는 인내, 복수에 있어서는 집념, 강자에게는 경계, 약자에게는 보호이거든. 그들이 우릴 살려 주었어.

그 대상들은 신이 우리에게 보내준 신의 사자였어. 신이 우릴 이곳으로 인도한 거야. 여기는 신이 소유한 땅이거든. 자생한 대추야자나무가 수백 그루나 자라고 있었고, 염소가 뜯을 덩굴식물과 풀이 계곡에 제법 무성하였지. 와디에서는 우리가 필요한 만큼 소금덩어리도 나왔어. 무엇보다도 물이 콸콸 넘치는 우물이 세 개나 있었지. 우리의 생명줄인 이 와디는 타만라세트 와디의 작은 지류임에 틀림없어. 이 오아시스는 우릴 위해 기다리고 있던 천국이었던 셈이야.

우리는 마침내 신이 내려준 이 천국에 완전히 정착했지. 더 이상 옮겨 다닐 필요가 없었어. 우린, 와바르 (천막을 가진 자)에서 마다르 (집을 가진 자)로 바뀌었지.

우리는 그때 신의 은총에 한없이 감사드렸지. 지도자께서 정성껏 하늘의 신께 기도하였지. '우리 종족의 보호자이신 신이시여! 이곳에 마을을 세우도록 허락해주신 신이시여! 우리 아이들과 염소와 양들이 번성케 하시고…… 우리가 생명과 육체를 보존하도록 굽어 살펴 주소서! 신이시여 감사합니다.'라고 말이지."

밤이 더욱 깊어가고 있었다. 그러나 그날 밤 하늘에 떠오른 달이 은색 달빛을 사막에 드리웠는지는 기억할 수 없다. 그가 잠시 동안 말을 멈추고서 좌중을 눈여겨 살펴보고 난 후 새로 담배를 태워 물고 구름처럼 피어오르는 담배연기를 어두운 허공 속으로 내뿜었다. 벌써 연속해서 열 번째 담배였다. 그걸 이브라함은 기억하고 있다.

"지금은 또다시 고난의 시대이지. 하늘은 우리의 믿음을 시험하고 있어. 그런데, 말리의 무사 트라오데 흑인 집권당에 저항하는 베르베르계 투아레그족 분리주의자들이 우물 근처마다 진을 치고 있어. 분리주의자들도 파벌 대립이 심하지. 그래서 파벌 간 전쟁이 정부군과의 전쟁만큼이나 치열하지. 어떤 파벌은 정부군으로부터 몰래 자금과 무기를 지원 받고 있다고 해. 그 파벌이야말로 더욱 설쳐대면서 살육을 자행하고 있지. 이탈하는 동족들에게는 무자비하게 대응하고 있어. 투아레그는 항상 서로 뜻이 안 맞지. 그게 우리 민족의 치명적인 약점인 게야.

리비아 쪽에서 공급한 자동소총과 기관총, 로켓발사수류탄으로 무장한 반군들이 또는 정부군 쪽에서 곳곳에 서로 대인지뢰를 묻었고, 부비트랩도 숨겨놨다는, 믿을 만한 소식도 있어. 그런데 말이지, 멍청하게도 그 지뢰가 너무 깊이 묻혀 있어서 사람이 밟아도 터지지 않을 수도 있다는군.

우리 부족은 지금 알제리, 말리, 니제르 정부군에 쫓기고 있어. 우리는 포위된 거나 마찬가지야. 이쪽에는 알제리 사회주의 정권의 힘이 미치지 못하고 있어. 이 정부는 우리에게 해주는 게 하나도 없지…… 마른 대추야자와 밀가루가 아직 많이 남아 있고, 세 번째 우물은 당분간 마르지 않을 거야. 그런데 말이지, 떠날 가족은 막지 않겠어. 언제든지 떠나도 좋아. 다만, 조건이 있어. 매일 신께 감사의 기도를 드려야 해. 그러면 말이야, 신이 안전한 곳으로 데려다 줄 거야.”

“신께서…… 또다시 여기까지 찾아오실까요?” 그 순간, 누구인지, 족장에게 물었다. “족장님…… 신이 우릴 버리신 것은 아닐까요? 어쩌면…… 벌써…… 잊어버릴 수도 있겠지요?” 그 말을 한 것은 분명 아버지는 아니었다. 그때 햇빛과 바람에 시달린 탓으로 거북 등짝처럼 잔주름이 잡혀 있던 아버지의 얼굴을 새삼스럽게 쳐다보았던 기억이 새롭다. 다시 생각해보면 사촌형의 아버지로 기억된다. 그는 앞니 두세 개가 빠져 있어서 혀 짧은 소릴 냈기 때문이다.

“그건, 그 말은 전지전능하신 우리 신을 모독하는 거야. 누가 감히 신을 비난할 수 있을 것인가? 그분이 모든 걸 예비하셨던 것이니라. 모든 일은 그분의 의지에 다라 일어나느니라. 신께 교만하고 무례하게 굴지 말지어다.

이 모든 것이 신의 섭리요, 뜻인 게야. 우리는 여기 사막을 떠날 수 없어. 우리는 사막의 일부이고 사막은 우리의 일부일 뿐이야. 신이 곧 구원하려 오실 거야. 물과 식량을 보내주실 거야.”

모하메드의 목소리는 명쾌하고 힘이 있어 좌중을 설득하고 있었다. 불가사의한 신의 대리인은 열에 들떠 계속 반복하여 엄숙하게 외쳤다.

"비스밀라 (알라의 이름으로 자비를 베푸소서)"

"알라후 아크바르 (알라 신은 가장 위대하시다)"

"인샬라 (신의 뜻대로)"

"우리의 위대한 신은 전지전능하고 완벽하다. 결단코, 그분 말고 또 다른 신은 존재하지 않는다. 알라 이외에는 신이 없느니라. 그분과 대등한 자도, 경쟁자도 없다. 지혜롭고 높은 자비심을 가지신 분이며, 우리 가까이에서 무한히 베푸시고, 유일하게 무한정 관대하신 분이다. 완벽하고, 사랑이 가득한 분이시다. 알라만이 위대하시도다. 우리의 주인인 신에게 모든 영광과 찬양이 있을지어다. 무하마드는 알라의 위대한 예언자이시다. 기도하라! 마음의 평화를 얻으리라!"

마을 사람들에게는 신만이 절망적인 문제를, 모든 시련과 근심 걱정을 풀어주는 유일한 해답이었다. 전지전능한 신만이 이 사태를 알고 있었고, 신만이 이 어려운 문제를 해결할 수 있었다. 그들은 그렇게 믿었다. 어떤 희망을 보았던 것일까? 그들은 이구동성으로 중얼거렸다. "저흰…… 오직 신만을 믿겠사옵니다. 신만을…… 믿겠사옵니다. 오 주여! 오 하나님!"

사막에 밤이 깊어갔다. 밤의 색깔은 암청색으로 변했다. 사막은 죽은 듯 고요하였다. 사막을 짓누르고 있는 것은 정적뿐이었다.

춥고 매서운 바람이 모래를 휩쓸고 지나갔다. 별들이 하늘에서 쏟아져 내렸다. 멀리 사막의 모래언덕들이 어둠침침한 땅거미 속으로 스러졌다. 이브라함은 흔들거리는 등불 속에서 홀로 빛나는 족장의, 신의 대리인의 위대한 얼굴을 새삼스럽게 쳐다보았다.

그러나 아무런 소용이 없었다. 마을의 성소에서 알라에게, 사막의 전통 신에게, 다음에는 부족 신에게 양을 통째로 제물로 바치면서 비를 내려달라고 간청해도 소용이 없었다. 무서운 가뭄은 무려 4년간에 걸쳐 계속되었고, 엎친 데 덮친 격으로 정체를 알 수 없는 역병까지 번졌기 때문에 마을 사람들은 신의 구원을 간절히 기다리다 지쳐 차례로 굶어 죽고, 병들어 죽어갔다. 신은 참을성이 많아서인지 끝까지 나타나지 않았다.

그들은 잠시 동안이나마 고통을 잊기 위하여 중독성이 강한 각성제인 캇의 잎을 질근질근 씹으며 마지막까지 버텼을 것이다. 그걸 씹으면 입 안에 걸쭉한 초록색 침이 가득 돌고 코를 찌르는 독한 냄새가 고통을 일시 마비시켰다.

그때 그의 부모님과 다섯 동생들도 다 죽은 것으로 보인다. 그들의 피곤에 지친 꿈과 하얀 평화는 흙벽돌집 뒷마당을 지나 황량한 사막의 모래 속에 파묻혔을 것이다.

그가 2년 전 사막으로 막 귀환하였을 당시, 고향 마을과는 오랫동안 직접 전통적인 교역방식 대로 물물거래를 하였던 타만라세트 수끄(시장)의 투아레그족 노인이, 그가 마을을 떠나온 이후 불과 2년여 만에 일어났던 그 비극적 종말에 대하여 자세하게 전해주었다.

"그때 비는 끝내 내리지 않았어. 우물은 완전히 말라버렸고 ……. 사람들은 너무 굶주리고 지친 나머지 한 발짝 움직일 힘도 없었는데 설상가상으로 무서운 모래 폭풍이 회오리를 일으키며 계곡을 휩쓸었지. 그때의 바람은 평생 보기 드문 무서운 거였어. 그 바람은 모든 걸 날려버리고 덮어 버렸지. 그러고 나서 사라졌어. 그건 천재지변 같은 거였어. 그게 바로 심술궂은 신의 장난인 거지. 워낙 고립된 마을이어서 타만라세트에서 그 비극적 사건을 알게 된 건 상당히 오랜 시일이 지나서였지."

아랍식의 어두침침한 상점가와 낮은 흙벽돌집들이 뒤섞여 밀집해 있는 수크에는 여전히 열대의 태양이 좁은 골목 안으로 쏟아져 내렸고, 열기로 인해 숨통이 막힐 지경이었다. 어디선가 오줌 냄새, 과일과 쓰레기가 썩는 고약하고 역겨운 냄새가 풍겨왔다. 골목 안에는 채소, 곡물, 망고나 바나나 같은 열대 과일, 담배, 소금, 향신료, 설탕류, 싸구려 장신구, 박제한 코브라, 표범 가죽, 사랑의 묘약, 옷, 양탄자, 어딜 가도 빠지지 않는 콜라 등을 파는 가판대와 작은 가게들이 옹기종기 모여 있었고, 양과 염소 고기, 원숭이 머리, 도마뱀, 영양의 뒷다리와 파리 떼로 뒤덮인 짐승의 내장들이 플라스틱 용기에 담긴 채 또는 방수포 위에 그대로 놓인 채 길바닥에 널려 있었다.

날씨는 찌는 듯이 무덥고 냉장시설도 없었지만 파는 사람이나 사는 사람 누구도 그것에 신경 쓰는 사람은 없었다.

그러나 그가 찾아갔을 때는 한낮이어서 골목 안은 한산하였다. 마흐마드는 옛날 그대로인 자신의 좁은 상점에서 낡은 나무의자에 앉아 무슬림들의 물담배인 시샤를 입에 물고 꾸벅꾸벅 졸고 있었다. 얼굴이 온통 주름투성이였지만 한없이 인자한 마흐마드가 찻주전자에 담긴 차를 가득 따라주면서 아주 천천히 말했다.

"차를 마시면 마음이 따뜻해질 거야. 많이 마셔도 상관없어. 물론, 네 아버지를 잘 알지. 여러 차례 우리 가게에 왔으니까. 난 들어본 적이 없었지만, 임자드를 잘 켠다고 소문이 자자하였지. 아버지는 참으로 멋있는 사람이었어.

신이 하늘나라로 일찍 데리고 간 거야. 모든 게 신의 뜻이지. 네가 가족들을 여전히 사랑하고, 마음속에 기억하고 있는 한, 죽은 게 아니란 말이지. 그들은 계속 살아 있는 거야. 무슨 말인지 잘 알겠지…… 네 아버지는 언제나 너의 마음속에도 너의 마음 밖에도 살아있는 거야. 그러니까, 여기에도 있고 저기에도 있는 거지. 아버지는 하늘나라 자기 별에 앉아서 널 내려다보고 있겠지.

네 엄마도, 동생들도 마찬가지일 거야. 네가 이렇게 훌륭하게 자란 것을 보고 모두가 자랑스러워할 거야."

이브라함은 망연자실한 상태에서 마흐마드의 말을 듣고 있다.

"고향에 돌아와서 많이 실망했을 거야. 그렇지? 떠날 때보다 나아진 게 하나도 없으니까. 가뭄 때문에……. 또, 무슨 탄광 개발을 한다고 목초지가 얼마 남아있지 않아서 투아레그의 옛날 식 유목민 생활은 더 이상 불가능하게 되었지. 게다가 너희 부족은 다 하늘로 올라가 버렸으니……. 우리 집에서 당분간 지내도 좋아. 그리고 무슨 할 일이 있는지 찾아봐야 할 거야. 사막에 관광객이 몰려오고 있으니까, 그 쪽 일을 하는 것도 괜찮을 거야. 넌 프랑스어를 잘 하니까 말이지……."

그때 마흐마드는 거북이 등처럼 두툼하고 딱딱한 손으로 그의 머리를 쓰다듬고 얼굴을 부드럽게 어루만지며, 서럽게 흐느끼던 그를 위로하였다.

바다

고향 마을은 벌교읍에서 여자만 타다 쪽으로 20리쯤 내려가 천마산 아래 바다가 초승달처럼 휘어져 육지와 맞닿은 만에 자리 잡은 작은 어촌이었다. 그 산이 넌지시 마을을 굽어보고 있었고, 마을은 바다를 향하여 가슴을 열고 있었다. 초승달처럼 휘어진 긴 해안이 바다를 꼭 끌어안고 있었다. 마을의 50여 호 남짓한 가구들은 모두 바다에 삶을 의지하고 살았다. 봄이면 마을은 모든 게 아름다웠다. 온 세상이 눈부시게 푸르렀다.

봄이 오면 동네 어귀에는 셀 수 없을 만큼 많은 아카시아 꽃이 피고, 집집마다 얕은 담벼락에는 철 이른 붉은 줄장미가 아름답게 피었다. 붉은 꽃잎은 골목길에 붉은 피를 쏟아 붓는다. 꽃잎은 매일 아침마다 농염하게 자신을 화장하였다. 꽃잎의 육감적인 냄새가 사람의 숨을 막히게 하였다. 이따금씩 짙은 향기를 내뿜는 하얀 꽃들을 꽂은 아카시아의 나뭇가지에 앉은 제비들이 사이좋게 두런거리는 소리가 들려왔다. 어머니는 그 꽃향기를, 그 꽃이 피는 봄날을 얼마나 좋아했던가! 그때 허름한 초가집은 얼마나 아늑하고 평온했던가! 그리고 마당가 늙은 감나무의 잔가지에 모여 앉아 심하게 말다툼을 하는 참새들이 날카롭게 짹짹거리는 소리도 들리지 않았던가! 촉새들은 아랑곳하지 않고 끊임없이 여기저기 나뭇가지를 옮겨 다니며 나불거리지 않았던가! 소금 맛이 나는 서늘한 봄바람이 나뭇가지 사이로 이리저리 헤엄쳐 다니지 않았던가!

그때 경전선 완행열차는 바다에 대한 향수를 안고 검은 석탄 연기를 내뿜으며 길게 기적 소릴 울리고 산기슭을 돌아 남쪽으로 달려갔다. 형용할 수 없는 긴 여운을 끌면서…… (30년이 넘은 낡은 증기 기관차의 숨 쉬는 소리. 아! 지금은 잊혀버린 그 목가적인 소리.) 칙칙폭폭…… 칙칙폭폭…….

밤새 별똥별이 솔숲으로 떨어지고, 은고리 같은 새벽달이 서쪽으로 지고, 그리고 동이 틀 무렵이던, 동네는 잠에서 깨어나고 있었다. 암탉이, 늙은 수탉이 서로 가슴을 펴고 날개를 퍼덕이며 연호하듯 울기 시작했다. 마을 사람들이 부스스 일어나 하품을 하고, 기침을 하고, 졸음에 겨워 눈을 비비며 기지개를 켰다. 바다 쪽에서부터 하늘이 환하게 홍조를 띠었다. 찝찔한 바다의 소금 냄새가 바람에 실려 와서 마을을 뒤덮었다. 그제서야 헛간에 매어둔 얼룩백이 황소는 길게 하품을 하다말고 게으른 울음을 울고, 마을의 잡종개들이 서로에게 짖어대기 시작하였다. 개들은 한동안 쉬지 않고 짖어댔다. 이윽고 개들은 차츰 조용해졌으며 울부짖던 소리가 어느새 끊겼다. 그것들이 골목길을 누비며 배회하였다. 똥개들은 골목에서 담벼락에 한쪽 다리를 들고 으줌을 누었다.

그러므로 참새와 제비의 아름다운 재잘거림, 아카시아의 짙은 향기, 검은 연기를 내뿜으며 달리는 경전선 기차, 고향 마을과 바다, 어머니와 아버지, 남동생은 그의 가슴 속에서 영원히 떼어 놓을 수 없을 만큼 한 덩어리가 되어 있어서 기억 속에서 언제나 함께 뛰쳐나왔다.

언제나 밤안개가 짙은 곳이다. 아침이면 해안가를 뒤덮고 있던 옅어진 안개가 여전히 뭉그적거리다 햇빛에 쫓겨 사라졌다. 이따금 바다 쪽에서 강한 바람이 불어왔고 파도는 으르렁거리며 밀려와 해변의 모래톱에서 부서지며 사라졌다.

  그곳에서는 밤이면 바다의 유령들이 머리를 산발하고 아우성을 치면서 별안간 창문을 뚫고 모습을 나타냈다가 안개 속으로 사라지곤 하였다. 먼 바다에서부터 달려온 사나운 파도가 무섭게 으르렁거렸다. 땅과 하늘이 함께 소리를 질렀다. 그럴 때면 마을이 시커먼 바다 속으로 깊숙이 가라앉았다.

  긴 곡선을 그리며 바다로 빠져 나가는 포구의 S자형 수로 주변에는 사람의 키를 훌쩍 뛰어넘는 키 큰 갈대밭을 따라 뻘밭과 폐염전이 바다까지 펼쳐져 있었다. 도무지 끝 간 데 없는 갯벌은 거친 숨결을 사방으로 내뿜었다. 검은 색의 경이로움이 포구를 단단히 움켜잡고 있었다. 바다 바람은 갯벌 냄새를 이리저리 퍼 날랐다. 그럴 때면 갈대숲은 자신의 가슴 속에 안고 있던 낡은 악기의 소리를 냈다.

  그 폭이 좁은 작은 강은 평소에는 거의 말라 있었다. 늦여름쯤 큰비가 내렸을 경우에만 큰 물소리는 아니었지만 강물은 모래가 뒤덮고 있거나 푸른빛의 무성한 갈대들이 우거진 강기슭을 핥으면서 소리를 내고 흘렀다. 그때는 넘실거리는 흙탕물이 세차게 철썩이면서 둑 위 갈대들의 억센 밑동에까지 튀어 올랐다. 강이 범람하면서 운반해온 비옥한 퇴적물이 바다로 쏟아졌다. 마을 사람들은 그때만큼은 강가에서 사납게 소용돌이치는 물소리를 들을 수 있었다.

겨울이 되면 그림자는 길어지고 해는 짧아진다. 그때쯤 서리가 내리기 시작하고 시베리아에서부터 힘겹게 날아온 흑두루미의 날갯짓이 요란하였다. 그것들은 마치 한 무더기의 검은 화살처럼 하늘을 가르면서 날아왔다. 시베리아에서 날아온 철새들에게는 이곳의 겨울 추위쯤은 여름철의 고향처럼 포근하게 느껴질 터이다.

겨울 철새들은 얼마나 멀리 떨어져 있는지 헤아리기조차 힘든 저기 북쪽의 붉은 월귤나무 열매가 가득한 툰드라 지대의 광활한 들판을 출발하여 그들의 지난 기억을 본능적 감각으로 되살려 겨울 하늘을 가로질러서 다시 찾아왔다. 그것들은 미래를 위한 푸른 꿈을 가슴에 안고 그 길고 가혹한 여정을 매년 되풀이하고 있었다.

겨울이 끝날 무렵이면, 남쪽 바다는 생명의 몸짓으로 꿈틀거렸다. 저 멀리 검은 뻘밭이 끝나는 해안선에서부터 다시 바다가 열리고, 수평선은 바다와 하늘이 맞닿아 경계가 희미해지는 아득한 곳까지 물러 앉아있다. 그때쯤이면 바다 쪽에서 불어오는 차가운 바람은 한결 누그러졌다. 철새들은 벌써 귀향을 준비하고 있었다.

평생을 갯벌에 기대어 살아온 갯사람들은 자신들의 삶 전부를 빠짐없이 깊은 뻘 속에 켜켜이 쌓아놓았다. 검은 뻘밭에서 여자들은 계절의 변화와 생태적 시간인 물때에 맞춰 바지락 모시조개 참

꼬막 큰구술우렁이 낙지 칠게 농게 짱둥어 갯지렁이 왕좁쌀무늬 고동 등을 잡았고, 남자들은 파도가 끊임없이 검은 갯벌을 훑고 물러나면서 잿빛으로 변한 바다에 나가 조류가 센 사리에는 그물을 놓아, 바닷물이 가장 적게 들고 나는 조금에는 낚시를 이용하여 낙지 문어 장어 숭어 민어 전어 망둥어 서대 등 고기를 잡아서 생계를 유지하였다.

갯벌은 만조가 되어 파도가 밀려들면 바다가 되고, 간조 때 물이 빠지면 육지가 된다. 그러므로 갯벌은 수천만 년 동안 침식과 퇴적을 반복하였다. 갯벌은 육지이기도 하고 바다이기도 하였다. 그곳에서는 바다 생물과 철새, 인간들이 사이좋게 공존한다.

바다는 그의 넓은 품속에 마을사람들의 모든 희망과 미래를 송두리째 품고 있었다. 그 바다에서는 풍부한 영양염이 해조류, 식물 플랑크톤의 성장을 위한 최적의 조건을 제공하였고, 이 식물들이 천해淺海의 해저에 독특한 서식지를 마련하여 풍부하고 다양한 생명체들이 살아가고 있었다.

그러나 갯사람들은 바다와 더불어 살면서도 사막의 밤처럼 깊고 깊은 밤인 바다 앞에서 두려워한다. 영원한 파괴자 같은 바다의 정령이 행사하는, 모든 것을 집어삼킬 듯한 그것의 불가항력적인 힘에 압도되기 때문이다. 먼 바다에서 불어오는 끔찍한 바닷바람과 파도의 억세고 부드러운 목소리에 안도하면서 한편 두려워

한다.

"바다는 아침 햇살에 반사되어 금빛으로 반짝였지. 갈매기들은 파도를 스칠 듯 낮게 맴돌며 꽥꽥 소리 지르고 야단이었어. 어부들이 던져주는 잘게 썬 고기조각을 먼저 낚아채기 위하여 자기들끼리 경쟁한 거야."

부두의 방파제 주위를 원을 그리듯 평화롭게 선회하던 갈매기들은 먹이를 앞에 두고는 서로 날카롭게 짖어대며 싸웠고, 먹이를 낚아채기 위해 경쟁적으로 날개를 되로 한껏 젖히고 비스듬하게 수면 쪽으로 급강하해 내려왔다. 그 새들의 검은 색 부리와 심술궂은 빨간 눈빛이 보였다. 그들이 날개를 사납게 퍼덕거리며 내지르는 소리는 거의 위협적이었다. 그들이 토해내는 시끄러운 악다구니는 모래톱에 부딪치는 파도 소리를 집어 삼켰다. 그것들은 먹이 앞에서 쓸데없이 과도하게 흥분하고 있었다.

"마을에는 항상 어촌 특유의 악취 같은 바다 냄새와 도수 높은 알코올 기운이 풍겼지. 술 취한 어부들은 사소한 일로 자주 티격태격 싸웠던 것 같아. 모두 한결같이 가난하였지만 말이지…… 모두가 가난했으니까 우리 집이 특별히 가난하다고 느낄 필요는 없었지. 마을은 어떻든 고요하고 평화로웠어. 너무 무기력 했지만 말이야. 그래도 우리 가족은 그 불행한 사건이 일어나기 전까지는 참으로 행복했었지."

투박한 뱃사람들의 역겨운 땀 냄새. 입 냄새. 억센 여자들의 까무라칠듯한 웃음소리. 그들은 무지하고 노골적이다. 본능적이고 저질스럽다. 그러나 건강하고 순박하다.

햇볕이 뜨거워졌고 하늘과 바다는 눈부셨다. 이제 한낮이 되면서 햇빛은 수직으로 쏟아져 내린다. 햇빛은 반사되지 않았고 그의 발치에 그림자를 드리우지 않았다. 해안선을 따라 길게 뻗은 모래밭은 밝은 회색 아니면 노랑색이었고 아무런 발자국, 바다갈매기의 발자국까지도 찍히지 않은 채 반들반들하였다. 난 바다에서부터 불어오는 숨결처럼 가벼운 하늘빛 미풍이 간지럽다. 갈매기 한 마리가 외롭게 바다 위로 하나의 곡선을 그리다 유유히 해변의 소나무 숲 속으로 잠시 사라졌다. 파도는 물마루를 훤히 드러낸 채로 모래톱에 밀려와 곧장 부서지면서 하얀 포말로 사라졌고, 어떤 간절한 웅얼거림을 여음으로 남겼다. 하늘과 바다는 푸른빛이었고 수평선이 견고한 선처럼 두 영역을 가르고 있다. 사방이 고요했다. 햇빛이 여전히 바다 위로 세차게 쏟아져 내린다. 잿빛 바람이 점점 날카로워지고 관목들의 나뭇가지에서 가느다란 휘파람 소리가 났다. 온통 바다, 태양, 바람, 모래뿐이다. 바다와 소나무 숲 사이 밋밋하게 경사진 작은 언덕의 오솔길 주위에는 무성한 잡초와 가시덤불, 칡넝쿨이 땅을 뒤덮듯이 감싸고 있다.

"그 시절, 어린 친구들은 바닷가 모래밭에서 배고픈 것도 잊은 채 하루 종일 뒹굴면서 정말 신나게 놀았어. 모래밭이 태양 아래 알몸으로 누워 있었거든. 구릿빛 몸통 여기저기에 가는 모래가 들러붙어서 몹시 따가웠지만 상관없었어. 계절에 관계없이 항상 바닷가에서 놀았어. 그리고 여름이면 바다 손에서 살았어. 난 그때 수영을 참 잘했지. 날렵한 물개처럼 우아하게 말이야. 수영의 온갖 요령을 터득했고 바다를 두려워하지 않았어. 고요한 바다는 언제나 부드럽고 따뜻하게 나를 포옹해주었어.

난 그때 벌써 어서 빨리 어른이 되거든, 이 세상 끝까지 돛단배를 타고 항해하는 꿈을 꾸었지. 선장이 되는 것이 어릴 적 꿈이었지. 선장이 되었다면 얼마나 좋았을까? 먼 바다는 하나도 빼놓지 않고 모두 가보기로 했어. 광풍이 몰아치고 집채만 한 파도가 넘실대는 베링 해협, 남극의 차가운 파도가 거칠게 부서지는 마젤란 해협, 인도양과 대서양이 만나는 희망봉, 그린란드, 발트 해, 카리브 해, 홍해, 지중해, 흑해, 페르시아만, 아프리카의 마다가스카르까지 말이지. 평생 동안 지구를, 오대양을 수십 번씩이나 돌고 도는 거지. 그래서 아름다운 바다와 무섭고 거친 바다를 만나보고……. 나는 태풍도, 허리케인도, 사이클론도, 돌풍도 겁내지 않기로 결심했지.

그래서 큰 항구에도 들어가 보고, 작은 항구에도 가보고……. 수많은 흑인도, 백인도, 황색인종도, 거인도 소인도 다 만나보는 거지……."

나는 그때 고향의 바닷가에서 그 화려한 꿈들이 뭉게구름과 함께 푸른 하늘을 미끄러지고 있는 것을 올려다보았다. 마침내 그 꿈은 한 마리 완전한 새가 되어 끝없이 비상했다. 날씨는 그날도 여전히 온화했고 하늘은 가벼운 하얀 천에 싸여 있었다. 바람은 미풍으로 불기 시작했고 파도는 해안가 큰 바위에 부딪치며 무지갯빛 물보라를 사방에 흩뿌렸다. 하얀 뭉게구름은 어느새 엷은 새털구름이 되어 미풍에 흐느적거리고 있었다. 푸른 해안선이 더욱 선명한 날이었다.

"난, 성년이 된 후 그 시절의 바다가 가끔 생각났지. 왜, 그토록 우수에 잠긴 바다의 노래가 가슴 속 깊숙한 곳에서 끊임없이 울려 퍼졌는지? 왜, 그 노래가 수수께끼 같은 힘으로 내 영혼에 파고들어 고통스럽게 어루만지며 내 심장 주위를 휘감고 돌았는지? 그러나, 가족 모두 갑자기 고향을 떠나온 이후, 한 번도 가본 적이 없어. 그게 말이야, 그렇게 쉽진 않았어."

오래 전에 고향을 떠난 자가 어쩌다 고향에 들리면 고향 앞에 막막한 심정이 되고, 고향 역시 낯선 이방인 앞에서 더욱 막막해지는 법이다. 그땐 고향은 무인도와 같다.

"정말이지, 남쪽 바다가 너무 그리웠어. 하지만 무엇인지, 정체를 확인할 수 없는 장벽이 가로막고 있었지……. 그러다가 고향은 점점 꿈결처럼 뿌옇게 흐려지고, 이제는 사라져 버리고, 아스라한 기억만이 긴 그림자를 드리우고 있지.

그런 거야. 정말 그런 거야. 너와 나, 우린, 고향을 잃어버렸고, 마음의 정처도 잃어버린 거야……. 아마 우리가 고향을 버린 거겠지. 아니면 떠나온 거야. 그리고 오랫동안 이곳저곳을 떠돌고 있는 거야."

사막에 밤이 오면 기온이 뚝뚝 떨어지면서 한낮의 뜨거운 열기는 온데간데없고, 온몸이 으슬으슬할 만큼 추위가 찾아온다. 그 추위와 함께 막무가내로 죽음의 공포, 슬픔, 절망감, 당혹스러움 같은 것들이 밀려 왔다. 참을 수 없을 만큼 자신이 가엾기도 하여, 아이처럼 소리 내 울고 싶은 심정이 되었다. 밤은 어쩔 도리가 없다. 밤에 일어난 일들은 낮이 돌아오면 사라져 버리기 때문에 더 이상 설명할 수가 없는 것이다. 그런 밤이면 새벽은 영영 돌아오지 않을 것 같았다. 창백한 미명과 함께 깨어나는 사막의 새벽은 무기력 하였다.

이런 때는, 오래된 유년시절까지 소급하여 과거의 갖가지 광경들이 눈앞에서 어른거렸다. 그 기억들이 저멋대로 이리저리 나뒹굴었으므로 순서대로 정리할 수 없었지만 말이다. 하지만 오래된 사진첩에 끼어있는 퇴색한 흑백 사진 같은 과거의 기억들, 추억들은 아름답기도 하고, 슬프기도 하고, 때로는 후회스럽기도 하여 종잡을 수가 없었다. 그런 것이다. 죽음을 마주하고 있는 절망의 순간에는 행복했건, 불행했건 간에 잠재의식 속에 잠겨있던 옛 것들이 일종의 생존본능처럼 떠오르기 마련이다. 하여간에 추억이 떠오르는 순간에는 시간은 빠르게 흘러갔다.

(내 마음속에 각인된 어릴 적 인상은 모두가 얼마나 깊은 흔적을 남겼던지……) 지금도 그 시절을 너무 뚜렷하게 기억할 수 있어서, 몸에 난 깊은 칼자국 같은 유년시절의 가슴 아픈 기억들은 나를 어쩔 수 없이 어릴 적 남쪽 바다로 데려다 주었다.

밤이 이슥하여 푸른 불꽃을 날름거리며 타닥타닥 탔던 몇 조각 장작은 잉걸불이 되었다가 재만 남았다.

내 어린 시절은 고향에 대한 아련한 추억과 가슴 아픈 기억으로 뒤엉켜 있었다. 내 잠재의식 속에 붙잡혀 있는 지난 시절의 환영 같은 기억들을 쫓아버리기 위해 얼마나 발버둥을 쳤던가. 그걸 밑바닥을 모르는 깊은 심연 속에 꼭꼭 파묻어 버리려 했지만 그건 불가능한 일이었다. 결코 잊혀질 수가 없었다. 그 환영은 언제든지 바로 엊그제 일처럼 생생하게 튀어 나왔다.

내 기억 속에는 남쪽 바다에 대한 기나긴 증오의 역사와 그 사건의 비극적 종말이 빨간 넝쿨장미꽃 향기와 아카시아 나뭇가지에 모여 앉은 제비들의 다정한 지저귐과 한데 뒤섞여 있다.

그러나 나는 지금까지는 그 누구에도 그 이야기를 털어놓은 적이 없었다. 지금 사막에서 이브라함에게 처음으로 이야기하는 것이다.

어부인 아버지는 늘 해가 기울어진 뒤 바다가 신비한 황혼 빛으로 빛나는 석양 무렵이면 거나하게 술에 취하여, 불콰해진 얼굴로 낡은 고기잡이배들이 정박해 있는 방파제 주변을 어슬렁거렸다.

석양이 완전히 물러나고 별들이 하나 둘 하늘에 돋아나기 시작하면서 저녁의 푸른빛이 비린내가 가득한 해안을 뒤덮었다. 바람이 거세어질 때마다 별빛이 깜박거렸다. 바닷가의 저녁은 서늘하고 감미로웠다. 뒷산에서 밤 올빼미의 부드럽고 구슬픈 울음소리가 들려왔다. 그 간결하고 애간장을 녹이는 단음절의 소리가 끊어질듯 이어진다. 그러나 밤이 깊어가면서 마을 뒷산의 검은색 윤곽이 또렷하였고, 난파선처럼 허물어져 녹슨 철근들이 비죽비죽 삐져나온 방파제의 끝 쪽에서 웅크린 채 바다에 잠겨 있는 장구 섬의 검은 실루엣을 볼 수 있었다.

그때 부두는 깊은 어둠 속에서 버림받은 듯이 홀로 남겨져 있었다. 바닷가에는 바람이 불어왔다. 바람이 심하게 부는 날엔 잔잔했던 바다가 거칠게 출렁이며 파도가 방파제를 거세게 때렸으므로 방파제와는 계류용 밧줄에 의하여 연결되어 있던 낡은 목선들이 격렬하게 서로 부딪치며 몸부림을 쳤다. 바닷가는 아름답고 쓸쓸하였다.

아버지는 아무 술이나 술을 너무 마셨다. 아버지는 한 번 심하게 두통을 앓은 후부터 왼쪽 귀의 청력을 완전히 잃었고, 그 후에는 오른쪽 귀도 점점 잃어가고 있었다. 아버지가 죽었을 당시에도 또다시 정신없이 술에 취하여 배를 저어 바다로 나갔다.

내가 읍내 중학교 3학년이었던 해의 늦가을 오후 어둠이 깔릴 무렵, 아버지는 갑작스럽게 먹구름이 몰려오면서 돌풍이 몰아치던 장구섬 쪽 바다에서 거센 파도에 휩쓸려 무동력선인 낡은 어선만 남겨둔 채 실종하였다.

여자만은 동쪽의 여수반도와 서쪽의 고흥 반도 사이에서 육지 깊숙이 들어앉은 내만형 갯벌이어서 그곳 바다는 평소에는 수심이 낮고 호수처럼 잔잔하였다. 여자만은 석양의 노을이 아름다웠다. 그것은 서쪽 반도 위로 태양이 설핏 기울기 시작하면서부터 하늘과 갯벌을 온통 붉은색 고운 빛깔로 물들인다. 해가 더욱 기울어 가면서 빛의 각도에 따라 갯벌과 그 위 하늘에 시시각각 형형색색의 황금색 기운이 넘쳐났다.

그런데 그날 갑자기 변덕스럽고 이상한 바람이 바다에서 불기 시작하였다. 거대한 잿빛 장막이 해안선과 수평선을 뒤덮었다. 번

개가 번쩍이고 천둥소리가 나지막하게 울렸다. 바다는 안개 같은 물보라를 하늘 높이 뿜어 올리며 먹이를 삼키려는 성난 들짐승처럼 날뛰었다. 바다의 악령이 광기 속에서 날뛰고 있었다. 육지 쪽에서부터 돌풍이 휘몰아치더니 칼날처럼 일어선 거센 파도가 무서운 기세로 배를 덮쳤다. 그 살벌한 바람은 기이하고 환상적인 울부짖음으로 변하여 집요하게 달려들었다.

그 작은 목선은 바다 한가운데에서 혼자서 흔들거리고 있었지만 아무 흔적도 없었다.

파도는 여전히 포효하며 해안가 조약돌에 하얗게 부딪치고, 신음을 토하며 다시 물러나고, 저 멀리 큰 바다에서는 울부짖고 있었다. 그리고 바다는 다시 잠잠하였지만 흉측스러운 괴물이었다. 하지만 이제 바다는 그 괴력의 힘을 상실하였다. 바다는 숨을 죽이고 있었다. 바람마저 훨씬 약하게, 부드럽게 불고 있었다. 모든 게 조용했다. 바다는 다시 평화로워 보인다. 모든 분노 역시 바다 밑바닥으로 침전되었다. 파도가 끊임없이 밀려오면서 수많은 소리를 웅얼거린다.

간단없이 밀려드는 파도는 해안에 부딪쳐 흰 포말이 되어 스려졌다. 거친 바다를 아주 멀리서부터 달려와서 말이다. 그것은 해안에 부딪칠 때 무언가를 고고하게 부르짖고 외쳐댔지만 그 소리 역시 곧 스려졌다. 다시 일종의 침묵과 평화가 찾아왔다. 늦가을의 밝은 오렌지빛 태양이 서쪽으로 기울면서 거울처럼 반짝이는 수면에 제 얼굴을 비추고 있었다.

그날 아버지가 바다에서 통발그물을 거두는 것을 돕기 위하여 따라 나섰던 쌍둥이 동생도 함께 사라졌다.

"그 소식을 처음 듣는 순간 잠시 기절하여 혼수상태에 빠지고 말았어. 너무 큰 충격을 받은 거야……. 난, 한동안 죽은 동생이 너무 불쌍해서 학교에도 가지 않고 밥도 굶은 채 울면서 지냈지. 눈물이 너무 쏟아져 세상이 온통 흐릿해 보였어. 말을 심하게 더듬기도 했어……. 매일 밤이면 악몽을 꾸면서 야뇨증까지 생겼어. 그것은 상당히 오랫동안 나를 괴롭혔지……."

막 예민한 사춘기에 접어들어 심한 성장통을 앓고 있던 나에게, 죄책감, 공포증, 심한 불안감, 헤어 나올 수 없는 비참함 등의 증세가 나타나기 시작한 것은, 그 사건이 발생한 이후의 일이다. 나는 그때 가슴이 몹시 두근거려 견딜 수가 없었다. 자주 식은땀을 흘렸다. 이를 견뎌내기 위하여 손톱에 피가 비치도록 질근질근 깨물었다. 오랫동안 제대로 잠을 자지 못해 꾸벅꾸벅 졸면서도 깊은 잠을 자지 못하였고, 설핏 잠이 들면 악몽을 꾸었다. 악몽에서 깨어나면 온몸이 땀으로 뒤범벅이 되어 있었다.

꿈속에서, 그 구름은 검붉은 색이었고 음산한 분위기를 자아내고 있었다. 비바람이 불고 억수같은 비가 쏟아졌다. 파도가 넘실 거렸다. 그 순간 술에 취한 채 아무것도 알아채지 못하고 뱃전에 기대어 잠들어 있는 아버지, 바닷물을 온통 뒤집어 쓴 채 절망적 으로 허둥대는 동생의 모습, 그 고독하고 버림받은 그들의 환영이 나타났다.

그때, 동생이 울부짖었다. "형, 빨리 와, 우릴 살려줘. 비바람이 몰아치고 있어. 배가 흔들려. 아버진, 너무 취해서 꼼짝 할 수가 없어. 주위에 아무도 없단 말이야. 지금 파도가 덮치고 있어."

동생이 바다 밑으로, 바다 속으로 사라졌다. 그때, 회색 하늘과 회색 바다는 혼동되어 아득한 지평선에서 맞붙어 있었다.

그 무렵, 캄캄한 밤이면 바다는 시꺼멓게 멍들어 하늘과 더 이 상 구분할 수 없었고, 그럴 때쯤 악령이 찾아와 축축한 손길을 뻗 어서 내 심장을 인정사정없이 짓눌렀다. 밤은 어느새 소리 없이 찾아온다. 밤이 온통 세상을 뒤덮었다. 어둠 속에서 낯선 파도가 매섭게 거품을 일으켰다. 밤이 되면 방에 불을 밤새도록 켜두어야 했다. 밝은 불빛이 없으면 불안 증세는 더욱 심해졌기 때문이다. 아주 오랫동안, 나는 가끔 깊은 밤중에 그 비명 소리를 듣고 소스 라치며 잠에서 깨어나곤 하였다.

그 사건은 나로 하여금 동생에 대한 뿌리 깊은 부채 의식에 더 하여 죄의식까지 느끼게 하였다. 그러니 이 비극적인 사건의 여파는 나에게 평생 지울 수 없는 상처를 남겼다. 일종의 강박증과도 같은 원죄 의식이 평생 동안 나를 괴롭혔던 것이다.

그날, 짙게 끼었던 해무가 걷히면서 간신히 날이 밝았다. 밤의 실루엣들이 안개와 함께 흩어졌다. 손을 뻗으면 닿을 것 같이 낮게 드리운 비구름이 하늘을 빈틈없이 덮고 있는 바다 쪽에서 미적지근한 바람이 불어왔다.

그해는 봄이 아주 일찍 찾아왔다.

해안선을 따라 낮은 언덕들과 들판을 가로질러 단선 철도가 남쪽으로 뻗어 있다 .그러나 여름철이면 철길에 무성하였던 질긴 잡초들은 아직 겨울잠에서 깨어나지 않았다. 땅 속에서 이미 기지개를 켜고 있는지 모른다.

2월 초순경이어서 대합실에는 아직 톱밥 난로가 지펴있다. 누군가 한 줌의 톱밥을 희미한 불빛 속에 던져 넣는다. 몇 개의 봇짐을 싸안은 채 단속적으로 콜록콜록 기침을 하는 시골 아주머니, 꾀죄죄한 중절모를 깊이 눌러 쓴 할아버지, 긴장한 얼굴로 새침하게 앉아 있는 단발머리 소녀, 기차가 도착하기만을 기다리는 몇몇 하역 인부들.

간절한 그리움과 기다림이 간이역 역사 안에 스멀거린다.

아침 일찍 대합실에서 마을 사람들과 마지막 인사를 나눈다. 깊은 상처를 안고 고향을 떠나는 어머니도 마을 사람들도 모두 할 말을 잊은 채 부둥켜안고 하염없이 눈물을 훔쳤고, 나는 낡은 역사의 높은 창 너머로 먼 산을 바라보며 애써 이를 외면하였다.

첫 기차가 도착하려면 아직도 30분여가 남아 있다. 간이역의 벽에 걸린 둥근 시계의 바늘이 출발 시간을 향하여 재깍재깍 움직여 갔다. 기차는 예정시간보다 뒤늦게 도착해서 귀향하는 몇 안 되는 사람들을 잠깐 동안 내려주고, 다시 객지로 떠나는 몇 안 되는 사람들을 태웠다. 기차는 짧게 정차한 후 덜커덩거리며 곧바로 남쪽을 향하여 출발하였다. 낡은 객차 안은 거의 비어 있다. 왼쪽으로 읍내의 퇴락한 낮은 집들이, 오른쪽으로 바다와 뻘밭이 멀어져 갔다. 언제 다시 돌아올지 기약할 수 없는 출발이었다. 쉰 목소리로 짧게 기적을 울리면서 벌교역을 떠났던 완행열차는 한참을 달려 빗속에서 적막에 쌓인 고향 마을을 지나쳤다. 이제 기차는 연착된 시간을 만회하려는 듯 무서운 기세로 달린다. 슬레이트 지붕을 얹은 낮은 집들이 뒤로 물러났다.

마을은 푸른 하늘을 배경으로 한 잔잔한 잿빛 바다, 난바다에서 가끔 불어오는 날 선 바람, 검은 갯벌, 포구를 굽이쳐 흐르는 작은 강, 갈대숲, 첫서리가 내릴 무렵이면 찾아오는 겨울 철새 등이 어우러져 언제나 아름다웠다. 너무나 내 가슴 속 깊이 각인되어 있어서 평생 동안 영원히 잊지 못할 풍경이었던 것이다.

나는 기차가 긴 터널로 들어갈 때까지 오랫동안 차창에 코가 찌부러질 만큼 얼굴을 바짝 붙이고 바다 쪽을 바라보았다. 하늘은 꼭 막혀 있었지만 바다는 잠잠하였다. 회색빛 하늘과 바다가 맞닿아 있는 수평선 너머로 작은 증기선이 천천히 사라지고 있었다. 나는 여전히 창밖을 내다보면서 지나치는 기찻길 옆 모든 풍경을 하나도 놓치지 않으려고 눈을 크게 떴다. 그러나 참으려고 해도 도저히 울음을 참을 수가 없었다.

나는 안개 같은 봄비가 내리던 이른 봄날 고향을 떠난 것이다. 안개비는 땅위에 일직선으로 떨어지지 않고 바람에 휘날리고 있었다. 그때, 유연한 파도가 가볍게 춤추고 있던 남쪽 바다는 손을 가볍게 흔들면서 나에게 아쉬운 이별을 고하였다.

배반의 장미

장미, 오오 순수한 모순이여……
— R. M. 릴케

　나에게는 대학 시절부터, 극한적인 난코스 등반을 함께 즐겼던 산악반 친구들이 있다. 나는 대학에 갓 입학하여 몇 달이 지났을까, 공과대학 강의실 앞뜰에서 처음 모이였던 날을 기억한다. 나는 그때 괜히 안절부절 못하며 내가 생각허도 어색한 행동과 내 몸에 어울리지 않는 촌티 나는 옷차림새, 심하게 수줍어하는 순진한 얼굴을 하고 있었다.

　그날 우리들은 산악반에 정식 가입했고 대달 산행을 하기 시작했다. 물론 첫날부터 인사불성이 되도록 엄청나게 술을 마셔 신고식을 거행하였었다.

그 친구들은 한 겨울에 눈에 덮인 험준한 산을 함께 등반하면서 저체온증에 시달리고 방향 감각을 잃을 만큼 심하게 탈수, 탈진 상태에 빠졌을 때, 여기서 잠들면 죽는다고 외치며 서로를 격려했었다. 지금, 그들 중 하나는 진주에 있는 국립대학의 교수가 되었고, 또 하나는 일취월장하는 대형 건축사무소를 운영하면서 1995년 이래 몇 년째 대한건축사협회장을 맡고 있고, 몇몇은 중견 건설회사의 임원이 되었으며, 그러나 마지막 한 친구는, 자의식과 의지가 강했고 밤의 침묵만큼이나 말이 없었던 그 친구는 30대 초반의 이른 나이에 일찍 죽었다.

그 겨울의 어느 날(정확한 일자는 기억나지 않는다) 그 친구가 암벽 등반을 하던 중 사고를 당해서 정형외과 병원에 입원했다는 전갈을 받았다. 친구 몇 명이 어울려서 함께 갔다. 그는 이마 쪽과 머리에는 피가 배어있는 붕대를 칭칭 감고 있었고 골절상을 입은 왼쪽 다리는 기브스를 한 채로 침대 위 공중에 매달려 있었다. 온몸 여기저기가 피멍이 들어 있었으나 그는 평소 성격대로 의외로 침착하고 담담하였다.

그가 그날의 상황을 자세히 말해 주었다.

그는 그날 혼자서 암벽 등반에 나섰다. 적갈색 화강암으로 된 서북벽은 그가 좋아해서 자주 암벽 등반을 하였던 익숙한 곳이었다.(나도 그를 따라서 두 번이나 그 서북벽을 암벽 등반 했었다.)
10여 년 전 겨울에 처음 현기증을 일으키는 서북벽을 보자마자 그것은 그의 눈을 현혹시켰다. 단단한 벽들이 복잡한 균열이 나있는 암괴와 서로 엇갈리고 첩첩이 겹쳐지며 비스듬히 절벽의 끝까지 내려가서 깊은 협곡 속으로 숨어버렸다. 그는 그 장엄하고 아름다운 서북벽을 보자마자 진짜 보기드문 암벽을 처음 보았다고 생각해서인지 어서 빨리 올라가야겠다는 집념에 사로잡혀 안절부절 못했었다. 그는 익스트림 알피니스트를 꿈꾸고 있었으므로 인간의 한계를 응시하고 불가능에 대한 모험과 그 전율하는 공포의 순간을 음미하고자 했던 것이다.

잿 빛 음산한 늦은 오후, 눈은 아직 내리지 않았지만 매서운 북풍이 휘몰아치고 있었다. 그러나 산 주위의 윤곽이 아직 선명했다. 저 아래 산골짜기에서 산까마귀가 협곡의 기류를 타고 몇 번이고 선회하다가 나뭇가지에 앉아 짖어대는 소리가 들려왔다.

그는 그때 막, 얼어서 굳은 손으로 자일을 붙잡고 발끝으로 간신히 암벽을 느끼며 얇은 필름 같은 살얼음이 끼어 있는 암벽을 내려오던 중이었다. 좁쌀 같은 얼음 입자가 바람에 날려 그의 얼굴에 달라 붙었다. 그러나 고드름이 번들거리는 바위턱을 지나 예리하게 갈라지고 서릿발이 하얗게 쌓여 있는 수직벽의 바위 틈새를 내려오면서 대마를 꼬아서 만든 낡은 자일이 갑작스레 흔들리며 뻣뻣해지더니 끊어져버렸다.

모든 것이 꼼짝없이 얼어붙어 버렸고 아무 소리도 들리지 않는다. 세상이 정전된 것처럼 갑자기 정지되어 버렸다.

그는 절벽 밑으로 속절없이 미끄러지며 추락하였다. 바위에 부딪치며 굴러 떨어지다 어느 순간 절벽 틈에 뿌리를 내리고 있던 늙은 소나무 곁가지에 어깨에 맨 배낭 줄과 등산용 재킷이 동시에 걸리면서 허공에 매달리게 된 것이다. 그가 구조된 뒤에 되돌아보니 그는 3시간여를 무의식 상태에서 매달려 있었으나 뒤늦게 하산하던 등산객들에게 발견되어 어렵사리 구조된 것이다. 그는 두 번씩이나 천우신조가 있었으니, 첫 번째는 소나무 가지에 걸린 것이 그것이고, 두 번째는 등산객에게 발견된 일이다. 그때는 이미 가는 눈발이 휘날리기 시작했고 공기는 얼음처럼 차가워지는데 천우신조로 발견되지 않았더라면 그날 밤을 지새면서 틀림없이 동사했을 터였다.

그가 말했다.

"나는 살아 있는거야. 지금 멀쩡하게 살아 있지. 의사 말로는 한 달쯤 지나면 완쾌해서 퇴원할 수 있다는군. 온몸이 몹시 쑤시지만 그건 별게 아니지. 얼마든지 참을 수 있거든. 더욱이 말이야, 그게, 거시기가 완전히 무사하단 말이지. 천우신조야, 천우신조 기적이 따로 없지."

그는 그 후 예정대로 퇴원했다. 그에게는 거의 알아볼 수 없을 만큼 가볍게 저는 걸음 이외에 다른 후유증은 없었다. 단순한 사고에 불과하였으니까, 그럭저럭 그 일을 잊을 만큼 5개월인가, 6개월의 시간이 흘러갔다.

이제 늦은 봄날이다.

5월의 마지막 일요일이었다. 아침부터 하늘이 흐렸다.

나는 그날 다급한 전화가 걸려왔기 때문에 불길한 예감에 휩싸인 채 서둘러 사당동 집으로 갔다. 나는 전에도 그 집에 간 적이 있었다. 비좁은 주택가 골목에는 온갖 쓰레기가 널려 있다. 하수구가 역류하는지 역겨운 냄새가 골목길을 감돌았다. 늦은 오후 날이 저물고 있다. 봄비가 추적추적 내리기 시작한다. 비는 점점 그칠 줄 모르고 퍼붓고 검은 먹구름은 계속 관악산 산기슭으로 내려오고 있었다.

나는 흠뻑 젖었다.

붉은 벽돌의 아담한 단층집.

낡은 철제 대문은 반쯤 열려 있었고 집안은 빈 집처럼 고요했다. 아! 넝쿨 장미여! 담벼락을 뒤덮고 있던 무성한 넝쿨 장미는 그때 핏빛 같은 붉디붉은 꽃잎들이 티에 젖은 채 하염없이 떨어지고 있었다.

나는 정신없이 현관문을 열고 집 안으로 들어섰다. 거실, 안 방,

부엌, 서재 방, 작은 방 모두 문이 열려 있고 안은 말끔하게 비어 있다. 화장실 겸 욕실 문만 닫혀 있다. 무거운 정적이 감돈다.

그는 핏빛물이 반쯤 찬 욕조에 비스듬하게 누워있는데 검은 머리카락이 헝클어진 채 이마까지 내려와 덮고 있었고 밖으로 드러난 맨 살은 창백하고 촉촉해 보인다. 왼 팔은 욕조 속에 오른 팔은 바닥 쪽으로 늘어뜨린 채였다. 팔뚝 안 쪽 손목에서부터 팔꿈치까지 세로로 길고 깊게 그은 상처가 나 있었다. 그의 억센 팔뚝에 새겨져있던 비상하는 용 문신이 두 동강으로 잘려 있다. 피는 플라스틱 욕조의 가장자리를 타고 바닥에 고였다. 피는 벌써 약간 굳어서 끈끈했다.

건설 공사장에서 쓰는 대형 카터칼이 바닥에 떨어져 있다.

그가 힘겹게 고개를 쳐들었다. 그러나 그의 얼굴은 너무나 평온했다. 내가 그의 목에 손을 짚었고 아직도 희미하게 팔딱거리는 맥박을 느낄 수 있었다.

그가 가쁜 숨을 그렁그렁 몰아쉬며 말했다.

"이렇게 할 수밖에 없었지……. 응급실에 전화해도 소용없어. 이미 늦었어. 생명은 지금 꺼져가고 있지. 5분…… 아니면 길어야 10분 정도 남아있을 뿐이지.

그날은 재수 없는 날이었어……. 나는 그 추락이 사고사인지 자살인지 아무도 알 수 없게 하기 위해 바위 틈새에서 등산용 접이 칼로 천천히 교묘하게 자일을 잘랐던 거야…….

그런데…… 어떻게 하필 나무 가지에 걸리고…… 등산객에게 발견되고 말았는지. 나는 그날 낭떠러지로 떨어져 뼈가 모두 으스러지고 머리와 가슴이 짓뭉개져서 죽었어야 했어. 나는 수직벽에서 나를 찾기 위해 영원히 떨어지고 싶었던 거지.

처음에는 천우신조라고 생각했지. 자신의 생명을 존중하고 잘 살라는…… 신이 내리는 계시로 받아들였어. 그러나…… 몇 달 동안 계속 생각했어. 결론이 나온 거지. 결국…… 나는 스스로 죽어야만 하는 거야. 죽음이야말로 궁극적인 자유인거지…….

너마저 오해해서는 안 될 거야……. 나는 한때 빠졌던 알코올 중독이나 습관성 약물의 과다 사용은 진즉 손을 뗐지. 그건 격렬한 몸부림이었어. 돌이켜보면, 젊음의 통과의례에 불과했던 거야.

너에게 부탁이 있지……. 육신을 둘둘 말아서 흙구덩이 속에 던지는 것은 지옥의 암흑 속으로 처넣는 거와 마찬가지이지……. 날 태워줘……. 왜냐하면 불은 모든 것을 정화시키기 때문이지……. 태워서 재만 남아야만 하지……. 재는 무게를 잃어버렸기 때문에 산들바람처럼 가볍거든……. 그래서 훨훨 날아올라갈 수 있는 거야……. 그 재를 하늘에 뿌리란 말이야……. 그래야만 내 영혼은 날게 되고 자유를 누리게 될 거 거든…….

너만은 이해할 수 있을 거야……. 너는 턱없이 감상적이긴 하지만 착하니까 끝까지 오래 살 사람이지.”

그 먹먹한 상황에서 얼어붙은 내 입은 단 한마디의 말도 할 수 없었다. 나는 죽어가는 친구를 내려다보았다. 눈빛이 사라져가는 그의 눈에서 증오심 같은 것은 찾아볼 수 없었다. 그는 눈물을 흘리지 않았다. 아주 편안하게 눈을 감았다고 할 수 있다.

나는 매장 대신 화장을 해주었고 또 유골을 어디에 묻거나 납골당에 안치하는 대신 그 재를 그 친구가 나비처럼 날아서 낙하하였던 그 까마귀 우는 산골짜기에 뿌려주었던 것이다.

나는 내 친구를 평가할 입장은 아니다. 그의 죽음이 그가 인생에서 패배했다는 것을 혹은 인생을 이해하지 못했음을 의미하는 것이 아닐 뿐더러 인생을 고뇌하며 살만한 값어치가 있는지 없는지에 대해 숙고하고 판단을 내린 결과라고 볼 수도 없기 때문이다. 그는 그때 불과 30대 초반이었지 않은가. 그는 다만 내적 자아를 잃고 싶지 않았던 것이다. 그러므로 나는 이 사건을 불행한 일로 여기지 않는다.

이건 오로지 내 자신에 대한 것이다. 나도 언젠가는 자살할지 모른다. 신성한 죽음이야말로 완전한 체념이고 해방이라는 생각 때문에 가끔 어쩔 수 없이 충동을 느낄 때가 있으니까. 그러나 자살은 구원이라고는 할 수 없을 것이다. 오히려 먼저 자기 자신에 대한 배신이고 또한 자신의 삶이 둥지를 틀고 있는 이 세상에 대한 배신이 아닐까. 배신, 배신자. 배반, 배반의 장미.

그리고 자살은 상실이다.

(나는 생각한다. 그런데, 우리에겐 자살할 권리가 있긴 있는 걸까? 내가 무슨 말을 직접 할 수 있겠는가. 일찍이 플라톤은 그걸 부정하였다. 그가 말했다. "사람은 자신이 갇힌 감옥의 문을 열고 달아날 권리가 없는 죄수다. 그는 신이 부를 때까지 스스로 목숨을 끊지 말고 기다려야 한다." 아리스토텔레스도 역시 자살에 대해 부정적으로 말했다. "가난이라든가 사랑이라든가 그 밖의 어떤 어려움으로부터 도피하는 것은 아주 비겁한 짓이다. 자살이 죽음을 무릅쓰는 것은 사실이지만 단지 어려움으로부터 도피하는 것일 뿐이다."

그러나, 비관주의자이고 염세주의자인 니체만큼은 자살을 찬양했다. 그가 말했다. "자살에 대한 생각은 위로의 커다란 샘이다. 그 생각만으로 불쾌한 밤을 잘 지내게 된다.")

사랑

사랑으로 행하는 자는
가장 높은 지위에 올라 자유롭게 행동하는 자이다.
— 아리스토텔레스

그는 전날 꿈을 꿨다. 10년 전에 헤어진 사람을 다시 만나는 꿈이었다. 오랫동안 돌아오지 않았던 꿈이었다. 너무 생생한 꿈. 비체가 마치 잘 지내고 있는지 묻는 것처럼, 무척 만나보고 싶은 감정을 숨기는 것처럼 그를 물끄러미 쳐다보았다. 그는 그때 애매하게 미소를 지었던 것 같다.

비체는 2000년 늦은 봄 아무런 귀띔도 없이 갑자기 사라져 버렸던 것이다. 비체는 단테의 영원한 여인 베아트리체의 애칭인데 그가 붙여준 것이다.

지금, 그에 대한 기억은 가물가물해서 비현실적일 만큼 먼 곳에
가 있었고 안개 속처럼 몽롱할 뿐이다. 그는 그를 그렇게 까마득
히 잊어버리고 살아온 자신을 이해할 수가 없다. 맨 처음 만났던
날, 조금 당황해서 솜털이 보송보송한 뺨 한가운데를 붉게 물들었
던 사랑스러운 홍조가 떠올랐다.

다시 늦은 봄이다.

그날, 그는 오전 내내 뒤숭숭했다. 마음의 갈피를 잡지 못하고
일이 손에 잡히질 않는다. 그는 무작정 걷는다. 그에 대한 구구절
절한 옛 생각이 끊이질 않는다. 그래서 그가 간절히 보고 싶다. 아
침도 점심도 굶었지만 배가 고프지 않고 밥 먹을 생각도 들지 않
는다. 거리에 사람들이 많지는 않았지만 몇몇은 가볍게 말하고 헤
프게 웃으면서 지나간다. 하늘은 금방이라도 비가 내릴 것처럼 회
색 구름이 낮게 드리워 있다. 어느새 자신도 모르게 서초동 예술
의 전당 앞 그 커피숍에 다달았다.

그들이 1998년 맨 처음 만났던 곳이다.

그는 2시간째 에스프레소 커피의 짙은 향기를 음미한다. 한 테
이블 지나서 건너편 자리에는 품이 헐렁한 셔츠에 꼭 조이는 청바
지 차림의 눈이 큰 여자가 앉아 있다. 예쁘고 곱상한 얼굴에 화장
도 하지 않아서 거의 맨 얼굴이다. 길게 기른 치렁치렁한 검은색
머리카락을 매끄럽게 빗어내려 흰 목덜미 뒤로 묶어 늘어뜨렸는

데 그녀는 영락없이 막내 여동생이다. 그녀는 여동생과는 뭐 하나 닮은 데가 없었지만 그러나 모든 게 다 닮아 보인다. 얼마나 오랫동안 여동생을 만나보지 못했는가. 기억이 가물가물했다. 한동안 잠잠했던 이명소리가 귓속을 울렸다.

그 순간 그녀가 일어나 나갔다.

그는 아쉬운 마음을 달래기 위해 연거푸 담배를 피우며 자꾸 시계를 본다. 커피 잔에 남은 한 모금 커피를 마셨다. 엄청나게 쓰다. 그러면서 누군가 말했던 '커피는 악마처럼 검고 지옥처럼 뜨겁고 천사처럼 순수하고 사랑처럼 달콤하다'는 말을 되새긴다.

커피는 사랑이다.

그가 계속 커피의 향기 속에서 피어나는 옛 생각에 잠겨 있는 순간, 그 찰나의 순간에 머리털이 쭈뼛 서는 충격을 느꼈다. 심장이 예민하게 쿵쾅거리는 것을 느꼈다. 갑자기 입 안이 바싹바싹 타들어갔다.

그가 커피숍의 정면 넓은 창에서 안을 향해 기웃거리다가 문을 열고 왼쪽 다리를 약간 질질 끌면서 엉거주춤 그에게로 다가오는 것이 아닌가.

점점 거세지는 빗줄기가 넓은 유리창을 두들겨 팬다. 그들은 한동안 얼어붙었다. 영원처럼 느껴졌던 몇 분간이 지나갔다. 누구도 선뜻 입을 열지 않았다. 몇몇 커피를 마시고 있던 사람들이 공공 연히 그들을 바라본다.

비체가 말했다. "저도, 지난밤에 당신을 만나는 꿈을 꿨지요. 너무 생생했거든요. 그래서인지…… 막연히…… 여기까지. 다시 만날 운명이었겠지요."

그는 생각했다. '같은 날 밤에 같은 꿈을 꾸고, 약속도 없이 옛날 같은 곳에서 헤어진 연인과 기적처럼 개회하는 것은 틀림없이 운명 때문일 거라고……. 이 운명은 비켜갈 수 없을 거야…….'

비체가 어쩔 수 없는지 계속 더듬더듬 말을 한다. "정말 오랜만이네요. 십년이 훌쩍 사라졌네요. 그러나 미안합니다…… 너무 미안합니다……. 전, 그때 조용히 떠날 수밖에 없었어요……. 도망쳐야만 했었지요……. 가슴이 미어질 듯 했지요…….

당신을 만나면서부터 제 식성을 확실히 깨달았지요. 당신은 다소 소극적이었어요. 그때 혼란과 죄책감을 느끼고 있었지요. 그러나 전 강하고 적극적인 남자가 필요했지요. 뚱뚱한 남자…… 몸에 털이 많고 배가 많이 나온 남자에게 끌리는 거예요. 그래서 당신 몰래 낙원동의 게이바에 들락날락하게 되었지요. 그 바는 실제 뚱뚱한 남자만을 좋아하는 취향을 가진 동성애자만 출입했거든요. 그때부터 항문이 망가지기 시작했지요."

"그랬었구나……. 넌, 내가 그동안 어떻게 지냈는지 몹시 궁금하겠지. 네 얼굴에 그렇게 써 있으니까. 그런 거야……. 난 군대에 가서야 그 증세를 확실히 자각했고, 내 인생이 평탄치 못하리라는 것을 깨달았지. 처음에는 고참의 지극한 편애와 짜릿한 성적 자극에 빠져들었고, 그가 제대해버리자 내가 점찍어 놓았던 쫄병을 유혹했어. 군대를 제대한 후에는 대학을 그만 중퇴해버렸지. 아무런 희망이 없었으니까. 평생소원이던 수의사의 꿈을 접은 거지. 그리고 지금까지 혼자 살고 있는 거야. 닥치는 대로 이것저것 하면서 말이지. 사회는 우리를 절대로 받아주지 않거든. 지금은 많이 좋아지기는 했지만…… 여전히 가끔 두통이 오고 반복되는 불면증에 시달리고 있지.”

“저의 경우에는 말이지요. 저는 누나들 틈에서 여자애처럼 자랐지요. 그러나 외아들이었으니…… 부모님의 성화를 이길 수가 없어서 결혼까지 했었지요. 예식장에서 하객을 모시고 정식으로 했었지요. 그러나 딸 하나를 낳은 후 헤어졌지요. 도저히 여자와의 결혼은 견딜 수가 없었어요……. 그리고, 다시 가끔 당신을 생각했었지요.”

“…….”

“그러나 전, 막나갈 수밖에 없었어요. 그들이 완전히 정신병자로 만들었으니까요. 희망이 없었습니다. 술주정 때문에 누구한테나 집적거리고 시비를 걸고…… 수시로 경찰서에 끌려가서 경범

죄로 처벌받았지요. 교도소에도 밥 먹듯이 들락날락했었지요. 잊기 위해서 마약에 손을 댈 수밖에 없었습니다. 그러나 마약도 점점 센 걸로…… 마리화나는 너무 약해서…… 머리를 처박고 가루를 흡입했지요. 다시 메스암페타민이나 애시드 쪽으로……. 그걸 공급해주는 자는 아주 개새끼인데…… 피도 눈물도 없지요. 오직 돈밖에 모르지요. 그 얘길 길게 해서 뭐하겠어요.

어쨌거나 전 만신창이가 되었어요. 가족과는 완전히 의절했고요. 저는 사회에 대해 증오와 다름없는 분노를 품었지요. 그러나 지금은 분노할 힘마저 없어요. 도저히 견딜 수가 없습니다."

그는 그제서야 정신을 차리고 그의 삶에 크나큰 그늘을 드리웠던 비체의 모습을 찬찬히 뜯어보았다. 그러고 보니 그의 초췌한 몰골이 말이 아니었다. 처참한 몰골이라고 표현해야 옳을 것이다. 지금 살아서 이야기하고 있는 것 자체가 신기할 정도였다. 비쩍 마른 몸에 걸친 헤진 옷은 낡은 데다 비어 젖기까지 해서 지독한 냄새를 풍겼다. 머리는 얼마나 오랫동안 감지 않았는지 떡진 채로 머리카락이 뒤엉켜 있다.

노숙자 생활을 한 것이 틀림없어 보였다.

무언가가 그를 지금 괴롭히고 있었다. 그가 다시 말했다. 반쯤 독백이었다.

"제가 옛날부터 밤을…… 짙은 어둠을 사랑했던 것 기억하시지요 어둠은 모든 불행한 것들을 감싸 안으니까요. 저에겐 지금 밤이…… 어둠이…… 필요한 거예요. 간절한 부탁이 있어요. 누구에게 부탁할 수 있겠어요. 당신만이 할 수 있어요. 절 데려가 줘요. 남쪽 그 해안 절벽 있지요. 전 몇 번이나 여러 가지로 시도했지만 불가능했어요. 너무 무서웠어요. 화내지 마세요. 사랑의 힘이 필요하지요.”

그는 입 안에서 갑자기 깊은 피 맛이 느껴졌다. 입술을 깨물었을 것이다. 혀로 살점을 느낄 수 있었지만 그걸 피와 함께 꿀꺽 삼켜버렸다.

다시 생각해보니, 처음 만난 날도 오늘처럼 토요일이었다. 비는 한풀 꺾여서 가랑비로 내렸다. 그새 밖은 어두워지고 있었다.

여수 향일암은 언제나 일출의 광경이 눈부시다. 향일암으로 오르는 길 중턱쯤에서 오른쪽 샛길로 빠지면 인적이 드문 호젓한 길이 바다를 따라 구불구불 이어지고 바다가 아득히 내려다보이는 해안 낭떠러지가 있다. 먼 바다에서부터 달려온 거친 파도는 높이 솟아있는 검은 바위에 부딪치며 악몽 같은 괴성을 내뱉었다.

떨어진 낙엽들이 바다 쪽에서부터 불어오는 날카로운 바람에 빗발치듯 흩날렸다. 돌풍이었다. 검은 먹구름이 밀려오고 잠깐 동안 가을비가 여름 소나기처럼 쏟아졌다. 그러다가 갑작스럽게 바람이 잦아들면서 소강상태가 되었다. 그리고 맑게 갠 드넓은 하늘을 가로질러 노란 햇빛이 눈부시게 빛났다. 바위에 부딪치고 물러나는 파도소리가 소나무숲 속의 빈 터에 아련한 여음을 남기면서 쓸고 지나갔다. 길섶에 서있던 나뭇가지들에서 물방울이 눈물인 것처럼 떨어진다.

회색빛 하늘과 바다가 맞닿아있는 수평선 너머로 작은 어선이 천천히 사라지고 있다. 배는 벌써 황혼의 희미한 빛 속에서 하나의 점이 되어 마침내 보이지 않았다.

우중충한 하루. 악몽 같은 하루.

비체는 바다 속으로 사라졌다. 어둠 속으로……

사랑의 힘으로.

사랑은 언제나 절벽 끝에서 완성된다.

나는 걷는다

사람들은 모두가 순례 떠나기를 갈망하고,
방랑하는 나그네들은 처음 보는 해안, 낯선 땅에 발을 내디딘다.
— 제프리 초서

나는 걷는다.

길을 걷는다.

사막을 걷는다.

내가 사랑하는 뜨거운 햇빛과 황금빛 모래가 지천으로 널려 있고, 그 찬란한 자유가 넘쳐나는 아름다운 사막들. 모든 사막은 기후 풍토, 바람과 모래언덕의 형태, 모래와 자갈, 암석의 분포, 동식물의 종류, 풍경, 인간의 삶과의 관계 등에서 각기 나름대로 독특한 특징이 있었다. 그러나 사막은 제각각 다르면서도 신기하리만치 매번 똑같은 느낌을 준다.

내가 지금까지 적어도 한 번 이상 여행을 하였던 아시아와 아프리카의 사막은 다음과 같다.

한번 들어가면 다시는 나올 수 없다는 전설의 대지인 중앙아시아의 타클라마칸 사막, 몽골의 고비 사막, 투르크메니스탄의 카라쿰 사막, 우즈베키스탄의 키질쿰 사막, 이란의 카비르 사막, 루트 사막, 인도의 타르 사막, 시리아 사막, 모세가 신을 찾아서 풀뿌리와 메뚜기로 연명하며 40년간이나 방랑하였던 시나이 반도, 위대한 공허의 땅인 아라비아 반도 남부의 룹알할리 사막, 네푸드 사막, 다흐나 사막, 보츠와나의 칼라할리 사막, 나미비아의 나미브 사막, 그리고 사하라 사막이 있다.

나는 사막의 찬란한 햇빛과 모래, 광활한 지평선에 중독되어 있다. 사막은 성지나 다름없었고, 나는 성지 순례자였다. 나에게는 늘 또 다른 사막이 기다리고 있다. 나는 사막에 존재하지도 않는 신전을 찾아 나선 영원한 순례자였다. 내가 사막 순례를 시작한 것은 대략 15년 전부터였다. 아마 내가 죽을 때까지 그 순례는 계속될 터이다. 그렇지만 나는 결국 사막에서 정처 없이 떠도는 이방인이었고 언제나 이방인으로 남게 될 것이다. 사막의 본질은 여전히 그대로 남아있기 때문이다.

나는 온갖 고생, 고생하면서 열대우림과 사막만을 찾아 혼자 여행하는 취미를 갖고 있다.

고난과 극기의 여행.

나의 예민한 성장기에 바다에서 일어났던 그 비극적 사건 때문에, 잔인한 전쟁이 할퀴고 지나가면서 내 가족에게 남긴 아물지 않은 깊은 상처의 후유증 때문에 생긴 원죄의식은 평생 동안 나를 따라다녔다. 나는 그때 바다의 잔인무도한 힘과 그 악의를 알게 되었고 바다에 대해 억누를 수 없는 깊은 원한을 품게 되었다. 죽음의 두려움보다도 더 나쁜 게 바다에 대한 끝없는 공포심이었다. 나는 원래 선장이 되어 이 세상 끝에 있는 바다까지 가보고 싶어 하지 않았던가. 그 꿈을 잃어버렸다.

그랬으니 바다를 대신한 사막 여행은 내가 일시적 절망에서 벗어나려는 단순한 행위도 아니었고 인생의 영원한 구원을 찾으려는 행위도 아니었다. 나는 인간의 삶에는 목적도 의미도 궁극적이고 보편적인 진리도 없다고 회의적으로 생각했으니, 인간을 포함해서 세상의 존재가 그저 별것 아니라고 생각했으니, 내가 구원을 갈망했을 리는 없다.

그렇다면, 그 여행은 내가 자신의 내면 속 깊은 곳에 감추어진 자아를 찾으려는 사색적 탐구, 자기 자신으로부터 무한정 도망치려하는, 방황하는 영혼과 타협하도록 하는 설득, 일종의 치유, 정화, 사유, 정신적 치료 행위였을까.

아무도 모른다. 나 자신도 모른다.

　그러므로, 불가에서 말하는 산 중의 산, 깨달음의 산, 원각산圓
覺山을, 오욕칠정을 끊고, 삶을 끊고, 화두의 바랑 하나만 짊어진
채 바로 그 원각산을 찾아가는 여행도 아니었다.

　사막이 무어란 말인가. 언제 사막이 날 애타게 기다린 적이 있
었던가. 사막은 이제 너무 지겹지 않은가. 사막에서 신을 만날 수
있을 것인가. 사막이 신이 아닐까. 그렇지만 신은 불가해야하고
역설과 모호함이 아니던가. (그런데 신을 만나기를 바라는 이유는
고통 때문인가. 또는 보다 근원적으로 존재론적 차원의 이유가 있
는 것인가. 하여간에 신을 만나면 무슨 말을? 우선 고통을 없애
달라고 읍소 할 것인가. 또는 내가 원하는 걸 달라고 부탁할 것인
가. 용서를 구할 것인가. 아니면 고맙다고) 사막은 악마다. 악마는
나를 호시탐탐 기다리고 있는 것이 아닐까.

　하지만 아무것도 살지 못할 것 같은 사막은 황량하면서 장엄하
고 삭막하면서도 우아하다. 그것은 자기중심적이고 무자비하다.
사막은 끊임없이 인간에게 인내의 한계를 시험하도록 강요한다.
그러나 날이 갈수록, 바람이 수놓은 아름다운 모래결이 호수의 물
결처럼 퍼져 있는 사막을 더욱더 사랑하게 되었다. 끝없이 드넓고,
메마르고, 거칠면서도 부드럽고 관대한 더지. 꾸밈없는 단순함이
있는 곳. 그곳에는 문명의 때가 전혀 끼지 않은 순수한 야생이 있

었고, 완벽한, 그래서 엄숙하기까지 한 생명 이전의 태고의 정적
이 있다.

사막에는 무한한 공간의 영원한 침묵만이 숨 쉬고 있다. 문명사
회에서는 도저히 맛볼 수 없는 대자연의 원초적인 힘을 느낄 수
있다. 나는 언제까지나 사막을 사랑할 것이다. 사막은 사소한 일
에도 상처 받기 쉬운 나의 예민한 감정을 진정시켜 주었다. 사막
의 군더더기 없는 고독이 나를 감싸 안아 주었다. 나는 사막에서
마음의 평안을 얻는다.

사막은 고요와 모래, 바람과 별들의 고향이다. 단순하고 정직하
다. 그리고 절대적인 평화와 안정이 있다. 사막에는 바람의 흔적
만이 모래 위에 남아있을 뿐이다. 사막에서는 시간도 흐름을 멈추
는 것처럼 보인다. 사막의 바람은 침식과 풍화를 일으키지만 그
작용이 너무 느려서 사막의 본질은 수천 년 전과 지금의 모습이
다르지 않다. 사계절도 없으니 일 년 내내 풍경의 변화도 없다. 그
래서 사막에서 시간은 흐르지 않고 고일뿐이다.

그런데 사막은 태양의 땅이다. 사막에서 부수적인 것들은 불타
는 태양이 태워버리기 때문에 그것들은 모두 사라지고, 오직 본질,
진실만이 존재한다. 하얀 뼈만 남는다. 그래서 사막은 궁극적이고
절대적이다.

오래 전부터, 나는 그 무엇과도 견줄 수 없는 사막의 매력에 완

전히 매혹되어 있었다. 사막은 나의 영혼을 사로잡는 주술적 마력을 지니고 있었다. 사막은 인간들에게 결핍되어 있는 본질적인 그 무엇을 감추고 있었다. 그때 사막은 자신의 실체를 눈에 보이지 않는 세계의 내면으로 숨긴 채, 그곳으로 나를 끌어 당겨 감각적 마비 상태에 빠지게 한 것이다. 사막이 나에게 최면을 건 것이다. 사막은 일종의 최면을 걸어서 수천 년 동안 여행자들을 유혹하였다. 그리고 사막의 함정 속으로 빠져들게 하였다.

나는 나의 또 다른 자아에게 속삭인다.

사막에 가서 진짜…… 사막을 느껴볼 거야. 사막은 신이니까. 아니면 신의 위대한 적수이니까. 사막은 일종의 신비, 비세속적인 신성함, 허무를 극복하는 성스러움, 공포스러운 힘, 악마적 괴물, 끝없는 혼돈, 미신이고 야만, 커다란 공백, 너무나 많은 의미를 갖고 있기에 그래서 결국 무의미하거나 허무한 것이 아닐까. 그러나, 이 세상에서 내가 느끼는 가장 큰 기쁨은 사막의 황혼이 선사하는 그 감미로움이지. 그 황혼을 평생 잊을 수가 없으니까 또다시 찾아가는 거겠지.

(하지만, 사람들은 날 사막에 미친 사람이라고…… 괴짜처럼 취급하고…… 혀를 끌끌 차지. '왜 그렇게 사냐'는 말도 가끔 듣고, '언제 철 들겠느냐'는 말도 들었지. 어떤 고약한 사람은 날 현실도

피주의자 혹은 마조히스트로 취급하고 경멸하기까지 했지. 그러니 내 여행 계획을 경청하고 고개를 끄덕이며 격려해준 사람은 아무도 없었거든. 마누라도 그렇고……. 그러나 나는 적극적으로 해명해야할 필요성을…… 자신을 정당화하거나 변명할 필요성을…… 느끼지 못하였지. 사막에 신이 있다는 걸…… 그걸 찾아다닌다고…… 도저히 납득시킬 수가 없었으니까. 어차피 누구도 이해시킬 수 없었지. 나는 그 비양거림에 부끄러워하지도 않았고 당연히 들어야할 수근거림이라고 여겼지. 그건 인간들의 흔해빠진 수다에 불과한 거야. 그들이 제대로 본 거겠지. 누가 이해해주겠어.)

그리고, 피부에 닿는 태양의 열기를, 감긴 눈꺼풀을 덮치는 햇빛을 느끼는 거지. 그러게 말이야, 사막에서는 그런 거야. 나를 찾으려면…… 그 무엇을 찾으려면…… 그 무엇을 깨달으려면…… 사막을 건너야만 하지. 그러나, 분명한 거야. 난 이아손처럼 황금 양털을 찾아서…… 아서왕과 원탁의 기사들처럼 성배를 찾아 사막으로 떠나는 게 아니지. 난 알마시 백작처럼 사막 탐험가도 아니지. 단지 자기 자신이라는 고질병을 치유하기 위해 그냥 떠나는 거지. 사막에서 그 놈의 지긋지긋한 증세를 싹 날려 보내버리고, 자유를 찾는 거야. 그리하여, 마음껏, 제멋대로 상상하는 거야. 그러니까…… 결론이나 해결책 따위는 필요 없는 거지.

그렇지, 그 빌어먹을 직사광선에 잠시 몸을 맡겨보는 거지. 그리고…… 그 심연 같은 사막의 침묵을 느껴보는 거야. 그 신성한 침묵은 수백 만 개의 목소리로 이르어진 사막의 음성이지. 그 거대한 침묵의 소리, 아득한 과거로부터 들려오는 소리를 들어야만 되지. 그러면 나는 사막과 대화를…… 침묵의 대화를 하는 거겠지…….

그러나, 까닥 잘못하면…… 열사병이나 일사병에 걸려 죽게 되겠지. 아니면, 뜨거운 태양이 칼날처럼 피부를 꿰뚫으면서 아예 숯덩이처럼 태워버릴지도 몰라. 그러고 나서, 너무나 허약한 놈이라고…… 한껏 비웃겠지. 그럴 거야. 언젠가는 사막이 입을 벌리고 으르렁거리며 날 집어삼켜버릴 거야. 나의 사막여행을 쓸데없는 짓이라고, 인생을 허비한 것에 불과한 것이었다고, 냉철하게 선언을 할지도 모르지. 사형선고를 내리겠지. 그러고 나서 스스로 집행을 하겠지. 나는 몽롱한 꿈속에서 그걸 어렴풋이 때로는 명료한 의식 속에서 명증하게 인지할 수 있었거든.

사실인즉, 태양이 빛나는 뜨거운 사막이야말로 인류 역사에 있어서 무궁무진한 종교적 영감의 원천이라고 할 수 있다. 나는 이 문제에 대하여 보잘것없는 지식밖에 없는 자신이 주제넘게 끼어들었다고는 생각지 않았다. 나는 사막 여행의 진지한 경험을 음미하고, 종교의 역사에 대한 분석적 통찰을 통하여 나름대로 그러한 결론에 도달한 것이다. 하지만 나는 (건축물처럼 잘 짜여 진 이론 체계를 세울 자신은 없었으므로) 학문적인 관점이 아니라 감각적으로 이 문제에 접근하였다. 사막의 모래와 영적인 빛을 발하는 붉은 태양이, 그리고 그 두렵고 무거운 적막이 신을 탄생시킨 것이라고 제멋대로 결론을 내려버린 것이다.

어쨌거나, 지나치게 현학적이고 관념적이며 상투적인, 고매한 문화인류학자나 종교학자들이 자신의 견해에 선뜻 동의할 리는 없다고 생각했다. 그들은 종교의 탄생에 관한 복잡하고 배배 꼬인 이론을 동원하여 경멸적인 어조로 나를 인정사정없이 깔아뭉갤 것이다.

그런데, 그 사람들이 사막에 가보기는 한 걸까?

사막에서 압도적 존재인 강렬한 태양 아래서 목마름과 허기에 지쳐 옅은 황토색과 짙은 회갈색이 뒤섞여 비현실적인 색채를 띠는 몽환과 같은 모래언덕을 몽유병자처럼 흐느적거리며 걸어본 일이 있었을까? 그래서 사막의 그 신비스런 장엄함과 침묵을 온몸으로 느껴본 일이 있었을까? 죽음과 같은 고독이 숨 쉬는 텅 빈 땅에 생명에 대한 경외감과 함께 영성이 충만해 있다는 사실을 알고 있을까? 사막에서 인위적이건 천연의 장애물이건 간에 아무것도 존재하지 않는 무한의 공간과 대면하는 가운데, 빛이 가장 눈부신 시간, 강렬한 햇빛 속에서 불현듯 출현한 불멸의 존재와 조우하게 되면 그 사람은 이미 신을 절대로 버릴 수 없다는 사실을, 그들은 알고 있을까?

지금도 새로운 신을 만나기 위해 사막 속으로 찾아나서는 사람이 있다. 신을 찾아다니는 사람은 자신이 원하는 곳에서 신을 찾는 법이니까, 그는 자신만의 신을 찾아서, 어떤 커다란 징조나 계시 같은 것을 찾아서 사막을 헤맨다. 그러나 그는 사막에서 신의 환영을 얼핏 보았고 신의 희미한 목소리를 들었지만 그것이 악마의 목소리였는지 아니면 신의 목소리였는지 헷갈려서 지쳐버렸는지도 모른다. 어떤 사람은 신을 찾아다니는 대신 자신만의 신앙을 창조해서 그 종교의 유일한 하나님 겸 유일한 신자가 되기를 바라면서 사막의 성소를 찾아 헤맨다.

그들은 알고 있을까?

나는 다시 생각한다.

사막은 신의 정원이지. 그들은 사막을 알라의 정원이라고 불렀던 거지. 알라신이 우리들 인간으로 하여금 이 삼라만상의 진정한 존재 가치를 알 수 있도록 하기 위해 모든 불필요한 것들은 없애버린 땅이라고 생각한 거지.

그 정원에 충만해 있는 모래와 (항상 스스로 증식하여 불꽃으로 타오르는) 햇빛이 무지한 인간들에게 신앙을 선물한 거야. 난폭하고 혼란한 시대에 인간들은 맹목적으로 믿고 의지할 신이 필요했거든. 사람들은 사막에서 신의 목소리를 들을 수 있었지. 사막에서 인간은 끊임없이 신과 대면할 수 밖에 없어. 사막에는 불멸의 존재에 대한 명상을 방해하는 것은 아무것도 없으니까. 사막에서 인간은 어떤 경우에도 신을 버릴 수 없지.

그러니까, 사막은 인류의 정신적이고 영적인 고향이지. 거기에 인류의 뿌리와 생명의 원천이 자리 잡고 있어. 인간이 언제까지 번성할 수 있을까? 잘 모르겠다. 나 같은 사람이 어떻게 그걸 알 수 있겠어! 다만…… 인류가 언젠가는 멸망할지 모르지만 ― 지금 보면 멸망을 향해 질주하고 있는 것처럼 보이긴 하지 ―, 그러나, 그 이후에도 사막은 여전히 아름답고 위대한 존재로 남을 것이야. 사막은 불멸의 존재이니까. 그리고 끝없이 순환과 반복이 일어나는 거지.

나는 길을 걸을 때면 자신과 대면하였다.

사막을 천천히 걸어가면 절망과 고독, 자괴감과 수치심 같은 것은 자연스럽게 치유되고, 자기 내면의 목소리를 들을 수 있었다. 광대한 사막의 텅 빈 무無가 인간을 겸허하게 만들었다. 위대한 사막에서는 자신이 얼마나 하찮은 미물인지, 또한 한없이 어리석은지 깨닫고 부끄러움을 느꼈다. 그리고 인간이란 누구나 매우 천박한 존재라는 사실을 깨닫게 되었다.

그래, 자신이 보잘것없는 존재인지를 깨달으면 얼마나 창피하고 당혹스러웠겠어. 내가 아무것도 아니라는 자의식, 다시 말하면 비존재라는 의식에 사로잡힌 거지. 그래서, 사막은 실질적인 것이라기보다는 나를 초월하는 것으로 하나의 신비한 상징이 되고, 그러나 그 신비를 풀 길이 없으니 결국 허무주의자가 될 수밖에 없는 거야. 그래도 허무주의자는 삶과 죽음에 차가운 시선을 던지면서도 끊임없이 꿈을 꾸는데 사실은 그게 꿈이라기보다는 판타지인 거지. 그러니…… 그때는 난 그저 외로운 나그네일 뿐이라고 자신을 스스로 위로해야만 하는 거지. 그러고 나면, 마음이 한결 푸근해지는 거야.

그것뿐만이 아니야. 사막의 뜨거운 햇빛에 고질적인 증세들은 씻은 듯이 사라져 버리거든. 그 증세는 참으로 끈질기지……. 운명처럼 끈질기지……. 그런데 태양이 그 칙칙하고 음울한 증세들을 말끔히 태워 버리는 거야. 남은 재는 모래바람에 실어 지평선 너머로 날려 보내버리고…….

그러니까, 내 인생은 줄곧 의문형이라고 할 수 있었지만……. 그렇다고, 사막에서 정신적 갈등과 방황에 대한 위로와 치유까지 추구한 것은 아니었지. 삶의 근원적 모순에 대한 해결책은 아니었지. 인간의 행복도 아니었지. 누구처럼 사막에서 위대한 신을 발견하려고 하는 것도 아니었지. 물론, 절대로 아니었지. 나는 구원을 믿지 않으니까. 다만, 나를…… 자신의 근원을 찾아 끝없이 헤멘 거지.

그러기 위해서 끝없는 고통이 필요했지. 극심한 굶주림과 목마름 같은…… 그걸 참아내야 했거든.

사막을 걷는 일은 그 증세로부터 자신을 지킬 수 있는 가장 효과적인 마음의 백신이었다. 사막에서는 가슴과 머리가 옥죄어들기 시작하면서 가쁘게 숨을 몰아쉬거나 호흡곤란을 느낄 필요가 없었고, 자제력을 잃고 미칠 것 같은 공포감이 들거나, 이유 없이 맥박이 빨라지면서 가슴이 두근거리고 심할 경우 심장이 멎을 것 같은 증상이 일어나지도 않았다.

물론 처음 며칠 동안은 간신히 몸을 가누고 걸으면서 길에 대한 두려움과 싸워야 했다. 처음 며칠 동안이 힘들었다. 신체의 기관들이 아직 적응이 덜 되었고, 단련이 안 되었기 때문이다.

그때쯤이면 발은 퉁퉁 부었고, 등에는 통증이 왔다. 피부가 이곳저곳 벗겨지고 빨갛게 짓물려 있었다. 무릎과 발목, 어깨, 팔꿈치, 대퇴골 등 신체 모든 곳의 관절에 오는 극심한 근육통을 참아내야 하였다. 갑자기 위경련, 구토, 설사가 일어나기도 하였다.

다리는 천근만근 무겁고 배낭은 어깨를 무섭게 짓눌렀다. 몸은 하루 종일 걸으면서 완전히 녹초가 되어버렸고, 모든 희망, 욕망 같은 것들은 희미해져 버렸다.

그러면서 지독하게 외로워서 견딜 수가 없었다. 왜 내가 이 지겨운 여행을 계속해야 하는지 그럴듯한 이유가 도무지 생각나지 않았다. 이 고통스러운 여행을 보상하고도 남을 만큼 그 무엇이 존재하기는 하는 건가? 모든 것이 점점 의심스러워지는 순간이었다. 밤에 겨우 잠이 들면서 과연 내일 아침에 무사히 깨어날 수 있을지, 걱정이 되었다.

그러나 그 절망의 순간에는 잠시 휴식을 취하는 것이 필요하다. 과거 여행의 행복했던 순간을 떠올리며 자신을 위로하여야 한다. 그럴 때는 일부러 신나게 휘파람을 불어댔다. 나는 멋들어지게 휘파람을 불 줄 알았고, 만날 부르는 몇 곡의 십팔번이 있었다. 그러면 왠지 편안한 느낌이 들면서 숨쉬기가 안정되고, 심장도 더 이상 쿵쾅거리지 않았다. 걷지 않고 충분한 휴식을 취한 그날 하루는 매우 유익하다. 마음의 여유가 생기고 정성껏 돌본 상처도 아물기 시작하기 때문이다.

걷는 즐거움이란 게 거저 생기는 것이 아니다. 이런 고난을 극복해야 하는 것이다. 그 후에는 몸이 걷기에 훨씬 단련되면서 정신적으로 아주 편안한 상태가 되고 한결 여유를 되찾게 되는 것이다. 몸이 빠르게 적응하고 있었던 것이다. 어떻게 이런 일이! 나는 다리 뿐만 아니라 팔과 어깨, 온몸으로 걷고 있다는 것을 생생하게 의식한다. 발밑의 땅의 따스함을 느낀다. 나는 땅과 함께 어깨동무를 하고 길을 걷고 있는 것이다. 그때는 길에 부드러운 카펫이 깔린 것 같다. 나는 길을 걷는데 대한 편집증적 증세가 다시 나타났고, 가뿐한 걸음걸이로 날을 듯이 걸었다.

산티아고 데 콤포스텔라의 순례자들은 순례를 시작한 첫 날에 간소한 의례와 함께 맹세를 했다.

……너무 빠르게 너무 느리게 걷지 말 것이며, 언제나 길의 법칙과 요구를 존중하며 걸어가기를. 그대를 안내하는 이에게 복종하기를, 심지어 내가 살인이나 신성모독, 파렴치한 행동을 명령하는 경우에도. 그대는 안내자에게 절대적인 복종을 맹세해야만 할 것이니라.

그런데 길의 법칙과 요구를 존중하라는 말은 백 번 맞는 말이지만 이 맹세에 명백히 빠진 부분이 있다. 신발은 발에 잘 맞는 오래된 것을 신어야 한다는 것 말이다. 신발은 자신의 발에 맞게 주름 잡히고, 부드럽게 뒤틀려 있어야 하는 것이다.

길은 언제나 길이었고 목적지에 도달할 수 있도록 이어져 있었다. 어쨌거나 걸어서 앞으로 나아가야 했다. 그때 길은, '길은 끝이 없는 거야. 당신의 의지가 명령하는 곳으로 가야만 되지. 내가 지금 어디로 가고 있는 것일까? 누굴 찾아서, 무얼 찾아서 떠나는 것일까? 왜? 무엇 때문에 출발하였는가? 물을 필요가 없는 거지. 그 길이 당신에게 가야 할 길을 안내할 거야. 지평선을 향하여 계속 걸어야만 돼, 걷는 것은 즐거운 거야. 지금 북이 울리고 있어. 길을 노래하라, 태양을 칭송하라.'라고 속삭였다.

나는 적갈색 태양을 강렬히 의식하며 사막의 길과 공감하였고 자신에 대하여 강한 존재감을 느꼈다.

나는 게으름을 피우면서 몹시 느릿느릿 걸었기 때문에 사막의 모래언덕을 돌아보고 감탄하는데 시간은 충분하였다. 사막의 모래 언덕은 조금도 물리지 않았다. 그럴 때면 진정으로 사막에 도달하였다는 기분, 내가 죽어 묻혀야 할 곳에 마침내 도착하였다는 느낌마저 들었다. 나는 지나간 자신의 삶을 깊이 반추하면서 사막을 음미하고 걸었다. 사막은 현실과 비현실의 완충지역을 이루고 있었고, 현재와 과거를 명백히 가르는 경계선 같은 것은 없었다. 사막은 그 과거라는 존재가 나와는 아무런 곤련이 없는 것 같은 환상을 심어주었다. 그때, 나는 언제나 낯설은 사막의 풍경을 감상하기 보다는 자연과 교감하면서 자신의 심연을 묵상하는 내면 여행을 한 것이다.

어느 날 드디어 최종 목적지에 도착하면 그때는 결국 도달하고 말았다는 안도의 감정을 느끼게 되지만, 언제나 너무 지쳐서 탈진할 정도였고 그 순간 머릿속은 진공 상태에 빠져 들었다. 내가 도달한 그 어디에서도 나는 무언가 빠져있음을 느꼈다. 나는 부재와 상실감을 느낀다. 그러므로 곧 쓸쓸하고 섭섭한 감정에 사로잡히게 되고, 처음 그곳으로 다시 돌아가고 싶다는 강렬한 욕구만이 머릿속을 맴돌 뿐이었다.

내가 사막이나 열대우림을 뒤로 하고 떠나올 때면, 벌써 정신적이건 육체적이건 모든 피로는 말끔히 사라지고 없었다. 곧 그 힘들고 지긋지긋한 여행의 기억들은 자취를 감추고 아름답고 찬란한 추억들만이 고스란히 가슴 속에 남았다.

나는 오지 여행을 떠날 때마다 짜증나는 복잡한 절차와 막대한 비용, 그 지독한 현지의 기후 풍토, 개밥보다 못한 원주민 음식, 허기와 탈진, 심한 배탈과 설사, 수면 부족, 크고 작은 상처, 저체온증, 가슴을 무겁게 짓누르는 고독, 완고한 관료주의, 달러를 밝히는 국경 관리, 카라슈니코프 자동소총을 들고 위협하는 반군, 고통스러울 만큼 길고 지루한 여정 등 그 모든 것을 언제든지 감내할 준비가 되어 있었다.

혼자서 외롭게 먼 길을 걷는 여행은 길에서 만나는 낯선 사람들이 지껄이는 말을 거의 알아듣지 못하지만 그래도 자기 자신과 어울리고, 스스로를 해방시키는 일이었다. 삶의 진실이 길 위에 있다. 인생은 그 자체가 머나먼 길이다.

나는 늘 열대우림의 환상적인 녹색의 지옥, 또는 가혹할 정도로 황량한 사막의 놀라운 매력에 흠뻑 빠져 있었다. 나는 언제든지 그곳으로 또다시 돌아갈 것이다.

그런데, 그때 — 태양이 이미 지평선에 걸려 있었다. —, 갑자기 바람이 불어 닥쳤다. 힘겹게 길을 찾아 되돌아갔지만 엎친 데 덮친 격으로 앞을 분간하기 어려울 만큼 맹렬한 모래폭풍이 불기 시작한 것이다. 바람은 처음에는 미풍처럼 잔잔하게 불기 시작하더니 갑작스럽게 거친 숨결을 내뱉으며 세차게 몰아붙였다. 마침내 거대한 파도 같은 모래 기둥을 일으키며 모래폭풍으로 돌변한 것이다. 곧, 모래먼지에 가려서 하늘이 보이지 않을 만큼 주위가 어두워졌고 길은 모래먼지에 파묻혀 헝클어져 버렸다.

사막의 유목민들이 함신이라고 부르는 계절풍이 거대한 모래먼지 덩어리를 낚아채 사막 이곳저곳으로 날려 보내서 마을과 길을 파묻어버리고 하늘을 창백하게 만든다. 바람은 아무런 사전 경고도 없이 갑자기 불어 닥친다. 변덕스런 함신은 이유도, 자비도 없이 사막을 강타한다. 그 냉혹한 바람은 사닥에 절망과 망상을 실어 보낸다.

사막에서 모래폭풍에 버틸 수 있는 것은 아무것도 없다. 그 어떤 무엇도 저항할 수 없다. 그것은 모든 것을 갈기갈기 찢어 놓는다. 사막의 모래폭풍에 갇히게 되면 장소나 방향에 대한 모든 감각을 잃어버리게 되고 그때 사람들은 길을 잃는다. 처음 이 무서운 사막의 광기에 사로잡히게 된 사람은 끝내 미쳐버릴 수 있다.

나는 함신의 위력만은 이미 알고 있었다. 전에도 이곳저곳 사막을 여행하면서 그 지독한 모래바람을 몇 번인가 경험한 일이 있었던 것이다. 그러므로 처음이 아니었던 것이다. 하지만 이번에는 그 정도가 특히 심했고 그에 따라 불길한 예감은 더욱 증폭되었다. 나는 두려움을 느꼈다. '이 바람이 날 죽일 작정이군.'

이제 사막의 길은 재앙으로 가득차 있었다. 길은 바람에 휩쓸려 제멋대로 꼬여 있었다. 크고 작은 모래언덕 사이에서 구불구불하게 휘어지기도 했고 넓어졌다 좁아졌다를 반복했으며, 잠시 자취 없이 사라졌다가 다시 나타나기도 하였다.

끝없이 어지럽게 흩어져 있는 모래언덕 사이를 이리 돌고 저리 돌면서, 이내 방향 감각을 잃어버리게 되었다. 모래사막에서는 아무리 사방을 둘러보아도 아무 것도 인간의 시야를 가로막지 않는다. 지평선까지 끝없이 펼쳐있는 모래사막은 거리 감각까지 마비시켜 버렸다. 사막에서는 자욱한 모래먼지와 이글거리는 태양 때문에 원근감이 과장된다. 그것은 이 세상 끝까지 이어져 있는 것처럼 보였다.

얼굴과 온몸에 땀이 비 오듯 흘러 내렸고, 가는 모래가 땀과 뒤범벅이 되어 여기저기 긁어낼 수 있을 만큼 두텁게 들러붙었다. 눈언저리와 코, 입 속까지 모래 덩어리가 서걱거린다. 모래는 사막의 열기에 달궈져서 살갗을 태울 것처럼 뜨거웠다. 살갗이 몹시

따갑고 바늘로 찌르는 것처럼 꾹꾹 쑤시기까지 한다. 눈이 따끔거
린다.

지금 몇 시간째인지 제자리를 계속 맴돌고 있을 뿐이다. 사막에
서는 침식과 퇴적 작용이 끊임없이 반복되고 있었다. 사나운 모래
폭풍이 계속 키질을 하여 모래먼지와 티끌을 끌어 모으고 분산시
켜 수시로 지형을 바꾸어 놓을 뿐만 아니라, 거대한 모래언덕을
만들어 끝없이 펼쳐 놓고 있었다. 높고 웅장하면서 섬세하며, 무
리지어 서있는 이 언덕들은 모래가 반복적으로 끊임없이 흘러내
리고, 다시 계속 쌓이고 있었다.

그러나 사막의 바람은 건축가였다. 모래언덕이 연출하는 곡선의
부드러움은 사막의 가혹한 대지와 기묘한 대조를 이룬다.

사막에서 미친 듯이 맹렬하게 부는 바람은 관악기, 타악기, 현
악기로 함께 연주하는 관현악단이었다. 바람은 관현악단처럼 화려
하게, 격렬하게 사막을 연주하였다.

나는 마침내 길을 잃고 헤매기 시작하였다. 눈앞에 보이는 것은
무한대로 뻗어있는 크고 작은 모래언덕뿐이었다. 계절풍이 몰고
온 맹렬한 모래폭풍이 미세한 모래입자를 이곳저곳으로 날려 보
내 제멋대로 만들어 놓은 길은 모래언덕 사이로 숨었다가 다시 나
타나곤 하였다. 결국 길은 산처럼 높다란 모래언덕 속으로 기어

들어가더니 감쪽같이 사라져서 자취를 감추어 버렸다. 웅장하고 위엄이 서려 있는 거대한 언덕이 밤의 유령처럼 버티고 서서 그들을 가로막았다. 그것은 영겁과 같은 기나긴 세월 동안 말없이 고독했을 것이다.

그러나 모래언덕은 아름다웠다. 모래언덕은 태양의 방향에 따라 하루 중에도 시시각각으로 그 색조가 화려하게 변모하였다. 특히 석양의 그림자를 등 뒤에 지고 반사광의 잔영에 황금빛으로 물든 그 가슴 저미는 풍경이 그대로 아름다웠다. 계절풍이 휩쓸고 지나간 그 자리에 세월의 앙금이 겹겹이 쌓여서 뭐라고 형용할 수 없을 만큼 쓸쓸하고 아름다웠다.

도대체 사막의 황혼은 누구를 위해 그렇게도 아름다운 것인가.

섬세한 영혼을 가진 외로운 사막 여행자는 모래언덕 주위를 억세게 휘감고 있는 아름다운 슬픔을 온몸으로 느낄 수 있었다.

사막에서는 살아있는 유기체처럼 모래언덕도 끊임없이 생성, 성장, 이동, 소멸, 재생되고 있었다.

피라미드 형태의 봉우리와 칼로 벤 듯 한 날카로운 산등성이, 굽은 등줄기, 물결치는 사면들로 정교하게 조각되어 있는 모래언덕은 황갈색과 옅은 분홍색을 띤, 우아하고 비단결 같이 부드러운 모래 알갱이들이 바람에 실려와 만들어진 것이다. 바람에 날려 온 모래는 점점 가파르게 쌓여서 임계치에 이르는 경사도에 도달하면 다시 미끄러져 내렸다.

그 모래언덕은 바람결에 따라 스스로 다양한 형태와 빛깔을 띠고 황홀하게 변화하였고 완벽할 정도로 깨끗하였다. 바람이 잠시도 쉬지 않고 그 표면을 닦아내기 대문이다. 그것은 아름다운 여체를 연상시킨다. 눈이 시릴 만큼 빛의 향연이 펼쳐지는 붉은 석양을 등지고 요염하게 누워있는 완벽한 몸매였다. 그 곡선이 너무 섬세하다. 그녀의 가는 허리와 팽팽한 엉덩이는 생생하고 풍만했다. 그래서 음란하고 관능적이었다.

그리고 모래언덕은 끊임없이 신비한 노래를 불렀다.

노래하는 모래언덕.

그러나 바람의 방향에 따라 사막의 풍경은 순식간에 바뀌었다. 어떤 모래언덕은 불현듯 솟아올라서 길을 막았다. 태양열 화덕처럼 열기로 데워진 사막 한가운데서 갑자기 언덕이 신기루처럼 등장한다. 하지만 이곳 사막에서는 신기루가 실제 상황이었다.

내가 사막을 여행하며 터득한 것인 데, 타는 듯 한 사막에서 탈수 증세를 방지하기 위한 가장 좋은 방법은 가능한 한 몸을 움직이지 않는 것이다. 그래야만 땀도 흘리지 않고, 고통도 덜 느끼게 된다. 그늘 밑에서 몸을 움직이지 않고 가만히 있는 것이 최선인 것이다. 아직 먹을 게 약간 남아있긴 하였으나 음식을 먹으면 갈증은 더욱 심해지므로 아주 조금이라도 음식을 삼키는 것을 경계할 수밖에 없다. 사막에서 길 잃은 사람들이 죽게 되는 것은 대부분 굶주림 보다는 탈수증세 때문이다.

갈증이란 인간의 몸에 흐르는 피가 수분이 부족하면 뇌에서 보내는 신호에 불과하다. 사람의 신체는 수분이 부족해지면 수분을 혈관에서 끌어오게 되고, 탈수 때문에 신체가 충분한 영양소를 받아들이지 못하면 신체의 기관은 점차적으로 기능을 상실하게 된다. 이 과정에서 피는 극도로 탁해지면서 기능장애가 와서 애타게 신호를 보내게 된다. 갈증은 인간이 할 수 있는 경험 중에서는 최악의 종류라고 할 수 있다. 모든 생물종 중에서 가장 적응력이 뛰어난 인간이란 동물도 갈증 앞에서는 속수무책이다. 몸은 열기를 쉽게 방출할 수는 있어도, 불행히도 수분을 저장하는 방법까진 알지 못한다.

마지막 남은 물 한 방울은 성수와 같았고, 물은 흘러가는 시간이 되었으며 시간 속에서 생명이 되었다.

그러다가, 결국 막다른 골목에 이르게 되었다. 나의 혀는 설태가 끼어 하얗게 부풀어 있었고, 입술은 옅은 푸른빛으로 변하였다. 침은 마른지 오래 되었고, 식도는 딱딱해 지면서 날카로운 무언가가 긁어대는 것처럼 따가웠다. 탈수증세가 심각하게 나타나기 시작한 것이다. 탈수 증세는 먼저 극도의 피로와 식욕부진, 맥박수

증가, 과민반응 등으로 나타났고, 이 단계를 지나자 심한 어지럼
증과 두통, 호흡 곤란, 분명치 않은 발음, 몽롱한 의식 같은 심각
한 증상이 나타나면서, 제대로 걷지도 못하고 몸은 삐쩍 말라갔다.
　마지막 극한 상황에 이르렀다.
　혓바닥은 농포가 생기면서 퉁퉁 붓고, 입안은 헐어 감각을 잃게
되었으니, 이제부터는 뭔가를 삼키는 것이 불가능하게 되었다. 눈
이 빛으로 가득 차 부시게 되면 몇 시간 이내에 죽음이 들이 닥칠
것이다. 목마저 잠겨있어서 나는 말 한마디 내뱉기도 힘겨웠다.
　고통은 사라졌다. 어둡고 흐린 막연한 욕망, 광적인 이상한 감
정, 어떤 신성한 존재, 죽음의 공포, 잃어버린 추억도 사라졌다.
모든 것이 아득히 멀어 보였다.
　나는 탈수로 인하여 죽는 것은 모진 고통일 것이라고 생각하였
다. 차라리 극도의 추위 속에서 저체온증으로 죽는 것이 훨씬 고
통이 덜 할 것이다. 그때는 몸이 얼어붙으면서 신체의 감각이 무
감각해져서 최소한 고통만큼은 느끼지 않을 수 있는 것이다. 이때
는 죽음이 편안한 휴식이 된다. 물론 지금 상황에서는 도저히 기
대할 수 없는 일이지만 말이다.
　죽음을 피할 길은 없어 보였다. 음산한 죽음의 그림자가 밤의
유령처럼 내 곁으로 바짝 다가와 있다. 사막의 정적 속에서 그것
은 엄숙하게 울려 퍼졌다.

젊은 날의 초상

내가 감히 인간의 냉혹한 운명에 대해 말할 자격이 있는지 모르겠다. 지금까지 살아오면서 운명다운 운명과 조우하여 그것에 맞서 격렬하게 싸워본 일이 없었기 때문이다. 그러나 나의 경우에 삶의 운명은 구체적으로 어떤 경로로 진행되었을까 하고 한번쯤 생각해 볼 수는 있지 않을까. 지금쯤, 내 삶의 한 끄트머리를 되돌아볼 수 있지 않을까. 순전히 우연 혹은 행운 덕분에 옆길로 벗어나지 않은 운명 말이다.

그러나 이건 고백이나 짧은 회고록 따위는 아니다. 뭐랄까?

그것은 결코 자기 자신을 진실하게 내보이는 것이 아니다. 고백하는 사람은 누구나 거짓말쟁이이며 모든 고백에는 위선적인 동기, 과장, 미화, 자화자찬, 변명 또는 교묘한 선전이 숨어있다. 진정한 사람은 자신에 대해 말할게 별로 없는 법이다.(폴 발레리)

하긴 젊은 시절, 나의 의사와는 상관없이 전쟁터에 끌려가서 야전병원에서 40여 일간 입원하여 성사의 기로를 헤맨 일이 있긴 하다. 하지만 그건 밀림에서 벌어진 치열한 야간 전투에서 어디선가, 어둠 속에서 적의 저격수가 날려 보낸 총알이 몸에 박혀 부상을 입어서가 아니라 뜻밖에 정체불명의 열대병에 걸렸던 것이다. 그것도 수천 명의 백마부대 30연대 부대원 중에서 어느 날 갑자기 나만 걸렸던 것이다. 그때까지 나는 너무나 건강했는데 말이다. 글쎄, 왜 하필 나였을까. 그러니 나는 지금까지도 그 영문을 모르겠다. 모질고 억센 운명 이외에는 달리 설명할 길이 없다.

연대 의무대 군의관은 자신이 손쓸 방법이 없음을 알고 신속하게 야전병원으로 후송한 것이었다.

나트랑. 십자성부대. 102 야전병원.

그런데 그 병의 증상은 이렇다. 처음에는 온몸이 불덩어리가 되었다가 열이 조금 식으면 다시 열병인 것처럼 발작적으로 오한이 엄습하여 전신경련을 일으키고, 그때 의식이 까무러치며 마구 헛소릴 내뱉는 것이다. (그러나 그 헛소리는 나의 무의식 속에 깊숙이 잠재되어 있던 영혼의 알아들을 수 없는 격렬한 외침이 아니었을까.) 하여간에 내 몸은 계속해서 번갈아 찾아오는 불덩어리와 발작적 오한 때문에 근 보름 동안이나 아무것도 먹지 못하고 오직 수액에 의지하고 있었으므로 몹시 피폐해졌다. 의식은 가끔 돌아왔다. 그리고 그때마다 환청, 환각, 착란, 망상에 시달렸다.

그 당시, 감수성이 극도로 예민했던 20대 초반 그 시절에 남몰래 흘린 눈물, 고통, 혼란, 체념 등에 대한 생생한 기억들이 지금까지도 나의 정신세계를 지배하고 있고, 그래서 아주 일찍부터 단념할 줄 알았다. 그리고 바보처럼 단순한 운명론자가 되어 버렸다.

나는 그때 담당 의사와 간호 장교의 암묵적인 대화와 중환자실의 환자에 대한 죽음의 은유를 의미하는 행동에서 짐작하건데, 내가 지금 죽어가고 있음을 놀랄 만큼 분명히 느끼고 있었다.

나는 틀림없이 죽을 것이고, 그것도 아주 빠른 시일 내에 죽을 것이고, 죽은 뒤에는 이제 더 이상 존재하지 않을 거라는 자아의 부재에 대해 단념한 것이다.

나는 죽음의 문턱에서 혼수상태에 빠져 있었다. 육체는 거의 죽어 있었는데 의식은 희미하게나마 살아있어서 그들의 대화를 다 듣고 이해할 수 있었다. 그 의사가 말했다. 호프리스 hopeless야. 뇌가 완전히 망가진 거지. 약이 들어먹어야 말이지. 이미 죽은 거야. 끝장이 난 거지. 간호 장교가 심각한 얼굴로 고개를 끄덕이고 있는 게 느껴졌다.

나는 언제부터인가 모르지만 계속 깊은 잠에 빠져있다, 어쩌면 지금 꿈을 꾸고 있을 뿐이다, 아니면 일시적으로 착란을 일으키고 있는 지도 모른다는 생각이 들었다. 나는 깨어나고 싶었다. 나는 비명을 지르고 싶었지만 비명소리는 나오지 않았다. 그때 나는 살려달라고 외치고 싶었던 것이다.

그랬으니 김규현이 죽음을 앞둔 상황에서 일어나고 있는 명징한 의식의 흐름을 나는 누구보다 잘 이해할 수 있다. 내가 바로 그랬으니 말이다. 나는 야전병원의 침대에서 의식이 깨어날 때는 하염없이 누워서, 길고, 의식적이고, 자의적인 꿈과 환상 속을 헤매었으니까. 그러면, 죽음의 공포가 사라졌었다.

하지만 나는 지금이나 그때나 무신론자여서 톨스토이의 소설 속 인물인 이반 일리치처럼 죽어가는 그 순간 위대한 신과의 대화를 시도하지는 않았다. 다만 그 순간 내가 죽어도 살아 있다는 생각, 내가 죽어도 영혼만은 절대 죽지 않는다는 확신이 들었다.

나는 어느 순간 의식이 회복되었을 때 유서와 다름없는 편지를 써서 고국의 아버지께 보냈었다. 이번 편지가 늦게 된 건 순전히 군사작전이 길어졌기 때문에 편지 쓸 틈이 없었다고, 그 작전은 부대 주둔지에서 200킬로미터나 떨어진 국경 근처의 밀림으로 출동한 장기 작전이었다고 둘러대고, 나는 지금 너무너무 건강하고 잘 복무하고 있다고 등등. 지금 더 이상 자세한 내용은 기억나지 않는다.

또, 그 당시의 일과 관련해 그 40여 일 중에서 특별히 기억나는 날이 있다. (이건 추억이라고는 할 수 없다.)

    열대지방의 늦은 오후. 석양이 질 무렵이면 어김없이 야전병원 화장터의 긴 굴뚝 위로 죽은 병사들의 시체들 모아 태우면서 나오는 하얀 연기가, 영혼을 상징하는 연기가 곧게 피어올라 하늘로 올라갔다. 그리고 바람에 실려 시체 타는 냄새가 병동까지 날라들었다.

    화장터 담당 김 병장은 항상 술에 얼큰히 취해서 불콰한 얼굴로 시체들을 잘 태우기 위해 긴 쇠꼬챙이로 타다 남은 살점과 뼈들을 뒤적여서 불이 활활 타오르는 더 깊은 화덕 속으로 밀어 넣는 일을 했다. 그리고 암암리에 김 병장에 대한 도저히 믿을 수 없는 흉흉한 소문도 돌았다. 열대 지방의 우기에 접어들면 몇 달 동안 억수같은 비가 쏟아지는 날이 계속되고, 그 우울한 날에는 그는 어김없이 노릿노릿하게 구워진 주로 종아리 살점을 안주 삼아 술을 통음한다는 것이었고, 술에 만취하고 나면 무어라고 계속 웅얼대면서 장대빗속을 몽유병자의 몸짓으로 몇 시간씩이나 흐느적거리며 동생을 찾으러 다닌다는 것이다.

    내가 상당히 회복되고 난 후 맑은 공기를 쐬기 위해 병원 주변 숲 속을 어슬렁거릴 때 아무도 접근하지 않는 외로운 사람인 그와 가끔 만나게 되었다. 그때는 나도 너무 외로웠으니까. 말동무가 절실하게 필요했다.

그는 의외로 순박한 사람이었고 식인종처럼 보이지는 않았던 것이다. 더욱이, 그리스 신화에 나오는 눈은 하나 밖에 없고 치즈나 우유를 주로 먹고 살다가 가끔씩 사람 고기로 포식하는 외눈박이 거인 퀴클롭스는 아니었다.

야전병원을 둘러싼 열대의 숲은 무겁고 음산했다.

그날 오후, 하늘은 낮고 거대한 먹구름이 뒤엉킨 채 몰려왔다. 번갯불이 번쩍이고 천둥이 쳤다. 그러나 잠깐이었다. 스콜이 그치고 잠시 서늘한 바람이 불었다. 바나나 나무의 넓은 잎들이 하늘거린다.

그날도 여전히 술에 몹시 취한 채 그가 말했다.

비오는 날은 싫어. 지긋지긋하지. 슬프고 우울하단 말이야. 불의 유혹을 견딜 수 없어 꼭 죽고 싶다니까. 불꽃이 동생 얼굴로 변하지. 동생이 환하게 웃고 있는 거야. 그럴 땐 화덕 속으로 내가 들어가고 싶어. 불꽃이 활활 너울거리며 춤을 추고 위로 솟구칠 때는 그 유혹을 참기 힘들지.

그 아인 비밀에 가득 찬 수수께끼였지. 난 그에 대해 아는 게 별로 없지. 유령처럼 신비로운 존재였지. 항상 반쯤 꿈꾸는 듯한 표정을 하고 있었던 거야. 단지 내가 짝사랑했을 뿐이야. 그리고 불같은 질투와 격렬한 감정, 알 수 없는 욕망 때문에 굉장한 고통을 느꼈던 거야. 그 고통이 납덩어리처럼 가슴을 억눌렀지. 난생 처음으로 그런 감정을 느꼈지. 그런데 그가 감쪽같이 사라졌던 거야. 남자가 남자를 사랑하는 것은 중대한 정신병이라고 하면서……….

그 유혹을 뿌리치려면 술을 진창 퍼마시고 지워버려야만 하지. 그런데 술에는 고기 안주가 필요하거든. 약간 짭찔하긴 한데…… 허벅지 살은 닭고기 가슴살처럼 퍽퍽하고 종아리 살이 질기면서도 쫄깃쫄깃하다고. 종아리 살에는 하얀 지방질은 전혀 없는 거야. 그 살코기는 씹는 질감이 최고이지. 맛있어서 눈물이 나지. 나는 울면서, 울면서 꼭꼭 씹는 거야. 그리고 꿀꺽 삼키는 거지. 중대한 정신병을 치료해야 하니까.

워낙 은밀한 소문이었다. 그가 영창에 가지도 않고 또한 조기 귀국을 당하지 않는 것을 보면 병원의 장교들은 틀림없이 모르고 있다는 것이다. 더욱이 어떤 병사도 화장터의 화덕을 담당하는 직책을 결사적으로 기피 하였으므로 그 이외에는 당장 할 사람이 없었던 것이다. 그는 귀국 만기가 되었음에도 불구하고 병원 관계자의 끈덕진 종용에 따라 귀국을 연기하면서까지 그 일을 하고 있다는 것이다.

퀀셋 병동.

그날도 나는 잠깐 의식이 회복되었을 때 침대에 누워 그 흰 연기를 바라보고 있었다. 그리고 나도 조만간, 며칠 내로 흰 연기로 탈바꿈할 것이라고 생각하자 눈물이 두 뺨으로 걷잡을 수 없이 쏟아져 내렸다. 하지만 나를 옭아매고 있던 뿌리 깊은 냉혹한 공포감과 고통스러운 자아로부터 해방감을 맛보았다. 그리고 안도감을 느꼈다.

그 눈물이 그때 처음이자 마지막으로 흘린 것이었다. 그 후로 눈물 같은 것은 흘린 일이 없었다. (내 기억에는 그렇다.)

나는 그때서야, 눈물을 쏟은 후에서야 우리에게 지옥은 없다는 것을 깨달았다. 유황불이 활활 불타고 있는 지옥은 땅 속 수 백 미터, 수천 미터 깊은 곳에 자리 잡고 있을 터인데 영혼의 하얀 연기는 하늘나라로, 천국으로 올라가고 있었으니까. 그런 거야. 우리들은 이 세상에 태어나서 무슨 흉측한 죄악을 지을 틈도 없었는데, 아직도 얼굴에 솜털이 보송보송하고 변성기이거나 막 지났는데, 동정이고 밤이면 몽정을 하고, 젊은 여자애만 보아도 미칠 듯이 가슴이 울렁거렸는데, 어떻게 무슨 이유로 심판을 받고 지옥으로 떨어질 수 있겠는가. 나는 무신론자이지만 어떻든 천국으로 올라가는 거였다. 나는 희열을 느꼈다.

그리고 천신만고 끝에 살아나서 회복기에 있을 그때는 가벼운 죽으로 연명하였지만 여전히 계속되는 두통 증세로 신경이 예민해져 심한 불면증 때문에 고통을 받았다. 나는 죽음과 같은 혼수

상태에서 보름여를 보냈는데 이제는 겨우 깨어나서는 반대로 고도의 불면증 때문에 계속적으로 깨어있어야만 했다. 잠은 생리적으로 인간의 가장 기본적인 욕구인데 잠을 못자서 죽게 된다면 이 얼마나 끔찍한 죽음일 것인가. 나는 그 때문에 또다시 죽음의 고통 속에서 죽음의 공포를 잊기 위해 끊임없이 비현실적이고 모호한 성격의 상상과 망상, 꿈과 환영 속을 헤맸다.

(물론 그때 죽어가면서 명료한 의식 속에서 끊임없이 꿈꿨던 꿈의 내용을 지금은 하나도 기억해낼 수 없다. 너무 오랜, 까마득한 세월이 흘렀다. 내가 애써 기억해낸 기억의 파편과 부풀려 지어낸 것, 제멋대로 상상한 것들은 한 덩어리로 얽혀있어 분리하기가 불가능했고 함께 망각 속에 묻혀 있었다. 40여 년의 세월이 흘렀으니……. 40년의 시간. 과거. 침묵. 망각. ― 그것은 시커먼 구멍이다. 기억은 그 속으로 사라진다.)

내가 회복하여 퇴원할 때 중위 계급장을 단 담당 의사는 말했었다. 유 상병은 오랫동안 혼수상태에서 깨어나지 못했어. 깨어나지 못하고 그대로 죽는 줄만 알았지. 도대체 병의 정체를 알 수 없어서 그만 포기하였지. 의학 교과서에도 나오지 않는 병이야. 그래서 필사적으로 약을 이것저것 처방했지. 유 상병이 살아난 게 도저히 믿을 수 없지. 기적 같은 것이 일어났다고 생각하지. 어쨌거나 네가 살아나서 내가 기쁘다구. 그때는 의사로서 한계를 절감

하고 죽고 싶을 만큼 자포자기 했으니까. 지금이니까 말할 수 있
는 거야.

그랬었군요. 정말, 감사합니다. 전 죽어도 상관없는데…… 자신
의 존재 자체가 여분이라고…… 잉여라고…… 느끼고 있었거든요.
하여튼 다시 살아나서 원대복귀하게 되어 감사합니다.

야전병원의 검문소 입구에서 나트랑 시가지로 쭉 뻗어있는 직
선 도로의 오른쪽으로 '성병유 요치료'라는 스탬프가 찍힌 빨간
딱지를 소지한 병사들을 수용하는 '성병환자 수용소'가 보였고,
왼쪽으로 헌병 중대와 보안대, MIG 막사, 보급창 그리고 멀리 미
군 헬리콥터 대대가 주둔하는 비행장이 보였다. 나는 새삼스럽게
나트랑 시내를 내려다 봤다. 바다에서 잔득 습기를 품은 해풍이
불어왔다. 햇빛이 눈부시다.

나를 태운 앰블런스가 부대를 향해 출발했다.

나는 원대복귀 하였다. 그러나 그때 병원에서 퇴원하긴 하였지
만 여전히 몸 상태가 완전한 것은 아니어서 내가 희망하면 바로
조기 귀국을 할 수도 있었으나 그렇게 하지 않았다. 나는 그렇게
사경을 헤매었어도 그 전쟁을 원망하지도 않았고 전쟁의 원인이
나 이유를 알려고 하지도 않았다. 그 전쟁은 허무맹랑했다. 물거
품 같은 거였다. 어쨌거나 나는 국가의 준엄한 명령에 의해 그들
간의 코미디 같은 전쟁에 단지 어릿광대의 단역으로 출연한 거였

으니까, 그 전쟁은 나와는 무관한 것이어서, 전혀 중요하지도 않았고, 무의미했고, 그래서 심각하게 생각하지 않았던 것이다.

나는 원대복귀한 후 얼마 지나서 연장 근무를 신청하여 1년여를 더 복무하였다. 그 기간 중에 김 병장 사건이 있었다. 김 병장은 작전 중 실종 전사한 것으로 상부에 보고되었지만 그 후 아무도 그의 소식을 알 수 없었다. 나는 그때 절박한 심정으로 인간 성체가 되기 위해 호되게 부화의 과정을 거쳤다.

2년 차 고참병의 특권. 무시로 외출과 외박. 수진에서의 몽유병자 같은 끝없는 배회. 일차에서 십차까지. 대취. 만취. 마리화나. 단골 꽁까이. 고독. 망상. 환상. 환멸.

그리고 1970년 가을 경에 나는 상처와 고통이 치유되기는 커녕 여전히 심연 깊은 곳에 앙금처럼 쌓인 채로 귀국하였다. (세월이 훨씬 지나서 나중에 밝혀진 것이지만, 그것들은 인간 실존에 있어서 원초적이고 근본적인 것이어서 치유 자체가 불가능한 것이었다.)

나는 카렌다에 동그라미를 그려가며 귀국특명을 손꼽아 기다린 것도 아닌데 귀국 날짜가 잡힌 것이다. 나는 죽지 않고 돌아왔다. 난 도피처가 필요했던가. 난 지금부터 어떻게 될 것인가. 새로운 삶을 살 수 있을까? 그게 가능한 일일까?

귀국하는 장병들을 싣고 캄란항을 출발한 미 해군 수송선 발레

호(Ballet)가 부산항 제3부대에 정박하였다. 그때 떠날 때 들었던 동원된 학생들의 그 무성의하고 맥 빠진 함성소리가 내 가슴 속에서 되살아났다. '백마부대 용사들아……', '백마부대 용사들아……' 그 함성소리에 분명히 김규현의 우울한 목소리도 들릴 듯 말 듯 섞여 있었으리라. (그는 그 무렵 부산에서 고등학교에 다닐 때였으니까.)

그때는, 내가 귀국할 때에는 제3공화국 박정희 대통령의 원대한 꿈이 마침내 영글어서 그 밑그림이 거의 완성될 무렵이었다. 그 얼마 후 우리 시대의 저주이자 악몽, 망령인 유신체제가 엄숙하게 선포되었다.

그러나 무사히 귀국하였다는 안도감은 들지 않았다. 대신 전쟁에 대한 기억들이, 악몽들이 무섭도록 생생하게 되살아나기 시작하였다.

호찌민 루트. 칠흑 같은 밤. 마튼모꼴 남십자성. 모기떼와 거머리들, 군복 속을 스멀스멀 기어 다니며 ㅈ랄같이 엉겨 붙는 불개미들이 득실거리는 늪지. 갈대밭. 가시덤불. 비 오듯 쏟아지는 땀. 사타구니의 습진. 상처투성이. 베트콩. 월맹 정규군. 그들의 출현을 기다리는 고통스럽고 지루한 시간. 매복. 참을 수 없는 갈증. 불안. 공포. 팬텀기 편대. 105밀리 곡사포의 포탄. 조명탄. 시누크

헬기의 굉음. 드륵드륵 연속 발사되는 M16 소총. AK-47 소총. LMG의 속사음. 클레이 모어, 부비트랩이 터지며 나는 귀를 찢는 듯 한 폭발음. 로켓포 소리. 수류탄 터지는 소리. 화염병사기의 무차별 난사. 화약 냄새. 시체 타는 냄새. 피 묻은 파편. 눈물. 고함. 욕설. 비명. 신음. 절규. 아우성. 광기. 잔혹한 학살. 피. 시체. 죽음의 냄새. 허무. 망상. 환영. 고통을 잊기 위한 또는 황홀경을 위한 마리화나. 꽁까이. 성병.

김○○ 병장.

6개월 과정의 월남어 교육대 출신의 대민 심리전 요원. 실종자 (혹은 탈영병).

그는 월남 파병 동기였고 나이는 한 살 위였다. 그는 어김없이 형님, 그것도 큰형님 행세를 하였고 나는 이를 긍정하였다. 나는 흉내조차 낼 수 없게 멋있게, 악기를 자유자재로 연주하는 것처럼 휘파람을 불 수 있고, 성숙한 인간이었으니까. 어쨌거나 우린 친했고 서로 모든 걸 털어 놓을 수 있는 사이였다.

그가 맨날 내 귀에 못이 박히도록 심문(또는 고문)하는 고정 메뉴가 있었다.

넌 순진하긴 한데 쪼다라구 할 수 있어. 완전한 쪼다. 순진한 게 좋은 게 아니야. 그건 병신 머저리라는 말의 완곡어법에 불과한 거지. 넌 담배도 못 피우지…… 술도 안마시지…… 붕붕도 못하지…… 노름도 못하지. 도대체 할 수 있는 게 뭐가 있느냐 말이야? 그것들이야 말로 인간 성체의 징표인데 말이지. 너 혹시 독실한 예수쟁이 아니야? 증조할아버지 때부터 대대로 내려오는 목사 아니면 전도사 집안인 거지? 황금 십자가와 묵주는 어디에 숨겨놓은 거야? 네놈이 월남까지 왔으면 기념으로 붕붕쯤은 해야 될 거 아냐. 딱지를 떼란 말이야. 너 같은 놈만 있다면 말이야, 수진 마을에서 젊고 예쁜 여자 2,000명이 날이면 날마다 목을 빼고 남잘 기다리고 있는데…… 그러면 개들은 도대체 뭘 먹고 살겠어. 물만 마시고 사느냐 말이야. 너는 도대체 말이야, 인간의 본성인 연민의식이 없는 거야. 난 전투 수당을 몽땅 수진에 갖다 바쳤어. 내가 공짜로 시켜줄게. 제발 좀 따라만 와주라. 진짜배기 아라비아산 낙타눈깔도 줄게. 이 형님의 당면한 소원이 뭐겠어. 네놈 물건이 퉁퉁 부어 가지고 농이 질질 흐르는 꼴을 보는게 나의 소원이지. 알겠어? 입에서 아직도 젖비린내 나는 놈아, 그걸 고상하게 말하면 유상구취라고 하는 거야. 그런데 말이지, 그래야만, 네가 비로소 인간이, 사내가 되는 거야. 너에겐 지금 하나의 과정이 필요한 거야. 성체가 되기 위한 통과의례……. 넌 알에서 하루 빨리 부화해야 하는 거야.

나는 늘 똑같이 반응했다. 또, 쓸데없는 소릴……. 나도 부화할 때가 있겠지. 반드시 부화할 거야.

4월 20일. 20일. 20일.

그날 저녁, 어스름 빛 속에서 나무들을 말끔하게 베어낸 개활지와 늪지대를 지나 조림된 고무나무 밭과 검고 칙칙한 열대의 숲이 멀리 보였다. 그러나 강에서부터 기어오른 짙은 회색 물안개가 주위를 감싸기 시작했다. 입에서 여전히 술 냄새를 풀풀 풍기고 있다. 김 병장이 마리화나를 피워 물며 말했다.

이건 정신적 고통을 완화시켜주는 진통제이거든. 온몸이 노곤해지고, 그리고 황홀해지지. 며칠 전 수진에 갔다 왔지. 근 한 달 동안이나 못 만났거든.

뻔할 뻔자지, 보고 싶었던 거지. 그게 아니고 하고 싶었던 거지. 그래, 그렇게 좋아? 그 여자 이제 지겹지도 않아?

그 앤 매춘부가 아닌 거야. 단순한 배설구는 아니었지. 내 여자이지. 영혼만은 순결하지. 난 랑린의 순수하고 달콤한 냄새를 맡고 들이 마시지. 그 앨 보면 오히려 내가 살아있다는 느낌이 드는 거야. 작은 물고기가 내 혈관 여기저기를, 심장에서 모세혈관까지 헤엄치고 다니는 기분이 들지. 하지만 그 앤 가끔 눈물을 보일 때가 있는 거야. 메콩 강을 그리워하는 거지. 자신은 그 강의 일부라고……. 그 앤 내가 사준 은팔찌를 항상 차고 다녔던 거야. 그 앤 내 아이를 갖고 싶어 해.

얼씨구, 열녀 춘향이가 따로 없네. 아예 결혼해서 한국으로 모시고 가지 그래. 야, 임마, 난 이래뵈도 뼈대 있는 종갓집의 장손이야. 그 낡고 고루한 집안에서 용납하겠어. 야단법석, 난리가 나겠지.

그날, 무슨 일이 있었던 거야?

내가 다급하게 랑링을 찾자 마담 년이 뚱했어. 여기에 없다는 거야. 내가 신경질 부리고 눈을 부라려도 그 년은 비웃었지. 자기는 모른다고 딱 잡아떼는 거야. 그러면서 그 앤 결코 돌아오지 않을 거라구, 죽은 셈 치라는 거야. 다른 애들이, 새로 온 여자 애들이 있으니 마음대로 고르라는 거였어. 마담 밑에는 모두 열 명의 아가씨가 있다는 거지. 그년은 철저히 장삿속인 거야. 다른 집에 단골을 빼앗겨서는 안 된다는 생각뿐이었지. 개 같은 년, 내가 1년 동안이나 다른 애들은 쳐다보지도 않고 일편단심 그 애만 만난 것을 뻔히 알면서도 말이야. 그래서, 단도를 빼들고 마담의 목을 겨누었지. 그때는 눈이 뒤집혀서 정말 독을 따버릴 작정이었어. 그제서야 마담이 털어놨어. 랑린이 고향으로 이미 떠났다는 거야. 몬순 계절이 되면 메콩강 델타는 엄청나게 범람한다는 거지. 그전에 서둘러서 메콩강 하류에 있는 빈롱으로 출발하였다는 거야. 고향에는 늙은 홀어머니가 계시지. 아버지도, 두 오빠도 전쟁 중에 죽었거든…….

나는 어떤 아득한 느낌이 들기 시작했다.

이제, 어쩔 셈인데?

나에겐 랑린 밖에 없는 거야. 나도 떠날 거야. 무슨 말인지 알겠어? 탈영하는 거지. 그 앨 찾아서. 이게 사랑인지, 뭔지 알 수는 없지만……. 람브레터 또는 지붕에 승객을 태우는 장거리 버스를 교대로 타고서 무작정 1번 국도를 따라 남쪽으로 내려가는 거지. 빈롱까지 가는 거야. 여기서부터 천릿길이 되겠지. 나는 원래 방랑자적 기질이 있으니까……. 이런 여행쯤이야. 돈이 좀 필요하지. 네가 가지고 있는 걸 몽땅 내놔야 할 거야.

지금, 제 정신이냐! 제정신이냐구? 대관절 사랑이 뭔데! 그렇게도 사랑 때문에 단맛, 쓴맛을 봤으면서……. 지금 자신을 기만하고 있는 거야.

잠시 침묵이 흘렀다. 그가 다시 마리화나를 피워 물었다.

그만 해둬. 부대는 잠시 난리가 날 거야. 그러나, 걱정하지 마라. 그건 잠깐 뿐일 거야. 작전 중 행방불명이나 사고사로 처리하겠지. 전쟁터에서 병사가 탈영하면 부대장의 경력에 엄청 흠이 되는 거지. 진급에도 악영향을 끼칠거고 그러니까 헌병대나 보안대에 신고는 못 할 거야. 쉬쉬할 거라구. 수배령도 내리지 않을 거구. 그렇게 하면 탄로나니까. 월남에서 허위 보고는 식은 죽 떠먹기지.

나는 당황하였다. 헤아릴 수 없는 짧은 침묵이 그 순간을 짓눌렀다. 갑자기 배 속이 울렁거린다. 가슴이 먹먹해지고 터질듯 했다. 나는 울음을 터뜨렸다. 그리고 절망적으로 말했다.

형은 그럴 수 없어! 형은 그래서는 안 되는 거야!

잘 들어라. 어느 날 내가 깜쪽같이 사라지면 그렇게 알라구. 넌, 날 말릴 수 없어. 너마저 그러면 M16으로 내 머리통을 갈겨 버릴 거니까. 악랄한 내 주인에게 총을 쏴버리는 거지. 우린 오늘 밤이 마지막이야. 우리 서로 Cool 하자고 울지 마라. 넌 아직도 눈물이 남아 있니. 넌 알고 있을 거야. 내가 고국을 얼마나 싫어하는지. 정말 싫지. 쓰라린 과거를 생각나게 하는 곳이지. 너만 그런게 아니지, 나 역시 옛날, 입대하기 전 일은 지겹고, 역겹지. 그건 악몽이었어. 우린 치명적인 상처를 입은 포유동물인 거지. 전쟁터에서 그 분노를 폭발해버리면 치유가 되는 줄로 알았지만……. 그때 일들은 기억상실증에 걸렸어야 하는데……. 그러나, 나는 도망가는 게 아닌 거야. 내 길을 찾아가는 거지. 자기 자리를……. 여기에 처박혀 넉맘 냄새를 실컷 맡으며 살고 싶은 거야. 이 난리통에 가능할지 모르지만…….

밤이 완전히 내려앉았다. 짙은 어둠 속에서 C포병중대에서 발사하는 105미리 곡사포의 포탄 터지는 소리가 밤의 유령이 토해내는 괴성처럼 아득히 들려왔다.

(그때의 생생한 장면, 대화 내용: 내 가슴 속에 각인된 김 병장의 비장한 얼굴을, 그의 의지를, 욕망을, 내가 느껴야 했던 그 무

력감을 어찌 오랫동안 잊을 수 있었겠는가. 날카로운 가시 면류관을 쓴 채 피를 뚝뚝 흘리는 김 병장의 모습을 그 후 한 세대 동안이나 자주 꿈속에 나타났다. 그런 게 아니라 나타났다고 생각하였다. 김 병장은 나의 강박관념이었으니까.)

어린 시절, 초등학교 3학년 시절 초여름에 마을 냇가에서 친구들과 물놀이를 하다가 왼쪽 무릎을 심하게 다쳤는데, 그 당시 두 메산골 – 고향 동네 송정리는 면사무소에서도 10리를 더 들어간 산골짝에 있다. – 에서 속수무책으로 방치하였다가 관절염이 심하게 악화된 것이다. 내 무릎은 주위가 빨갛게 되어 퉁퉁 부어오르고, 물이 차고 고름이 차고 나중에는 굽혔다 펼 수 조차 없게 되면서 그 때문에 견딜 수 없는 통증을 느꼈다. 그리고 사람을 탈진하게 하는 신열과 오한, 피로감, 구역질 등에 시달려야 했다.

온갖 민간요법과 떠돌이 돌팔이 의사의 마구잡이식 침 놓기, 이웃 동네 도사 할머니의 신통한 주문과 비방도 소용이 없었다.

그제서야 아버지는 문전옥답 논을 팔아서 마련한 돈으로 도시의 병원으로 가게 되었는데 의사는 희미하고 검고 회색의 엑스레이 사진을 이리저리 들여다보며 완치하기 위해서는 무릎 위부터 잘라야 하거나 아니면 무릎 수술을 해도 그 후유증으로 다리를 심하게 절 수 밖에 없다고 냉정하게 선언하였다. (그때부터, 유년의 저 깊은 심연 속에 뿌리 내린 냉혹한 공포감이 평생 동안 나를 따라다녔다.) 두말할 것도 없이 사색ᐟ 된 아버지는 몇 군데 병원을 전전하다가 어쨌거나 정형외과 병원에서 수술을 받았고 오랜 물리 치료와 재활 훈련 끝에 다행히 완치될 수 있었다.

지금 돌이켜보면 무릎을 절단하는 수술, 혹은 무릎 수술로 내가 심하게 다리를 절게 되었다면 내 운명은 어찌 되었을까. 우선 군대도 안가고 전쟁터에서 안 끌려가고. 그러나 내 인생은 지금과는 송두리째 달라졌을 것이다. 지금의 아내와도 만나지 못하였을 것이고, 그러면 내 두 딸도 태어나지 않았을 것이고, 내 직업, 사고의 체계, 탐닉하는 열정의 대상, 아버지와의 관계, 추억과 기억, 꿈과 환상, 삶에 대한 태도 등.

그리고 나의 정체성마저 바뀌었을 것이다. 지금의 나와는 전혀 다른 누구였을 것이다.

무엇보다도 나는 내 성격상 나이가 들어갈수록 심하게 좌절한 나머지 우울증과 폐쇄공포증에 시달리며 매일같이 독한 술을 마셔 알코올 중독이 되었을 것이고, 그래서는 변변한 직업도 없이 평생을 고통 받고 자포자기한 삶을 살았을 터였다. 그랬으니 결혼도 못했을 것이고 미구에 자살했을 지도 모른다. 그 때문이 아니더라도 우리는 젊은 시절 삶의 고뇌에 허우적거리며 헤어나지 못할 때 존재론적 회의에 빠져서 몇 번씩이나 자살의 충동을 경험하지 않았던가.

돌이켜 보면, 두 번의 경우 모두 내게는 커다란 행운이 뒤따랐다. 그렇지만 그들 행운은 내 자유의지와는 상관없이 결정된 것이고, 그것은 어떻든 오래 전부터 미리 예정되어 있었던 것이다. 그러니 내가 어떤 은총을 입은 게 아닌 것은 확실하다.

내게 또다시 파랑새가 하늘 높이 비상하는 행운이 계속되리라고는 생각되지 않는다. 운명의 여신인 포르투나 Fortuna처럼 행운은 눈이 멀었으니까, 누가 혜택을 입을 지에 관해 전혀 무관심한 것이다.

눈 먼 행운.

그러므로, 내가 물놀이에서 무릎을 다친 일이나 열대지방의 정글에서 정체불명의 병에 걸리고 기적적으로 회복된 것은 아주 우연처럼 보이지만 그건 운명이었고 우연이란 막다른 운명의 다른 이름이라는 생각이 든다. 그러나 기독교적 운명론에서는, 아우구스티누스의 웅대한 예정론에서는, 칼뱅의 예정설에서는 그 모든 것을 하나님의 탓으로 돌렸으니, 그렇다면 운명이야말로 신적神的일 것이다.

정글과 열대. 살과 피가 튀는 야만적인 전쟁.

그것은 나의 삶을 분명하게 두 부분으로 쪼개버렸다. 비록 과거의 그 어떤 상처가 치유된 것은 아니었지만 그것과는 별개로 전쟁 전과 전쟁 후의 나는 완전히 달라져 있었다. 나는 인간의 죽음과 광기, 선과 악을 뼈저리게 체험했고, 천천히 절망과 미망에서, 해체되어 고통 받고 있는 자아로부터 깨어났다. 심연과 같은 깊은 동굴 속에서, 묵시록의 어둠 속에서 겨우 빠져나온 것이다. 그랬으니 전쟁은 나의 인생에 있어서 진정한 전환점이었다.

그러나 과거는 망각일 뿐이다. 과거가 나를 만든 것이 아니다. 나는 과거의 산물이 아니다. 그러니 나의 과거는 사라지지 않았고, 놀랍게도 나의 과거는 추억이 되었고, 현명한 지혜로 바뀌었다고, 자신을 속일 수는 없을 것이다.

그러므로 20대 초반의 젊은 날에 그들 운명적 사건의 경험을 토대로 내가 인간 본성(특히 그것의 상대성)에 대해 어떤 깨달음을 얻었다고는 생각지 않는다. 그랬더라면 인생의 우여곡절과 좌절을 맛보지 않고 좀 더 충실한 삶을 살았을 터이다. 또 그때는 벌써 일종의 허무주의에 빠져있었으니 내 인생의 명확한 길과 목표가 세워진 것도 아니었다. 다만 바다에 대한 열정, 예컨대 대양을 오가는 국제 무역선의 선장이건 남태평양이나 대서양의 스페인령 카나리아 군도로 출항하는 원양 어선의 선장이 되겠다는, 어린 시절 바닷가에서 꾸었던 꿈을 접었을 뿐이다. 바다가 갑자기 싫어졌고, 바다를 공포의 대상으로 증오하기 시작했기 때문이다.

내가 그때 인간의 삶을 명료하게 이해하기에는 자아 형성이 되어 있지 않았고 정신적으로 너무 미성숙했다. 미성숙에서 성숙으로 이행과 자아의 정체성 확립에는 오랜 시간이 필요했으니, 그걸 희미하게나마 깨닫기 시작한 것은 인생의 단맛 쓴맛을 어느 정도 겪고 난 다음인 이순의 나이 이후가 아니었을까. 이때쯤에 점차 소멸 되가는 추억의 희미한 발자국을 반추하면서 인생의 결산 또는 가결산을 통해 비로소 가능한 게 아닐까.

그러나 인생에 있어서 성공과 좌절의 명확한 인과관계를 밝혀서 결산하려는 것은 아니었다. 오히려 실존적 또는 존재론적 토대 위에서 원인과 결과의 영역 밖에 있는 성찰 (이 얼마나 무서운 말인가)에 관한 것이리라.

그러나 솔직하게 말해야 하리라. 내가 언제 진지하게 자기 성찰을 한 일이 있었던가. 그것은 무용한 짓이 아니었던가. 자기 만족, 자기 분열, 자기 기만이면서 결국 자기 학대에 불과하지 않았던가. 그것은 경멸, 증오, 반항, 분노, 수치심이 아니었던가. 누군가 말했다. (누군지는 기억이 가물가물 하지만 하여튼 그가 말했다.) '내부의 짐승을 몰아내자'고 그렇다. 그렇고 말고 그렇게 되었다. '나 자신을 알려고 애쓸 필요는 없다.' 나의 삶은 그런 식으로 진행되었다. 거기에 대해 특별히 덧붙여 설명할 것은 없는 것 같다.

그래서 나는 이 세상 그 무엇에 대해서도 선과 악을 선명하게 구별하고, 좋고 싫은 감정을 직접적으로 표출하거나, 절대적, 단정적 평가를 내리는 일은 삼가하게 되었다.

그리고 인간과 세상이 한없이 두렵게 느껴지면서 이 세상과 인간을 지배하는 무수히 많은 신들의 존재를 믿지 않을 수 없게 되었다. 내가 인간이 결코 자율적인 주체가 아닌 얼마나 하찮고 왜소하다는 사실을, 이 세상에는 인간 이외에 타자가 엄연히 존재한다는 사실을, 신을 몰아내고 신이 사라진 언덕에 인간이 대신 올라설 수는 없다는 사실을 깨닫기까지, 그래서 신들의 존재를 믿기까지는 가혹하고도 평생에 걸친 오랜 시간이 걸렸지만 말이다.

그러나 그 모든 신들께 무릎을 꿇고 경건하게 기도까지 할 필요는 없으리라. 기도란 나에 대한 일종의 가혹한 시험이 아니겠는가.

호메로스는 말했다. 인간들은 누구나 신들을 필요로 한다.
그리고 나는 말한다. 신들도 인간들을 필요로 한다.

국가보안법 위반죄

법정은 팽팽한 긴장감이 감돈다.

피고인은 여전히 벨기에제 특수 수갑을 찬 채 서있다. 헝클어진 긴 머리와 덥수룩한 수염이 거의 얼굴을 삼켜버리고 있었다. 그러나 그의 형형한 눈빛은 정면으로 재판장을 뚫어지게 쳐다보고 있다.

방청석에는 수십 명의 교도관, 사복 경찰들이 자리를 전부 차지하고 무표정하게 앉아있다. 그때 피고인의 가족들은 법정 밖 복도에서 겨우 서성거리고 있을 뿐이다. 법정 입구에는 제복을 입은 건장한 법정 수위 몇 명이 지키고 서있었는데, 법정이 만원이어서 더 이상 들어갈 수 없다고 위압적으로 말하면서 거칠게 밀쳐냈다.

변호인: 공소사실에 대하여 사실심리를 시작하기 전에 먼저 말씀 드리겠습니다. 이 사건은 체포영장도 없이 수사기관의 불법감

금과 고문에 의해 조작된 것이기 때문에 공소사실은 무효입니다. 다시 말씀드리자면…… 피고인은 고문에 의해 자백한 것이란 말입니다. 더욱이 변호인의 접견이 이루어지지도 않았습니다. 따라서…… 제 생각엔 말입니다, 공소제기의 적법성 여부가 문제가 됩니다.

재판장: 변호인이 이 사건공소제기가 무효라고 가당치 않는 소리 지껄이는데 검사의 의견은 어떻습니까? 이 자들은 누구랄 것 없이 수사기관에서 고문이나 학대를 받았다고 주장하고, 자신은 절대 결백하다는 거지.

검사: 그럴 리가 있겠습니까? 불법감금이라고 주장하지만 그건 임의동행이었습니다. 또한 말입니다…… 피고인은 수사 당시 고문받은 사실이 전혀 없습니다. 피고인이 변호인의 접견을 요청하거나 기타 변호인의 조력을 요청하지도 않았습니다. 그건 너무나 명백한 사실입니다.

재판장: 그것 보시오. 검사가 그러한 사실이 없다고 하지 않습니까. 변호인은 다시는 그런 헛소리를 삼가 하기 바랍니다. 검사가 할 일이 없어서 그런 사건을 기소했겠습니까? 검사님, 안 그렇습니까?

변호인: 다시 말씀드리지만…… 피고인은 30여 일 동안 불법 감금된 상태에서 고문수사를 받았고, 기소된 이후에도 변호인이나

가족의 면회가 극도로 제한되었습니다. 다시 말씀드리면…… 피고인은 변호사의 조력을 받지 못하였습니다. 그러한 상황에서 변호인은 공판 준비를 제대로 할 수 없었습니다. 오늘 공판을 연기해 주시기 바랍니다.

재판장: 변호사는 자리에 앉으시오. 앉으란 말입니다. 변호사의 조력을 받을 권리, 그걸 누가 모릅니까? 지금 변호인은 판사에게 헌법 강의를 할 셈인가요? 피고인은 신속한 공개재판을 받을 권리가 있습니다. 어서 빨리 이 사건을 종결할 책무가 법원에 있는걸 왜 모르십니까? 어떠한 경우에도 재판 연기는 있을 수 없습니다. 아시겠습니까?

재판장이 화가 나서 변호인과 피고인을 번갈아서 쏘아보며 거친 어조로 으르렁거렸다. 그때 검사가 힐끔힐끔 법대 위를 훔쳐보면서 재판장의 비위를 맞춘다.

검사: 매우 지당하신…… 지극히 온당하신 말씀입니다.

재판장: 지금부터 공소사실에 대한 심리를 진행합니다. 공소장이 250페이지나 되던데 건성건성 읽기도 벅찹니다. 대충 공소사실의 요지만 진술하시지요. 시간이 별로 없습니다.

검사: 지금부터 공소사실의 요지를 말씀드리겠습니다. 20개 항

목의 공소사실을 간단히 요약하자면 이렇습니다……. 피고인은 소위민족민주혁명에 의하지 않고는 이 정권을 쓰러뜨릴 수 없다……. 이 정권은 소수지배집단이 대다수 민중을 탄압하는 억압적 도구에 불과하다……. 그런데, 민족민주혁명론이란 게 사실은 위장에 불과하고 실제는 사회주의혁명론, 즉 마르크스주의혁명론 또는 레닌혁명론인 것입니다…….

그러니깐, 북괴의 남조선 해방 전략을 추종한 것입니다. 피고인은 반외세, 반군부독재, 반파쇼를 타도하고 민주주의를 회복해야 한다는 미명 하에 일자불상 경에 옥호불상 지하 음식점 또는 주소불상 조직원의 자취방 등에서 수차례 회합을 갖고 이적단체를 조직해서 북괴의 지령을 받아 수괴로 활동하였습니다.

그리고 피고인이 전부 자백한 경찰과 검찰에서의 피의자 신문조서와 기타 피고인이 직접 작성한 진술서…… 반성문…… 탐독했던 불온서적…… 이런 서적에 대한 내외정책연구소의 전문가가 감정한 감정서를 증거자료로 제출합니다.

재판장은 자신이 완벽하게 법정을 지배하고 있다고 생각하였다. 그는 반짝이는 거만한 눈빛으로 법대 아래쪽을 쭉 훑어보았다. 아무도 그의 말에 이의를 제기해서는 안 되었다. 무슨 말을 강조할 때마다 검은 뿔테 안경을 벗어서 법대 위에 소리 나게 내려놓았

다. 그는 신경질적인 어투로 빠르게 지껄였다. 그때마다 좁은 이
마에 거의 완벽한 형태로 골이 깊숙이 패였다가 다시 펴지기를 반
복했다.

　변호인: 다시 간곡하게 재판장님께 말씀드리지만…… 피고인은
불법감금과 말로 형언할 수 없는 혹독한 고문 끝에 자백을 한 것
입니다. 검찰에서도 혹독한 고문의 연장선상에서 자백을 하였습니
다. 고문의 악몽과 후유증 때문에 검찰에서 묵비권을 행사하거나
부인할 수 없었단 말입니다. 그러므로…… 검찰조서 역시 강제자
백이라고 할 수 있습니다. 그러니까…… 그 사실을 밝히기 위해서
고문 경찰을 증인으로 신청합니다.
　재판장: 왜? 그렇게 끈질깁니까? 그들도 우리나라 경찰 공무원
인데, 공무원이 할 일이 없어서 그런 몹쓸 짓을 했겠습니까? 그들
은 훌륭한 공무원입니다. 경찰이 지금 국가안보를 위해 불철주야
얼마나 바쁜데, 그들이 여기 와서 증언할 시간이 있겠습니까? 증
인 신청을 기각합니다. 보다 분명하게 말하지만, 기각합니다.
　그리고, 변호인에게 주의를 환기시키겠습니다. 지금 법원의 권
위에 도전할 셈인가요? 이 재판에서 증인 신청은 함부로 하는 것
이 아닙니다. 앞으로 주의하기 바랍니다. 아시겠습니까?

초겨울이었다. 그날은 눈발이 흩날리고 사방이 유난히 캄캄했다.

그는 경찰서 유치장에서 당직 형사가 황급히 깨우는 바람에 부스스 눈을 떴다. 잠이 덜 깬 채로 엷은 옷을 주섬주섬 꿰어 입고 유치장을 나섰다. 이른 새벽이었다. 검은 어둠이 아직 두껍게 주위를 내리 덮고 있었다. '이렇게 고마운 일이…… 이른 새벽에 석방해주다니.' 그가 어리둥절한 채로 중얼거렸다. 그러나 수사과 사무실을 지나 좁은 복도로 막 나오자마자 여러 명의 사복 경찰이 그의 앞을 가로막고 에워 쌓다.

그들은 평범한 얼굴에 평복을 입고 있었다.

그는 직감적으로 어디론가 어둠의 곳으로 끌려간다는 것을 깨달았다. 갑자기 눈앞이 아찔하고 두 다리가 와들거리고 온몸이 떨린다. 그는 수척했고, 덥수룩했으며, 지저분하였다. 그리고 몹시 불안정 하였다.

그가 외쳤다.

"이게 무슨 짓입니까? 구속영장 있어요?"

"씨발 새끼…… 구속영장 좋아하네."

그의 얼굴에 날카로운 주먹이 연이어 날라들고 코와 입에서 피가 흘렀다. 그들은 눈에 검은 안대를 가리고, 입에는 강력 접착테이프를 붙였다. 숨이 턱턱 막힌다. 발목엔 족쇄가 채워졌고, 손목엔 벨기에제 특수 수갑이 채워졌으며, 투박한 포승줄이 복부를 칭칭 감았다. 그리고 경찰서 뒷쪽에서 시동을 건 채로 대기하고 있던 검은 지프차에 태워져 어디론가 사라졌다.

어느새 죽음의 도살장에 도착하였다.

바람결에 기차가 덜커덩 거리며 지나가는 소리, 기적 소리가 희미하게 들렸다. 그 소리는 평화스럽고 아늑하였다. 그 기적 소리는 어린 시절 남쪽 바닷가로 그를 데려다 주었다.

낡은 회색 건물에 들어서면서 검은 안대가 벗겨지고, 입에붙였던 테이프를 떼내 주었고, 그의 몸에 부착되어 있던 모든 철물이 제거되었다. 그는 방금 들어선 녹슨 철문을 뒤돌아보았다. 그 문은 사람이 들어가거나 나가기 위해서가 아니라 항상 닫혀있기 위해 존재하고 있는 것처럼 보였다. 긴 지하 복도를 지나면서 고문 기술자들의 고함소리와 고문당하는 사람들의 비명소리…… 그 끔직한 비명을 들을 수 있었다. 그 소리는 끊이지 않고 들렸다. 그는 두 손으로 귓구멍을 틀어막았지만 계속해서 음산하게 울려 퍼졌다.

지옥 같은 심문실.

천장에는 백열전구 하나가 덩그러니 달려 있다. 모든 게 낯설고, 어색했고, 비현실적이었다. 벌써부터 온몸이 오그라들었다.

첫날부터, 본격적으로 날 선 심문이 시작되었다.

묵묵부답.

‘거절해야 되는 거야. 단호하게 거절해야……. 거짓말을 할 수는……. 끝까지 버텨야……. 차라리 침묵을 지켜야…….’

“너 빨갱이 자식…… 진술거부를 잘 한다지. 여기가 어딘지 알기나 해. 여긴 경찰서가 아니야. 솔직하게 다 불어. 너 몸도 좋지 않다며…… 그 몸으로는 도저히 못 견딜 거야.”

고문 기술자들이 번갈아 버럭 소릴 질렀다.

“정말 버틸 거야? 어림없어 이 자식아……. 여기서는 진술거부 그거 안 통한단 말이야. 제발…… 우리 신사적으로 하자. 술술 불면 얼마나 좋아……. 나도 가정이 있는 사람이야. 빨리 퇴근하면 얼마나 좋겠어. 내게도 고3 딸이 있단 말이야…… 그 애가 대학을 잘 가야, 시집이라도 잘 갈 거 아냐…….”

“우린 가택수색영장을 정식으로 발부받아 네놈의 집에서 책과 편지 나부랭이 등을 이미 압수했어 다 알고 있으니까. 진술을 해. 진술을. 이 새끼야.”

“이 용공분자 새끼…… 프롤레타리아 혁명가 새끼……. 정 버티면 할 수 없지. 뜨거운 맛을 보여주지. 우리는 널 반드시 부셔버릴 거야.”

심문은 밤낮으로 진행되었다. 똑같은 질문이 지루하게 끝없이 반복되었다. 침묵을 지키면 어르고 협박하고 대답이 조금이라도 어긋나면 다시 그 부분부터 시작해서 파그드는 그 악명 높은 ‘양파 까기' 심문 방식이었다.

처음에는 잠 안 재우기 고문부터 시작했다. 잠이 잠깐 들면 깨우고, 또 깨우고 눈알이 뜨거워지며 튀어나올 것만 같다. 입술이 부르트고, 입안이 헤어졌다.

"나는 모릅니다. 동지는 없어요. 그냥 친구들이에요. 다 거짓입니다. 거짓말이란 말입니다."

다음 단계로 넘어갔다.

그들은 그의 옷을 완전히 벗긴 다음 담요 위에 눕혀 돌돌 말아서 꽁꽁 묶었다. 가슴, 배, 허벅지, 무릎 윗부분, 발목 등 다섯 군데를 묶었으므로, 손가락하고 발가락, 머리 이외에는 꼼짝달싹 할 수 없게 되었다. 그리고 다시 칠성판 위에 올려놓고 완전히 결박하였다.

그가, 노련한 고문기술자가 히죽거리며 말했다.

"넌 지금 칠성판 위에 누워 있지. 칠성판이 뭔지 모르지. 내가 자세히 알려 주겠어. 칠성판은 말이야…… 죽은 사람을 매장할 때 땅을 파고 그 다음에 목재판을 깔고 그 위에 관을 올려놓는데, 그 목재판을 칠성판이라고 하지. 그러니까…… 넌 관 속에 든 시체에 다름 아니지……."

그들은 단 한순간의 주저도 없이 물고문을 시작했다.

그의 얼굴에 검은 색 타월이 덮어 씌어지고 그들은 샤워 꼭지를 틀어 사정없이 얼굴에 물을 쏟아 부었다. 또 다른 자는 그것도 부족한 지 큰 주전자에 물을 가득 담아 동시에 붓고 또 쏟아 부었다. 그는 숨이 탁탁 막히고 속은 메스꺼워지다가 완전히 뒤집혔다. 몸은 완전히 땀으로 젖어 버리고 담요역시 땀과 물에 흠뻑 젖어 버렸다. 그는 온몸을 버둥거리다 실신하였다.

그들은 자기들끼리 떠들고 음산하게 웃음을 흘리면서 그렇게 한 시간을 계속 하였다.

그는 처음에는 배 속에 들어있는, 창자 속에 있는 모든 걸 토하기 시작했다. 그 다음에는 설사 같은 물만 나왔다. 방귀가 나오고…… 물똥을 싸고…… 그래서 그의 내장이 완전히 물로 씻어졌다. 그는 실신했다가 깨어나고, 이를 반복하였다.

얼마쯤 시간이 지난 것 같다. 이제 물고문은 멈췄다. 온몸이 으슬으슬 떨리고 온갖 기억과 악몽이 머릿속에서 뒤죽박죽이 되었다. 잠이 잠깐 드는가 싶으면 다시 깨어나 한참동안 어두운 허공을 응시하였다. 그는 그때 날짜와 시간을 헤아려 보려고 안간힘을 썼다. 그러나 여전히 얼굴에 쏟아지는 물의 감촉…… 물이 쏟아지는 그 무서운 공포가 온몸에 덮쳐오고…… 그것은 죽음의 형체로 다가왔다.

'그래…… 진술거부는 미친 짓이야. 묻는 대로 솔직하게 답변할 수밖에 없어. 더 이상 버티는 것은 무리야. 어떻게 해서든지 살아야 하지 않겠어……. 젊은 나이에 죽을 수야 없지……. 그건 진짜 개죽음일 테니까.' 그는 그렇게 생각했다.

"그러니까…… 우리가 묻는 말에 뭐든지 대답하겠다는 거지. 아직 멀었구만……. 너하고 입씨름할 시간이 없어. 우리는 빨갱이와 빨갱이 아닌 사람 두 가지로 나누지. 이 빨갱이 자식아…… 완전히 항복하란 말이야. 우리는 너의 인격을 해체하는 것이 목표란 말이지……. 알겠어."

또다시 수건이 얼굴에 덮어 씌어지고 샤워기는 맹렬하게 물을 쏟아내기 시작했다. 숨이 턱턱 막히는 답답함. 무서운 공포. 아득한 절벽 밑으로 떨어지는 것 같은 절망감.

"그래요…… 완전히 항복하겠습니다."

"이제서야 정신 차렸군. 너는…… 첫째, 사회주의 폭력혁명분자임을 자백하고…… 둘째, 북괴의 지령을 받았을 뿐만 아니라 그 지금을 지원 받았고…… 셋째, 너희 조직의 실체, 다시 말하면 조직의 구성도, 핵심인물을 죄다 대고…… 넷째, 언제 무장 폭동을 일으키기로 하였는지 그 거사 일자를 대란 말이야. 하나도 빠짐없이."

"솔직히 말씀 드립니다. 전…… 왕성한 호기심 때문에, 도저히 읽지 않고는 배길 수 없어서, 엥겔스의 『공산주의의 원리』, 마르크스의 『자본론』, 레닌의 『무엇을 할 것인가』, 이영희의 『전환시대의 논리』, E.H.카의 『러시아 혁명사』, 트로츠키의 『나의 생애』, 칼 코지크의 『구체성의 변증법』, 사디르 아민의 『제국주의와 불평등 발전』, 폴 스위지의 『자본주의 발전론』, 에리히 프롬의 『마르크스의 인간관』 등과 어떤 단체에서 배포한 「학생운동의 인식과 방법」이라는 유인물을 읽었습니다. 저는 그걸 읽지 않으면 안 되었습니다. 현실이 너무 암담했으니까요. 그러나 읽고 또 읽어도 알 수가 없었습니다. 결국 맹목적으로 읽은 것입니다.”

그가 철제 책상을 사이에 두고 앉아서 띄엄띄엄 힘겹게 말을 이어간다. 눈에 눈물이 차오르기 시작했다.

“그리고…… 그 모임에 몇 번 참석해서 함께 식사하고 소주 몇 잔 마신 게 전부입니다. 전 사상적 미숙아 입니다. 아직 지적으로 성숙되지 않았고…… 어떤 사상도 형성되지 않은 것입니다. 방황과 모색을 거듭하고 있을 뿐입니다. 시간이 필요했습니다. 더욱이 배후 인물이나 핵심 인물은 누군지…… 모릅니다. 정말입니다……”

“그럼…… 그때 모임에 만나서 함께 식사한 사람이 누구누구야. 누가 주도했어. 아니면…… 누가 이러쿵저러쿵 가장 말을 많이 했어. 밥값은 누가 냈어. 너는 지금 우릴 완전히 핫바지 취급하고 있어……. 그건 국가전복을 기도하는 무시무시한 반국가단체이지…… 단순한 친목 모임이 아니란 말이지. 우리가 모를 줄 알아. 너는 애써 모임으로 격하시키고 있어.”

“저는 공산주의자이고, 빨갱이이고, 폭력혁명을 기도했습니다. 그러나 그건 기억이 잘 안나요. 아니…… 잘 모르겠어요. 무슨 조직체가 구성된 적이 없었어요. 말하자면…… 조직의 실체가 없어요. 그저…… 모여서 현 정세에 대해 토론하고, 울분에 차서 개탄하고 그러나…… 모두들 이론적인…… 추상적인 애기만 하였지요. 그게 우리들의 병폐이지요. 모두 샌님 같았어요.”

“이 자식, 물고문으로는 안 되겠군. 조금 봐주니까 말이지……. 그래, 보답이 겨우 이것뿐이란 말이지. 너 이 새끼…… 완전히 항복했다더니 아직도 입이 살아있군. 배후를 안 대면 콧구멍에 고춧가루를 퍼부어서 폐기종을 만들어 죽여 버리겠어. 그래도…… 안 댈거야?” 그가 신경질적으로 악을 썼다.

“다시 묻겠는데, 이놈…… 저놈…… 무슨 소릴 지껄이고, 무슨 일을 했는지 불으란 말이야. 그렇지 않으면…… 네놈이 수괴가 되는 거지. 위대한 지도자가…… 어때?”

“……”

“그렇다면…… 할 수 없지. 다음 단계로 넘어 가야겠어. 전기고문을 당해봐야 정신 차리겠군. 김 부장…… 이 과장 좀 오라고 하지.” 옆에서 지켜보고 있던 사장이 직접 지시하였다. 그들은 관행적으로 서로 사장님이니 전무님…… 부장, 과장으로 불렀다.

역시 그들이 가장 알고 싶어 하는 것은 배후 세력이었다. 예컨대, 재야 정치인, 가톨릭 또는 개신교의 반체제 지도자, 특히 도시 산업선교회의 지도자, 재야 민주화 운동의 핵심 세력인 청년운동 단체의 조직과 지도자, 운동권 취업자, 노동자단체의 조직이나 상호 연계성을 캐내기 위해 혈안이 되어 있었다. 그는 그때 마땅히 둘러댈 이름이 생각나지 않았다. 그래서 배후란 없다고 솔직히 말하였다.

그는 담배를 꼬나물고 007가방 비슷한 사무용 가방을 어깨에 메고 방으로 들어섰다. 그는 거기에 고문 기구를 넣고 다녔다. 건장한 사나이였다. 전형적인 어깨 타입의 풍모를 풍겼다. 그의 장난기 어린눈길이 불쌍한 먹잇감을 삐딱하게 꼬나보았다. 그리고 담배꽁초를 바닥에 아무렇게나 내뱉어 발르 문지르면서 또 한 개 피를 피울 것인지 생각하는 것 같았다.

그리고 호탕하게 웃으면서 한껏 비웃었다.

"그동안 일감이 없어서 손이 근질근질 했지. 모두 물고문 단계에서 끝났거든. 그동안 내 단골 장의사가 한가하였는데 드디어 일감이 생겼구만. 하여간에 살맛 나네…… 각오는 돼 있겠지. 사람들은 오해한 나머지 이걸 전기고문이라고 하는데 실은 '배터리 고문'이라고 할 수 있어."

그는 또다시 완전히 발가벗겨진 채 담요에 쌓여 칠성판 위에 꽁꽁 묶여졌고, 기술자들은 민첩한 동작으로 그의 발바닥과 발등에 붕대를 여러 겹 감았다. 그러고 나서 새끼발가락과 그 다음 발가락 사이에 전기 접촉면을 끼우고, 그것이 빠지지 않도록 단단히 묶었다. 그리고 발바닥과 사타구니, 배와 가슴, 목과 머리에 주전자로 물을 들이 부었다. 그는 물의 섬뜩함과 함께 무서운 공포를 느꼈다. 그들이 계속 뭔가 쉴 새 없이 즐겁게 떠들고, 그러다 그에게 겁을 주고 협박을 하였다. 그들은 물고문부터 시작했다. 물고문이 어느 정도 진행되어 몸에서 땀이 솟아서 담요가 흥건히 젖기 시작하면 그때부터 전기고문이 시작되는 것이다.

기술자는 처음에는 짧고 약하게, 다시 점점 길고 강하게, 중간에 다시 약해지고, 전류의 세기를 능수능란하게 조절하였다. 이제 몸과 담요는 완전히 바싹 말라 버렸다. 그러면 전기가 잘 통하도록 다시 물을 뿌렸다.

그는 노기등등하였다. 그는 여전히 분이 풀리지 않았는지 꽁꽁 묶여있는 그의 몸뚱이에 올라타고 쿵쿵 잔인하게 짓밟기까지 하였다. 그때 갈비뼈가 부러지거나 아니면 금이 가는 소리가 들리고, 격심한 가슴 통증이 뒤따라 왔다. 그의 눈에서는 요괴의 사악한 빛이 강렬하게 쏟아졌다. 그는 잔인한 칼잡이였고 그는 도마 위에 놓인 생선이었다.

그것은 온몸의 핏줄을 뒤틀어 놓고 신경을 팽팽하게 잡아 당겨서 마침내 모든 관절의 마디마디를 끊어 버렸다. 몸의 각 부분이 해체되고 있었다. 발끝에서부터 고통이 시작돼 속이 뒤틀리고 머리가 빠개지는 것처럼 통증이 왔다. 전기고문은 외상을 남기지 않으면서 치명적으로 내상을 입혔다. 그는 고통을 못 이겨 너무 소리소리 질러 대서, 목 안에서는 피가 쏟아지고 콧속에서는 역한 냄새가 났다.

고문은 격렬하고 포악스러웠다.

그곳에 끌려온 이래 며칠 동안 단 한숨의 잠도 자지 못했고, 한 끼니의 식사도 하지 못했다. 호흡곤란 증세가 점점 심해지고 기침이 자꾸 나왔다. 벌써 죽음의 그림자가 어른거렸다. 극도의 고통과 공포가 그를 덮쳤다. 그는 잔인하게 해체되었다. 갈가리 찢어져 버렸다. 모든 것이 뒤죽박죽이 되었고 형체와 의미를 상실하였다.

"이 빨갱이 자식…… 너 죽어도 우리는 상관없어……. 심장마비라는 의사의 진단서만 발급 받으면 얼마든지 빠져나갈 수 있거든. 남민전 사건의 이재문이 어떻게 죽었는지 알아? 우리한테 고문을 당해서 속이 다 부서져 죽은 거야. 알겠어?"

"전부 다 인정하겠습니다. 반성문도 쓰겠습니다. 몇 번이고 쓰겠습니다…… 당신들이 바라던 대로…… 저는 지금 인간의 자존심을, 인간의 품위를 상실하였으니까요.”

그들은 좋아서 히히덕거렸다. 그들은 번갈아 공포 분위기를 조성하면서 추궁하였다. 죄 없는 사람의 피에 굶주린 사악한 고문자들은 끊임없이 증오와 분노를 조장하였다. 그는 그들이 시키는 대로, 원하는 대로 반복해서 진술서를 작성하고, 그들이 맘에 안 든다고 갈기갈기 찢어버리면 그들이 부르는 대로 또다시 쓰고, 피의자 신문조서는 수 십 번씩이나 작성하였다(다만, 그가 평양에 다녀왔다거나 북괴의 자금을 지원받았다는 부분은 노련한 기술자들도 어떻게 엮을 수가 없었기 때문인지 이 부분은 제외되었다).

그는 재야 운동권과 종교 운동권의 인사 중에서 기억나는 대로 배후 인물을 지목하였다.

그리고 그 내용을 몇 번이고 암기하고, 복습하였다.

“이렇게 해서…… 끝난거군요” 그가 무덤덤하게 말했다.

“여기는 암흑세계…… 지옥의 불구덩이지……. 나도 인정할 수밖에 없어……. 누군 근무하고 싶어서 여기 있는 줄 알아. 위에서는 실적 올리라고 마구 닦달을 해…… 그러면 우리 속은 다 타서 숯검정이 돼 버리지. 여기서는 누구도 무엇 하나 감출 수 없어. 홀딱 완전하게 벗어야 하지. 진작 다 털어놓았으면 고문도 받지 않고 좋았을 텐데 말이지. 당신이 왜 이렇게 고문을 당하고 미움을 받는지 알아. 처음부터 묻는 말에만 대답했기 때문이지. 그것도 찔끔찔끔 부분적으로만 말하니까…… 고문강하는 것이 당연한 거야. 그런데, 고문은 새삼스러운 게 아니야. 인류 역사상 끊임없이 반복적으로 자행되고 있지.”

기술자는 이제 대충 마무리되었으므로 홀가분한 기분이 드는지, 그를 달래려고 조용조용 얘기를 이어갔다.

“우릴 원망해도 쓸데없는 일이지. 너에게 알려줄게 있어. 누군가 우리에게 너가 적성한 보고서…… 아주 잘 쓴 현 정세를 분석한 보고서를 보내주었지. 고자질한 거지. 항상 기회주의자들이 널려 있지. 그때서야 우리는 너의 존재를 처음으로 알게 된 거야.

너는 머리가 좋으니까 일류 대학에 갔겠지. 그 좋은 머리로 냉철하게 판단하기 바라. 검찰이나 법원에 가서 여기서 고문 받았다고 해 봤자…… 아무 소용이 없어. 다들 우리 편이야. 관제 언론도 당연히 우리 편이지. 언론은 당신 이야기 절대 믿지 않지. 우리 말만 믿어. 그렇게 돼 있어. 우린…… 모두 한편이란 말이야. 이 정권의 파수꾼이지…….”

‘그 수백 페이지에 달하는 진술서나 피의자 신문조서에는 단 한마디의 진실, 단 한 줄의 타당성 있는 말도 들어있지 않지요 오직 무의미한 중언부언, 앞뒤가 안 맞는, 뒤죽박죽의 말들만 끝없이 나열되어 있는 거지요.’ 그는 눈을 감은 채 마음속으로 항변하였다. ‘그렇지요…… 그건 무의미한 기호와 문자의 나열일 뿐입니다.

그러나…… 그들은 참회와 회개, 개종을, 세례식을 요구하고 있는 것이지요.'

지하실.

좁은 복도를 따라 똑같은 크기로 붙어있는 방들. 아무런 장식도 없는 회색 시멘트벽의 방. 낮은 천장에 낮인지 밤인지 분간할 수 없는 흐릿한 전등이 매달려 있는 방. 악몽과 망상, 광기, 환각, 색채의 여왕인 찬란한 빛, 기이한 느낌의 방.

설핏 잠이 든 것 같다. 주위는 갑자기 칠흑처럼 어둡고 텅 비어 있다. 밤이 되어 어둠과 정적이 추상적인 분위기를 드러냈다. 그 축축한 밤은 다시는 깨어나지 않을 것처럼 보였다. 고문의 악몽은 그 순간 사라졌다. 모든 것이 단순화 되었다. 바닥은 물기로 축축하고 미끄러웠다. 비틀거리며 일어서다 넘어지고 다시 일어섰다. 지하 감방의 독특한 악취가 코를 찌른다. 그는 벽에 기댄 채 서서 불안한 눈빛으로 사각형의 방을 새삼스럽게 둘러본다. 모서리의 각도가 예각으로 변했고, 나머지 두 각도는 둔각으로 변하였다. 마침내 각이 사라지고 원으로 변모하여 회전을 시작하면서 그 회전은 무한정 증폭되었다.

그는 그때 보이지 않는 하늘을 향하여 고해성사를 하였다.

"저는 지금 혹독한…… 또는 마땅한 대가를 치르고 있는 것입니다. 군사독재정권이니…… 억압받고 소외당한 민중들이란 저에게는 단지 하나의 관념에 불과하였지요. 저는 너무나 공허한 이론 속에서…… 짙은 어둠에 둘러쌓인 비밀의 강 같은 그 모호한 추상 속에서 방향을 잃고 허우적거리고 있었습니다. 결국 추상적인 것이 문제인 거지요. 일종의 비겁한 궁상가였으니까요. 그리고…… 소심했습니다. 세상을 변화시키려면 행동이…… 위험을 감수하고 싶지는 않았던 거지요. 전, 행동할 용기 같은 건 애당초 없었던 것입니다. 제가 처벌 받아야 마땅하다면…… 그 때문이겠지요.”

이 사태는 그가 태어나는 순간부터 운명으로 미리 예정되어 있었을 것이다. 그러므로 모든 굴욕은 참회이고 모든 실패는 영광스런 승리이다.

얼마 후 그는 다시 깊은 잠에 빠져들었다. 죽음과도 같은 깊은 잠이었다.

그는 30여 일 간의 불법감금과 고문수사 끝에 검찰에 송치되었고, 그때서야 구속영장이 청구되었다.

그는 검은 지프차에 실려 구치소로 호송되었다. 차가 석양 무렵 서울역을 지나 염천교를 넘었다. 그는 차에서 내리는 순간 눈이 부신 채 하늘을 올려다본다. 황혼의 빛깔은 불타는 분홍, 장미빛 분홍에서 회색 분홍으로 변하고 있었다. 그는 짧은 순간, 겨울 저녁의 냄새와 빛을 느꼈다.

건물은 낡고 칙칙했다. 그 건물이 그를 기다리고 있었다. 구치소 건물은 원래 짙은 진홍색 벽돌 건물이었을 것이다. 그러나 오랜 세월이 그 폭력적인 색깔을 부드럽게 완화시켜 놓았다. 언젠가 그의 기억 속에 그 건물의 퇴색한 빛깔은 황혼의 그것과 혼동되어 구분되지 않을 것이다.

그의 독방은 어둡고 우울했으며 북풍이 직접 몰아치는 벽은 칼날처럼 매섭게 얼어붙었다. 그해 겨울은 지독히도 추웠다. 매트리스 밑에는 습기가 배어 있었고 곰팡이 냄새까지 풍겼다. 벽 위쪽에 붙은 작은 창문은 북동쪽을 향하고 있어서 항상 두껍게 성에가 끼어 희뿌옇게 보였다. 그러나 겨울 내내 햇빛은 이른 아침 잠깐 동안만 건너편 담벼락을 비추다가 이내 회색 그늘 속으로 사라졌다. 햇빛은 믿을 수 없었다. 그림자가 망가지고 있었다. 그러나 극히 짧은 순간의 그림자는 허망할 정도로 아름다웠다.

하지만 그에게 있어서 쇠창살이 달린 그 창문은 세상을 향해 열려있는 유일한 통로였다. 그 작은 창문을 통해 하늘을…… 하늘을 가로질러 나지막하게 지나가는 조각구름을 볼 수 있었다. 그리고 아주 멀리서 인간이 사는 거리의 소음…… 난폭하게 울리는 자동차의 경적 소릴 들을 수 있었다.

가끔 구치소 의무과에 불려가서 의사의 치밀한 처방에 따라 링거와 영양제 주사를 맞고, 아스피린이나 소염 진통제, 항생제를 억지로 먹었다. 상처가 난 부분은 연고를 발라서 흉터가 생기지 않도록 하였다. 그는 재판정에서 아주 건강하고 멀쩡한 사람으로 보여야 했다.

그러나 그는 국가의 폭력에 의해 완전무결하게 짓밟혔다. 몸과 마음에 돌이킬 수 없을 만큼 깊은 상처를 입었다. 그는 악몽 같은 현실 속에서 짐승의 단말마와 같은 신음소리를 토해냈다. 간헐적으로 선잠에 빠져들고 비몽사몽간을 헤맸다. 가끔 희미한 꿈속에서 그 기적 소리를 들었다. 기차의 뒤쪽으로 교외의 풍경이 묻혀 들어가고 있었다. 남쪽 바다가 보이기 시작했다. 비로소 안도감을 느낀다.

언제나 밤안개가 짙은 곳이다. 아침이면 해안가를 뒤덮고 있던 옅어진 안개가 여전히 뭉그적거리다 햇빛에 쫓겨 불현듯 사라졌다. 이따금 바다 쪽에서 강한 바람이 불어왔고 파도는 으르렁거리며 밀려와 해변의 모래톱에서 하얀 포말도 부서지며 사라졌다.

석양이 완전히 물러나고 밤이 되면 별들이 하나 둘 하늘에 돋아나기 시작하면서 저녁의 푸른빛이 비린내가 가득한 해안을 뒤덮었다. 바람이 거세어질 때마다 별빛이 깜빡거렸다. 바닷가의 저녁은 서늘하고 감미로웠다. 밤이 깊어가면서 마을 뒷산의 검은색 윤곽이 또렷하였다. 그때 부두는 깊은 어둠 속에서 버림받은 듯이 홀로 남겨져 있었다.

바닷가에는 바람이 불어왔다. 바람이 심하게 부는 날엔 잔잔했던 바다가 거칠게 출렁이며 파도가 방파제를 거세게 때렸으므로 방파제와는 계류용 밧줄에 의하여 연결되어 있던 낡은 목선들이 격렬하게 서로 부딪치며 몸부림을 쳤다.

바닷가는 아름답고 쓸쓸하였다.

고향에서는 투박한 뱃사람들의 역겨운 땀 냄새, 입 냄새가 났고, 억센 여자들의 까무라칠 듯한 웃음소리가 들렸다. 그들은 무지하고 노골적이다. 본능적이고 저질스럽다. 그러나 건강하고 순박하다. 그런데 오래 전에 고향을 떠난 자가 어쩌다 고향에 들리면 고향 앞에 막막한 심정이 되고, 고향 역시 낯선 이방인 앞에서 더욱 막막해지는 법이다. 그땐 고향은 무인도와 같다.

그는 오랫동안 지명수배 중이어서 벌교에 내려 갈 수가 없었다. 그리고 고향의 형님이 부쳐주던 생명줄도 끊겼다. 그는 그 무렵 동가숙서가식 하면서 너무 배가 고팠다. 그의 동지들도 형편은 똑같았다. 그래서 손이 닿는 지인들에게 어렵사리 소액의 돈을 부탁했지만, 모두 그가 벌레인 것처럼 쳐다보면서 외면하였다. 그러나 딱 한번 예외는 있었으니…… 중학교 동창생인 김규현의 회사로 찾아갔을 때 (그때 그 회사는 동숭동에 있었고, 그는 사원 아니면 대리였는지 모르겠다.), 그는 두말없이 몇 달치 월급을 가불해서 쥐어 주었다. 그리고 헤어질 때 아무 말도 못하고 눈물을 글썽거렸다. 그가 체포되기 일 년여 쯤 전의 일이다.

공안부 검사가 거들먹거리며 당당하게 물했다.

"피고인은 경찰에서 사실대로 진술했지. 아무런 이의가 없지……."

"저는 30일 동안 불법 감금된 상태에서 고문수사를 받았습니다. 그 경위를 밝혀 주십시오……. 고문 경관들을 꼭 처벌해 주십시오……. 그리고 저는 변호인과 면회가 금지되어 있어서 변호사의 조력을 받지 못하고 있습니다……. 이를 즉시 시정해 주십시오" 그는 호흡곤란 증세가 심해지고 연이어 터지는 기침 때문에 더 이상 말을 이어갈 수가 없다.

그러나 검사실의 분위기는 금방 험악해졌다. 검사는 조금도 당황하지 않고…… 참으로 가소롭다는 듯이 면박을 주었다.

"우리가 면회금지를 한 것은 증거인멸의 우려가 있기 때문이야. 경찰들이 할 일이 없어서 당신에게 고문을 했겠어. 쓸데없는 소리하지 마라. 너희들은 맨날 수사기관에서 고문 받았다고…… 부당한 대우를 받았다고 하는데…… 우리가 조사해보면 그건 근거 없는 헛소리인 거지. 알겠어. 넌 분명히 자술서를 썼고, 피의자 신문조서에서 모두 자백을 하고 스스로 무인을 찍었단 말이지. 어떻게 부정할 수 있어.”

“다시 번복하면 혹독한 대가가 따를 거야. 다시 그곳으로 보내 버릴 거야. 당신만 손해인 거지. 맘대로 하시지.”

“난, 당신과 입씨름할 시간이 없어. 그 놈의 사회주의 혁명론은 지겹고, 역겹지. 나 같은 무식한 검사가 너의 장황한 이론을 어떻게 당해 내겠어. 나도 가정이 있어. 빨리 퇴근해서 집에 가고 싶지. 너하고 밤샘하고 싶지는 않지.”

“네가 순순히 자백하면 말이지, 담당 재판장한테 얘기해서 관대하게 처벌받게 해주지. 우린 서로 잘 통하니까. 내가 그 사람을 잘 알지⋯⋯. 실용적이고 현실 감각이 풍부하거든. 어때?”

겨울의 짧은 해가 기울어가고 있었다.

재판장이 선심 쓰듯이 공판을 마치면서 피고인의 최후진술을 듣겠다고 선언했다. 그러면서 시간이 없으니 가급적 짧게, 짧을수록 좋다고 하였다.

피고인: 저는 한 달 동안 그 칙칙한 건물에 불법 감금된 채 지독한 고문을 당했습니다. 짐승처럼 매 맞았고 동물처럼 능욕을 당했습니다. 저는 짓이겨진 벌레보다 못했습니다(그때 검사가 황급히 제지했다. “재판장님, 이건 말도 안 되는 소리⋯⋯ 피고인이

지금 소설을…… 허무맹랑한 소설을 쓰고 있는 것입니다. 안 들은 것으로 해 주십시오. 정말 죄송합니다." 그러나 그는 검사의 말을 무시하고 계속 했다.)

이 사건은 그곳에서 자행된 비인간적이고 불법적인 고문, 그리고 인간의 존엄성을 말살시키려는 악랄한 의도 하에 인간 생명에 대한 위협에 의해 조작되었습니다.

저는 고문의 심각한 후유증이 남아 있습니다. 지금도 머리가 끊임없이 지끈거리고 속이 뒤틀려 소화가 되지 않으며, 몸의 균형이 깨져 제대로 걸을 수조차 없습니다. 모든 게 엉망입니다. 무엇보다도 정신적인 상처입니다. 저의 인간으로서의 자존심과 주체성은 산산이 부서졌습니다. 저의 고결한 영혼은 죽은 거나 마찬가지입니다. 그래서 인간과 사회에 대한 신뢰와 희망은 사라졌습니다(피고인은 말하는 도중에도 간헐적으로 심하게 헐떡이며 기침을 콜록거렸다. 그는 그때마다 잠시 동안 깊은 숨을 들이쉬며 "재판장님, 죄송합니다. 거듭 죄송합니다. 기침이…… 걷잡을 수 없이."라고 말했다).

저는 결코 용서를 구하지 않습니다……. 왜냐하면 말입니다…… 죄가 없기 때문입니다. 다만…… 훌륭하신 판사님…… 현명하신 판사님…… 실체적 진실만을 밝혀 주시기 바랍니다.

재판장: 역겨워서 더 들을 수가 없구만. 그 소리 지겹단 말이지.

그걸 당신이 쓴 탄원서에도 미주알고주알 썼을 거 아냐. 물론 그 탄원서를 난 읽지 않았지. 그걸 읽을 만큼 한가하지 않거든. 하여 간에 말이지, 내 눈으로 보지 못했으니 도저히 믿을 수 없는 일이 야.

가령, 고문이 있었다고 해도 누가 당신더러 굴복하고, 자백하라 고 했느냐 말이야. 왜? 자백했느냐 말이야. 왜? 끝까지 버티지 못 했어. 공소장이 250페이지에 달할 만큼 그럴듯하게 꿰어 맞추도록 자백하고 협조하였으면서, 이제 와서 부인하면 안 되지. 손바닥 뒤집듯 회까닥 하면 안 되는 거지. 아주 지저분한 일이지.

이제 와서 고문을 당해서 그랬다느니, 어쨌느니 해봐야 다 소용 없는 일이지. 단도직입적으로 말해서 그건 당신 사정이고, 그러니 법원을 원망해서는 안 될 거야. 역사에는 고문 받은 사실은 안 남 고 자백만 남는 거지.

재판장: 피고인은 재판 받는 태도가 불순했지. 즉, 반성하는 기 미가 조금도 보이지 않았지. 공연히 열심히 일하는 경찰을 고문했 다고 모함이나 하고 말이지. 피고인은 전부 유죄야. 너무 명백해 서 이유를 달 필요도 없어……

다만, 이 말은 해주고 싶구먼. 이 정부는 민주주의가 굳건하지. 삼권분립도 철저하고 재판의 독립성도 보장되어 있고 말이지. 그 런데도, 반독재니, 반파쇼니 운운하는 것은 말이 안 되는 거야. 너희들의 민중민주혁명론은 다름 아닌 공산즈의 계급혁명론인데도 불구하고 이 법정에서는 자신들은 어떤 경우에도 사회주의자나 공산주의자가 아니라고, 그와 유사하지도 않다고, 한사코 부정하고 있지……. 법원이 그 속셈을 모를 것 같아…….

그리고 너희들은 혁명한다면서, 뭐 말만 무성하지. 말만 가지고 혁명한다면 누가 못하겠어……. 역시, 너무 추상적이란 말이지. 그러므로 관대하게 처벌해 주겠어……. 피고인은 행동할 만큼 용기는 없었으니까……. 현실적으로, 구체적으로 위험한 것은 아니었으므로 무기징역 대신 유기징역을 선택하기로 하지.

피고인에게 국가보안법을 적용해서 징역 10년과 자격정지 10년에 처한다. 피고인이 이 판결 선고에 불복하면 7일 이내에 항소할 수 있다.

그런데 내가 친절하게 충고해 주겠는데 항소심이나 상고심이나 모두 똑같이 상소기각이야. 그러니까 상소해봐야 소용없는 거야. 쓸데없는 일은 할 필요가 없겠지.

마지막으로, 피고인의 양해를 구할 일이 있는데 판결문이 이 사건 공소장과는 한 자도 틀리지 않으니까…… 그렇게 알라고…….

그 소름 끼치는 선고는 꿈처럼 모호하게 그의 귀에 웅성거림으로밖에는 들리지 않았다. 그는 그 순간 검은 법복을 걸친 그 판사의 뒤틀린 입술을 쳐다보았다. 그 입술이 무시무시한 말을 내뱉고 있었다. 그의 입은 저주와 거짓, 사악한 속임수로 가득 차 있었다. 그의 심장이 방망이 치고 그 고동소리가 들린다. 모든 것이 정지하였다. 하얀 공백이 법정을 메웠다.

재판장이 무거운 어조로 선고하였다. "…… 수사기관의 불법 감금과 가혹행위 끝에 혐의를 인정한 것으로 보입니다. 피고인의 공소사실에 대해서는 증거가 부족합니다. 무죄를 선고합니다. …… 그 당시 피고인의 인권을 보장하기 위해서 법원이 당연히 해야 할 책임을 다하지 못했습니다. …… 우리 재판부가 법원이나 국가를 대표하는 것은 아니지만, 사법부에 몸담고 있는 사람으로서 당시 진실을 제대로 밝히지 못하고 유죄 선고를 한 점에 대해 진심으로 죄송하다는 말씀을 드립니다."

김정우(金正宇)는 만 6년 동안 감옥에서 살았고, 38세 되던 해 겨울에 형 집행정지로 가석방되어 풀려났으며, 그 2년 후 여전히 가슴을 쥐어짜는 듯한 기침 때문에 시달리고 편집증적 정신분열 증세로 고통 받다 자살했다. 그리고 공동묘지에 묻힌 지 20년이 지나서야 재심 재판에서 무죄 선고를 받은 것이다.